INSELGEISTER

Bent Ohle, 1973 in Wolfenbüttel geboren, wuchs in Braunschweig auf und studierte zunächst in Osnabrück, bis er an die Filmhochschule in Potsdam-Babelsberg wechselte, wo er als Film- und Fernsehdramaturg seinen Abschluss machte. Heute lebt er mit seiner Familie wieder in Braunschweig.

Dieses Buch ist ein Roman. Handlungen und Personen – bis auf Personen der Zeitgeschichte – sind frei erfunden. Darüber hinaus sind Ähnlichkeiten mit lebenden oder toten Personen nicht gewollt und rein zufällig.

BENT OHLE

INSELGEISTER

Insel Krimi

emons:

Bibliografische Information der Deutschen Nationalbibliothek
Die Deutsche Nationalbibliothek verzeichnet diese Publikation in der Deutschen Nationalbibliografie; detaillierte bibliografische Daten sind im Internet über http://dnb.d-nb.de abrufbar.

Umschlagmotiv: photocase.de/hoffi99
Umschlaggestaltung: Nina Schäfer, nach einem Konzept von Leonardo Magrelli und Nina Schäfer
Umsetzung: Tobias Doetsch
Gestaltung Innenteil: DÜDE Satz und Grafik, Odenthal
Lektorat: Marit Obsen
Druck und Bindung: CPI – Clausen & Bosse, Leck
Printed in Germany 2023
ISBN 978-3-7408-1658-2
Insel Krimi
Originalausgabe

Das Vergangene ist nicht tot;
es ist nicht einmal vergangen.

Christa Wolf,
»Kindheitsmuster«

Verbrechen der Vergangenheit zu rechtfertigen, bedeutet,
den Samen für zukünftige Verbrechen zu legen.

Eric Hoffer,
»The Passionate State of Mind«

Es ist schrecklich schwer, gerecht zu sein
zu seiner eigenen Vergangenheit.

Marlen Haushofer,
»Die Wand«

EINS

Es war ein in vielerlei Hinsicht besonderer Moment, als das Schiff von Dagebüll nach Amrum aus dem Hafen fuhr, denn es war das erste Mal, dass die Fähre nach dem zweiten Lockdown in der Coronapandemie wieder für Urlauber geöffnet war. Nach Monaten in häuslicher Isolation und mit stark reduzierten Kontakten zu anderen Menschen konnten die Leute nun wieder in die Ferien fahren, ihre Häuser, ihre Städte, ihre Umgebung verlassen und zusammen mit anderen Orte bereisen. Natürlich gab es überall noch Einschränkungen und Schutzmaßnahmen, doch das war zweitrangig. Ein Stück Freiheit wartete auf all diejenigen, die die Fähre betreten hatten und nun ungeduldig der Insel entgegenstrebten.

Der Himmel spannte sich in einem nahtlosen Blau über das spiegelglatte Wasser. Weiße Kondensstreifen, die Flugzeuge hinterlassen hatten, kreuzten sich am Firmament und wurden von einem kaum merklichen Wind verwaschen. Die Möwen am Heck des Schiffes segelten neben dem Aussichtdeck auf und ab, in der Hoffnung, einen kleinen Happen von den Snacks der Touristen abgreifen zu können.

Die »MS Uthlande« glitt, immer mehr Fahrt aufnehmend, durch das seichte Wasser und folgte unter tiefem Motorenbrummen den Kurven der Fahrrinne. Das Sonnendeck, auf dem keine Atemschutzmasken getragen werden mussten, war bei diesem Wetter natürlich voll besetzt, jedoch schien der Geräuschpegel leiser zu sein als zu früheren Zeiten. Die Menschen blickten hinaus aufs Wasser, hielten Ausschau nach den Küstenstreifen, nach Föhr und Amrum, den Seehundsbänken oder den winzigen, sich am Horizont drehenden Rädern der Windkraftanlagen. Vielleicht war ein wenig mehr Staunen und bewusstes Aufnehmen aller Eindrücke gegenwärtig als sonst, als das meiste davon scheinbar selbstverständlich gewesen war.

Holger Degemann saß zusammen mit seiner Frau unter Deck im Bordrestaurant, das ebenfalls gut gefüllt war, und blickte hinaus auf die rollenden Wellen, die das Schiff an den Längsseiten aufwarf. Vor ihm stand eine Tasse Kaffee, seine Frau trank Wasser. Eine leere Tablettenpackung Almotriptan lag neben ihrem Glas. Seit einer Gehirnoperation 2001, in der ihr ein Tumor entfernt worden war, litt sie an Migräne und war dann oft tagelang nicht in der Lage, ihr abgedunkeltes Zimmer zu verlassen. Deshalb saßen sie jetzt auch unter Deck, und sie trug zusätzlich ihre Sonnenbrille. Es war eine schreckliche Ironie, dass ihr ausgerechnet dieses wunderbare Wetter mit klarer Sicht und strahlendem Sonnenschein die größten Schmerzen bereitete.

»Geht es?«, fragte Holger nach.

Emmi nickte nur, doch ihre zusammengepressten Lippen verrieten sie.

»Es wird bestimmt bald besser«, sagte er aufmunternd und nahm über den Tisch hinweg ihre Hand. »Wir haben das tollste Haus und sind ganz für uns allein. Wir können tun und lassen, was wir wollen.«

Sie nickte erneut und drückte dabei dankbar seine Hand.

Holger setzte sein zuversichtliches Lächeln auf, das im Laufe der Jahre schon zu einem Reflex geworden war. Er konnte sich nicht mehr erinnern, wann er seine Frau das letzte Mal ohne Schmerzen und einfach nur glücklich gesehen hatte.

Für diesen Urlaub hatten sie lange sparen müssen, ihre beiden Renten boten keine Möglichkeit für luxuriöse Reisen. Emmi arbeitete aus gesundheitlichen Gründen schon seit geraumer Zeit nicht mehr. Während sie körperlich geplagt war, war Holger ein sportlicher, kräftiger Mann, der noch in der Altherrenmannschaft Fußball spielte, im Garten und am Haus viele handwerkliche Dinge erledigte und baute. Im Oktober würde er fünfundsiebzig werden, und diese Amrum-Reise war so etwas wie ein vorweggenommenes Geburtstagsgeschenk für sich und seine Frau.

»Wenn wir angekommen sind, geh ich schnell was einkaufen. Und wenn du magst, können wir dann später noch zum Strand runtergehen«, schlug er vor.

»Vielleicht, ja.« Sie blickte aus dem Fenster, so als könnte das Wetter ihnen einen Strich durch die Rechnung machen. Das Meerwasser glitt seidig glänzend an der Seite des Schiffsrumpfs vorüber.

Wenn wir doch nur so leicht durchs Leben gekommen wären wie diese Fähre durch das Wasser, dachte Holger. Er fuhr sich durch seine fast vollständig weiß gewordenen Haare; nicht um sie zu richten, sondern um diese Gedanken aus seinem Kopf zu bekommen. Er wollte so nicht mehr denken. Er wollte nicht mehr in der Vergangenheit leben, sondern in die Zukunft schauen. Und die Zukunft war ein wundervoller Urlaub in einem schönen Haus auf einer pittoresken Insel. Die kommenden zwei Wochen sollten sie glücklich machen. Keine Verpflichtungen, keine Einschränkungen. Einfach nur in den Tag hineinleben und tun und lassen, was man wollte.

»Ist das schon Amrum?«, fragte Emmi und blickte auf den schmalen Landstreifen rechts von ihnen.

»Nein, das muss Föhr sein.« Er reckte seinen Hals und schaute zur anderen Seite hinaus. »Da drüben sind die Halligen.«

»Sie sind hübsch anzusehen, aber aushalten würdest du es da nicht«, sagte sie.

Er lachte. »Stimmt, das wäre nichts für mich. Zu wenig Freiraum.«

»Ich würde mich arrangieren.«

»Wir können einen Ausflug dorthin machen, aber mehr nicht.«

Er griff zu seiner Kaffeetasse und stutzte.

»Wo ist mein Keks?«

»Mmh?«

»Da war ein Keks dabei, hier auf der Untertasse.«

»Hab ich nicht gesehen.«

Er sah sie an, doch seine Frau verzog keine Miene.

»Du hast ihn geklaut«, sagte er und deutete mit dem Zeigefinger auf sie.

»Nein, wirklich nicht. Du hast einfach keinen bekommen.«

»Du hast ihn, ich kenne dich doch. Her damit!« Er streckte seine Hand aus.

»Schatz, ehrlich«, beharrte sie.

Holger beugte sich schmunzelnd zu ihr hinüber. »Ich ruf die Polizei«, flüsterte er drohend.

»Das würdest du tun?«

»Und ob.«

»Na gut.« Sie griff in ihre Jackentasche und legte die Kekspackung in seine Hand.

Sein Schmunzeln wurde breiter. »Du bist ein ganz schlimmer Finger«, sagte er und riss die Verpackung auf.

Am Nachbartisch sprang auf einmal ein Mann auf und eilte mit einer Hand vor dem Mund zum Treppenabgang, der zu den Toiletten führte.

»Der hatte wohl zu viele Kekse«, scherzte Holger und biss in das Karamellgebäck.

***

Auf der Insel war die Ankunft dieser ersten Fähre nach dem Lockdown etwas so Besonderes, dass viele Insulaner im Hafen von Wittdün waren, um dem Anlegen des Schiffes zuzusehen. Auch Nils Petersen, der Inselpolizist, hätte nicht notwendigerweise vor Ort sein müssen. Er stand, an seinen Dienstwagen gelehnt, mit zwei Mitarbeitern der Reederei zusammen und sah die »Uthlande« immer größer und größer werden, bis sie sich schließlich mit der sich langsam öffnenden Ladeluke bis an die Brücke schob. Die beiden Angestellten gingen an ihre Arbeit und ließen Nils am Wagen zurück, während unter den Zuschauern am Kai Applaus und Jubel ausbrachen. Die ersten Gäste verließen auf Fahrrädern das Deck und winkten den

Spalier stehenden Leuten zu. Oben aus der Fußgängergangway strömten weitere Gäste die Rampe herunter, bis am Ende die Autos die Fähre verließen.

»Hat man doch irgendwie vermisst«, sagte Nils lächelnd und stieg wieder in sein Auto ein.

Die Ruhe und Einsamkeit, die während des Lockdowns auf Amrum geherrscht hatten, könnten nicht drastischer gewesen sein. Eine Insel, die nur auf Touristen ausgelegt war, von einem Tag auf den anderen ohne einen einzigen Gast zu erleben, war, wie in einer Zeitmaschine zu sitzen und sich zwei Jahrhunderte zurückwerfen zu lassen, in eine Zeit, in der ausschließlich Einheimische die Insel bevölkert hatten. Der große Unterschied war nur, dass hier heute jeder vom Tourismus lebte und durch den Lockdown von jetzt auf gleich um seine Arbeit und seinen Lohn beraubt worden war. Natürlich konnte man nun Dinge erledigen, die man zuvor immer aufgeschoben hatte, Reparaturen ausführen, die schon lange auf der To-do-Liste standen, doch dann fehlte es oft an den Ersatzteilen und Rohstoffen, die nicht geliefert werden konnten. Im Grunde hatten sie alle im absoluten Ausnahmezustand gelebt.

Nils war mit seinem Beruf als Polizist eine der wenigen Ausnahmen, die zumindest finanziell unabhängig von der Anwesenheit von Gästen waren. Er hatte sich dem Haus und dem Garten gewidmet, die Organisation der Coronamaßnahmen geleitet und nach vielen sehr harten beruflichen und privaten Jahren endlich einmal seine kleine Familie ganz für sich allein gehabt. Seine Frau Elke und er hatten ihre Tochter Anna zu sich geholt, die drüben auf Föhr zur Schule ging und sich im viel diskutierten Corona-Abiturjahrgang befand. Nach dem Absolvieren aller Klausuren unter Homeschooling-Bedingungen hatte sie das Abi nun so gut wie geschafft.

Es war ein wenig, als hätte jemand die Uhr angehalten, und ab heute drehten sich die Zeiger wieder weiter.

Nils folgte der Kolonne von Urlaubsgästen und sah im Heckfenster eines älteren Ford Focus »Turnier« einen Hundekopf auftauchen. Es musste ein Schäferhundmischling sein, der sich kurz orientierte und dann zu ihm blickte.

»Moin, Großer«, sagte Nils und wunderte sich, wie klar und bewusst dieser Hund ihn ansah. Während des letzten Jahres hatte er oft darüber nachgedacht, ob sie ihre Familie nicht auch durch einen Hund erweitern sollten. Anna würde bald studieren, und Elke und er würden allein im Haus wohnen, wie die letzten Jahre eigentlich auch schon, weil Anna nur an den Wochenenden und in den Schulferien bei ihnen war.

Der Hund im Wagen vor ihm schien das alles in seinen Augen zu lesen, so wie er Nils anstarrte. Er zog hechelnd die Lefzen zur Seite.

»Okay, ich denk drüber nach«, antwortete Nils dem Hund.

Der Mischling bellte einmal kurz.

»Das gibt's doch nicht«, flüsterte Nils.

Sie hatten Nebel erreicht und passierten den Sportplatz auf der linken und die Mühle auf der rechten Seite. Er musste nur noch um die enge Kurve fahren, dann war er auch schon fast an der Polizeistation. Auf Höhe der Post klingelte sein Diensthandy, und Marvin, einer der Mitarbeiter der Fähre, rief ihn an.

»Moin, Nils. Marvin hier. Ich bin noch aufm Schiff, und es gibt ein Problem.«

»Marvin, was ist los?«

»Wir haben einen Toten an Bord.«

»Was?«

»Ja, wir … also, äh … Ich hab in der Herrentoilette einen Toten gefunden und weiß nicht, was ich tun soll …«

Jetzt erst bemerkte Nils die Aufregung in Marvins Stimme.

»Du hast alles richtig gemacht, ich komme sofort. Bis gleich.«

Nils überlegte, ob er die Sirene anschalten sollte, entschied sich jedoch dagegen. Er wendete an der Bushaltestelle und fuhr so schnell es ging zurück zum Hafen.

ZWEI

Da die ersten Gäste gerade erst auf die Insel gefahren waren, gab es auf dem Rückweg nach Dagebüll keinen großen Andrang am Hafen. Es warteten nur Liefer- und Güterfahrzeuge in einer der Spuren darauf, auf das Deck fahren zu dürfen. Nils rollte an der kleinen Schlange vorbei und parkte seinen Wagen ganz rechts an der Bushaltestelle, um dann über die Gangway das Schiff zu betreten. An den Gesichtern der Crew erkannte er sofort, wie geschockt alle waren. Auch Hansen, der Kapitän, wartete mit bitterernster Miene auf dem unteren Deck auf ihn.

»Ich hab schon den Arzt gerufen«, informierte Nils die Männer. »Kann man denn erkennen, woran er gestorben ist?«

»Nein, er kniet quasi vor der Schüssel«, sagte Hansen und führte Nils die Treppe hoch zu den Toilettenräumen, wo Marvin kalkweiß und mit Schweißperlen auf Stirn und Oberlippe an der Wand lehnte.

Sie gaben sich die Hand, und Marvin deutete stumm auf die Kabine, deren Tür lose im Schloss lag. Durch den Spalt zwischen Tür und Boden konnte man die Schuhsohlen des Toten sehen.

Nils betrat den Raum allein. Es war absolut still. Entsprechend leise ging er zu der Kabinentür, streckte seine Hand aus und zog sie auf. Der Mann kniete vor der geschlossenen Toilettenschüssel, sein Oberkörper ruhte auf dem Deckel, die Arme hingen schlaff an den Seiten herab. Er trug Jeans, einen blauen Hoodie und weiße Sportschuhe. Sein Kopf ragte über den hinteren Rand der Toilette, sodass Nils zu wenig von dem Gesicht des Mannes erkennen konnte, um sein Alter zu schätzen. Er suchte an der Halsschlagader den Puls, spürte aber schon bei der ersten Berührung die erkaltete Haut.

»Marvin?«, rief Nils und erschrak über die Lautstärke seiner eigenen Stimme.

»Ja?«

Marvin kam näher und blieb hinter Nils stehen.

»Wie hast du festgestellt, dass er tot ist?«

»Ich hab ihn erst angesprochen und dann leicht auf seinen Rücken geklopft. Als er sich nicht regte, wollte ich seinen Puls fühlen, da war er aber schon ganz kalt.«

»Hast du ihn bewegt?«

»Nein. Nur am Handgelenk berührt. Es hat außerdem nach Kotze gerochen.«

»Tut es immer noch. Danke, Marvin. Kannst du den Arzt gleich zu mir reinschicken?«

»Klar.«

Marvin verließ den Raum. Nils ging in die Hocke, um zu prüfen, ob sich noch etwas anderes in der Kabine befand, wie zum Beispiel eine Jacke oder eine Tasche. Aber sie war leer. Auch in der Gesäßtasche des Mannes steckte kein Portemonnaie oder Handy.

»Marvin?«, fragte Nils erneut und trat aus der Kabine heraus.

»Ja?« Marvin erschien im Türrahmen und wischte sich über die Stirn.

»Hast du hier drin irgendwas gefunden? Tasche, Handy, Jacke oder so?«

»Nein.«

»Ist oben was liegen geblieben?«

»Auch nicht, wir hatten die Decks bereits abgesucht.«

»Also hatte er nicht mal Gepäck dabei?«

»Scheint so.«

»Und was war mit der Tür? War sie abgeschlossen?«

»Nein, sie war zugezogen, aber nicht abgeschlossen.«

»Das kommt mir irgendwie komisch vor«, sagte Nils. Er nahm sein Handy und fotografierte den Raum und anschließend die Kabine mit der Leiche aus verschiedenen Blickwinkeln.

»Denkst du, das war ein Verbrechen?«, sagte da plötzlich Dr. Knut Brenner hinter ihm, der mit einer Notarzttasche in der Hand im Türrahmen stand.

»Für einen natürlichen Tod kommt er mir ein wenig jung vor. Mitte dreißig, schätze ich. Und diese Umstände …«

»Darf ich?«, fragte Dr. Brenner, und Nils ließ ihn seine Arbeit verrichten.

»Ich kontaktiere inzwischen die Kollegen in Niebüll, nur zur Sicherheit.«

»Mach das.«

Nils tätigte den Anruf und äußerte den vagen Verdacht, dass es sich um eine nicht natürliche Todesursache handeln könne. Er wurde mit einem ihm bislang unbekannten Oberkommissar Hagen verbunden, der sich alles anhörte und am Ende des Gesprächs um die Zusendung der Fotos bat, die Nils gemacht hatte.

Die Crew des Schiffes wartete ebenfalls auf eine Ansage von Nils, der ihnen mitteilte, dass die Fähre nicht ablegen durfte, ehe der Arzt und die Polizei die Todesumstände aufgeklärt hatten.

»Aber heute ist alles ausgebucht. Wir fahren in voller Besetzung«, hielt Hansen dagegen.

»Tut mir leid, aber das hier hat Vorrang. Das Schiff wird vorerst stillgelegt. Ihr müsst eine Ersatzfähre organisieren.«

»Scheiße, und das gleich am ersten Tag.«

»Was soll ich denn sagen? Bis jetzt können wir den Mann noch nicht mal identifizieren. Und keiner der Gäste vermisst ihn?«

»Niemand.«

»Könnt ihr bitte dafür sorgen, dass das Videomaterial von den Überwachungskameras zur Verfügung steht?«

»Machen wir.«

Oberkommissar Hagen rief Nils zurück und informierte ihn, dass er persönlich zur Überprüfung des Falles auf die Insel kommen werde.

Die Fähre wurde mit dem Hinweis auf technische Probleme stillgelegt und die alte »MS Nordfriesland« als Ersatzschiff eingesetzt. Nils organisierte über das Bestattungsinstitut einen Leichenwagen, der als einziges Fahrzeug das Deck befahren durfte. Dann begab er sich, während er auf die Ankunft der Kriminalpolizei wartete, in das Restaurant und ließ sich von einem der Kellner den Sitzplatz des Opfers zeigen.

»Hier war's, hier hat er gesessen«, sagte Juri Pesic, den alle nur »Pesi« nannten. »Laut deiner Beschreibung kann es eigentlich nur dieser Gast gewesen sein.«

Nils nahm den Sitzplatz, den Tisch und auch den Bereich unter dem Tisch in Augenschein, um vielleicht irgendeinen Hinweis, einen verlorenen Gegenstand oder ein heruntergefallenes Kleidungsstück zu finden und dadurch Rückschlüsse auf die Identität des Mannes ziehen zu können.

Als Oberkommissar Hagen kurz darauf die Insel mit einem Boot der Küstenwache erreichte, konnte Nils kaum glauben, dass der Mann schon seine Ausbildung hinter sich hatte, geschweige denn bereits Oberkommissar war. Hagen war ein großer, hagerer Kerl mit schmalem, blassem Gesicht und dunkelbraunen Haaren. Seine Frisur erinnerte ein wenig an die Pilzköpfe der Beatles, und in seinem Gesicht war kein Bartwuchs zu erkennen. Nils hätte ihn auf einundzwanzig geschätzt, wenn er es nicht besser gewusst hätte.

»Moin, ich bin Nils Petersen«, stellte er sich vor und streckte Hagen die Faust entgegen, um ein Händeschütteln zu vermeiden.

»Hagen«, antwortete der Oberkommissar, schloss seine langen Finger ebenfalls zu einer Faust und stieß sie gegen die von Nils. »Wir hatten telefoniert?«

»Genau. Wir müssen auf die Fähre dort drüben.« Nils deutete auf den Anlegeplatz, und sie setzten sich in Bewegung.

»Ich hab schon von Ihnen gehört«, sagte Hagen ernst.

»Ach ja? Inwiefern?«

»Sie haben ja schon einiges auf der Insel erlebt. Erst vorletzten Winter die Geschichte mit der Bande aus Hamburg.«

»Ja, richtig. Ich ziehe das anscheinend an, keine Ahnung.«

»Deswegen bin ich auch sofort gekommen. Sie haben inzwischen Erfahrung mit so etwas, da vertraue ich Ihrem Urteil.«

Nils musste lächeln, weil Hagen klang wie ein alter Polizist, der kurz vor der Pensionierung stand. »Darf ich Sie etwas fragen, ohne dass Sie sich angegriffen fühlen?«

»Ich bin einunddreißig.«

Nils lachte. »Sie hören die Frage öfter, was? Tut mir leid.«

»Schon gut. Ich komm damit klar.«

»Sie müssen sehr gut sein, wenn Sie so schnell aufgestiegen sind«, versuchte Nils, sich zu retten.

»Da müssen Sie meine Vorgesetzten fragen«, antwortete Hagen, ohne seinen ernsten Ausdruck zu verlieren. Er schien ein wirklich sehr nüchterner Charakter zu sein, der, wenn überhaupt, eher selten lächelte.

»Ist das ein Leichenwagen?«, fragte er mit leicht zusammengekniffenen Augen. Im Schatten des Parkdecks war der Wagen kaum zu erkennen.

»Ja, ich dachte, ich bestelle ihn lieber gleich, bevor hier die nächste Ladung Gäste ankommt und wir Aufsehen erregen.«

»Gut«, sagte Hagen nur, und sie passierten das Hinweisschild über die Stilllegung des Schiffes.

»Wir müssen ein Deck höher.« Nils ging voran in den schmalen Gang, der zu den Treppen führte. Die Fährmitarbeiter und der Kapitän hatten sich inzwischen in die Kombüse und auf die Brücke zurückgezogen. Kaum, dass Nils die Tür zur Herrentoilette zu sehen bekam, überlief ihn ein unangenehmer kalter Schauer. Er hörte, wie Hagen hinter ihm Gummihandschuhe anzog.

»Hier, für Sie«, sagte der Kommissar und reichte Nils ebenfalls Handschuhe und Fußstulpen, ehe er ein Paar davon über seine eigenen Schuhe stülpte.

»Wir waren schon ohne so etwas drin, ich hab allerdings versucht, nichts anzufassen.«

»Ist klar. Aber jetzt gehen wir auf Nummer sicher, bitte.«

»Natürlich.«

Also zog sich auch Nils die Schutzkleidung über. Hagen machte zwei vorsichtige Schritte in den Raum hinein und sah sich um.

»Hier ist alles noch so, wie Sie es vorgefunden haben?«, fragte er.

»Ja, ist es.«

»Gut.« Er ging weiter bis vor die Kabinentür, die offen stand. »Und ein Arzt war schon hier?«

»Ja. Soll ich ihn holen?«

»Bitte.«

Nils rief bei Dr. Brenner an und stutzte, als drüben auf der gegenüberliegenden Seite in der Damentoilette ein Telefon zu klingeln begann. Die Tür wurde aufgeschoben.

»Bin schon da, hab nur schnell meine Hände gewaschen«, sagte Dr. Brenner.

Kommissar Hagen blickte etwas irritiert aus der Herrentoilette in den Flur und musterte Brenner von oben bis unten.

»Guten Tag, ich bin Oberkommissar Hagen von der Kripo Niebüll.«

»Brenner. Arzt«, sagte Brenner.

»Ich würde mir den Fundort gern allein anschauen. Wenn es Ihnen nichts ausmacht, könnten Sie mir unterdessen berichten, was Ihre Untersuchungen ergeben haben?«

»Von hier draußen?«

»Genau.«

»Sicher.«

Oberkommissar Hagen zog sich in den Toilettenraum zurück, und Dr. Brenner stellte sich in den Türrahmen neben Nils.

»Haben Sie die Leiche bewegt?«, fragte Hagen, während er sich den Toten aus der Nähe ansah.

»Nur die Hose runtergezogen, um die Temperatur zu messen. Aber es hilft Ihnen wahrscheinlich nicht viel weiter, wenn ich sage, dass der Todeszeitpunkt erst vor knapp zwei Stunden war. Das ergibt sich ja schon aus der Fahrzeit«, erklärte Brenner. Nun beugte er sich etwas weiter nach vorn. »Ungewöhnlich ist, dass ich bereits eine einsetzende Leichenstarre im Kieferbereich und in den Armen erkennen konnte. Das ist sehr früh.«

Hagen ging in die Knie und berührte den rechten Arm des Toten.

»Sie haben recht. Sehr ungewöhnlich.«

»Wie kommt das?«, fragte Nils.

»Es kann mit äußeren Faktoren zusammenhängen, die hier jedoch nicht gegeben sind.« Hagen tastete den leblosen Körper des Mannes vorsichtig ab. »Es besteht aber die Möglichkeit, dass giftige Substanzen den Rigor mortis beeinflussen.«

Nils sah Brenner alarmiert an.

»Diese Tatsache in Verbindung mit Ihrem Verdacht, dass der Mann sich vor seinem Tod übergeben hat, was ich ebenfalls vermute, legt einen nicht natürlichen Tod nahe«, fügte Hagen an. »Oder haben Sie etwas anderes herausfinden können, Doktor?«

»Nein, keine Anzeichen von Fremdeinwirkung. Keine Verletzungen, ob stumpf oder scharf, keine Einblutungen in den Augen oder Erstickungsflecken, keine Hämatome, soweit ich das erkennen konnte. Aber das kann man natürlich erst durch eine Obduktion hundertprozentig sicher beantworten. Zumal ich kein Rechtsmediziner bin, nur der Inselarzt, also …«

»Ich verstehe schon. Aber Ihre Ergebnisse und die Todesumstände reichen aus, um eine Ermittlung einzuleiten«, konstatierte Hagen und richtete sich auf. Er bewegte die Finger in den Handschuhen. »Ich lasse die Kriminaltechnik kommen.«

»Wir haben auch keinen Ausweis, kein Portemonnaie oder Ähnliches gefunden«, warf Nils ein. »Das kommt mir sehr verdächtig vor. Weder hier bei ihm noch oben an seinem Sitzplatz, nirgends. Ein Mann, der allein, ohne Papiere, ohne Gepäck auf eine Insel fährt und auf der Fahrt auf diese Weise verstirbt?«

»Gut, dass Sie mich angerufen haben. Ich sehe das genauso wie Sie. Als Nächstes würde ich gern mit dem Personal sprechen, das Kontakt mit dem Mann hatte. Und ich möchte, dass Sie dabei sind.«

»Ich kümmer mich drum.«

DREI

Nils und Oberkommissar Hagen saßen mit Juri Pesic, Wolfgang Schramme, der die Gangway für die Fußgänger betreute, und Hanno Gehrich vom Kioskverkauf im Bordrestaurant an einem Tisch. Allen dreien stand der Schock noch ins Gesicht geschrieben, doch ebenso wunderten sie sich wohl, wie ein fast noch jugendlicher Ermittler Oberkommissar bei der Kriminalpolizei sein konnte.

»Vielen Dank, dass Sie sich bereit erklärt haben, uns zu helfen«, begann Hagen das Gespräch.

Schramme, wie Wolfgang von allen gerufen wurde, fragte Nils mit einem Blick, ob der Jungspund auch fähig war, das hier durchzuziehen. Nils machte ein beschwichtigendes Gesicht, und Schramme konzentrierte sich wieder auf den Kommissar.

»Wer von Ihnen stand oben an der Gangway?«

»Das war ich«, erklärte Schramme und verschränkte seine Pranken auf dem Tisch.

»Sie haben den Mann also das Schiff betreten sehen?«

»Jou. Jeder muss ja an mir vorbei.«

»Und da haben Sie sich sein Gesicht gemerkt, obwohl Hunderte Menschen an Ihnen vorbeigehen?«

»Man entwickelt ein ganz gutes Gedächtnis in meinem Beruf. Und er fiel mir auf, weil er ganz allein war und ohne Gepäck.«

»Er hatte also nichts dabei, als er an Bord ging?«

»Na ja, also keinen Koffer oder so was. Aber eine kleine Umhängetasche. Für ’n Fotoapparat, schätze ich. Dachte, er kommt zum Arbeiten auf die Insel.«

»Wie ein typischer Urlauber sah er also nicht aus?« Hagen notierte sich etwas in einem kleinen Vokabelheftchen.

»Nein. Selbst Tagesausflügler sehen anders aus.«

»Inwiefern?«

»Weiß nicht, sie sind halt im Urlaub, und das merkt man ihnen an. Er wirkte nicht sehr entspannt. Ganz im Gegenteil.«

»Aha. Wie sah er denn Ihrer Meinung nach aus?«

»Tja, irgendwie … unentspannt. Gestresst und sehr ernst.«

Wieder notierte Hagen das in seinem Heftchen.

»Haben Sie gesehen, ob er zu irgendjemandem Kontakt aufgenommen hat?«

»Nein, hab ich nicht.«

»Konnten Sie sehen, ob er ein Handy besaß?«

»Ja, ja, das hielt er in der Hand.«

»Und ist Ihnen sonst noch etwas aufgefallen?«

»Na ja, er schien zu suchen«, sagte Schramme und zuckte mit den Schultern.

»Suchen? Nach was?«

»Nach jemandem. Er guckte so, als suchte er nach einer Person.«

»Verstehe. Sehr gut«, lobte Hagen und schrieb den Hinweis auf.

»Das ist mir auch aufgefallen«, warf Pesi ein. »Er hat sich die ganze Zeit umgeschaut. Gut, er war allein, aber andere Gäste machen das nicht.«

»Sie sind der Kellner?«

»Genau, ich hab ihm einen Kaffee und eine Sprite gebracht.«

»Hat er beides getrunken, oder hatten Sie das Gefühl, dass er eins der Getränke für eine zweite Person bestellt hat?«

»Nee, hat beides getrunken. Nicht ganz leer allerdings. Die Sprite hat er nicht ausgetrunken.«

»Haben sich heute Gäste über den Kaffee beschwert?«

»Übern Kaffee? Nee, warum auch?«

»Das Opfer hat sich ja offenbar übergeben müssen, daher möchte ich ausschließen, dass mit den Getränken etwas nicht in Ordnung war.«

»Unser Kaffee kommt aus einem Automaten, da kann man nicht viel falsch machen«, sagte Hanno Gehrich.

»Wofür sind Sie zuständig?«, fragte Oberkommissar Hagen nach.

»Ich mache den Kioskverkauf.«

»Und wie sind Sie auf den Mann aufmerksam geworden?«

»Er kam zu mir, um noch etwas Milch für den Kaffee nachzuholen. Milch und Zucker gibt's bei uns in der Selbstbedienung.«

»Aber gekauft hat er nichts bei Ihnen?«

»Nein, ich dachte es zuerst und wollte nachfragen, aber da hatte er die Milch bereits entdeckt.«

»Hatten Sie zu dem Zeitpunkt schon das Gefühl, dass es ihm schlecht ging?«

»Nein, er war ganz normal. Aber sehr ernst, das stimmt.«

»Wann hat er denn den Kaffee bestellt?«, fragte Hagen.

»Da waren wir vielleicht zwanzig Minuten unterwegs. Die Sprite erst später, so nach 'ner knappen Stunde.«

»Saß er die ganze Zeit auf seinem Platz?«, fragte Nils und sah zu Hagen, ob das in Ordnung war.

Der nickte nur und wartete interessiert auf die Antwort.

»Ja, bis er dann aufstand und verschwand«, sagte Pesi.

»Ist ihm jemand gefolgt?«

»Das weiß ich nicht. Hier gehen so viele rein und raus …«

»Habt ihr denn sehen können, als er rausging, ob er sein Handy und seine Tasche mitnahm?«, wollte Nils wissen.

Pesi und Hanno wechselten einen fragenden Blick und schüttelten dann die Köpfe.

»Nein, keine Ahnung«, meinte Hanno.

»Ich auch nicht«, fügte Pesi an. »Aber als ich den Tisch abräumte, war alles weg. Da standen nur die Tasse und die Flasche mit dem Glas, nichts weiter.«

»Gut, meine Herren, das war's fürs Erste. Haben Sie noch etwas, Herr Petersen?«, erkundigte sich Hagen.

»Nein, hab ich nicht.«

»Dann würde ich Sie bitten, dafür zu sorgen, dass die Kondensmilch an der Selbstbedienungstheke von keinem Mitarbeiter mehr angerührt wird. Die Kriminaltechniker werden sie sicherstellen, um zu sehen, ob dort vielleicht jemand Gift injiziert hat.«

Die Männer nickten fast ein wenig erschrocken und erhoben sich dann.

***

Holger Degemann fuhr im Schritttempo den einsamen Strandweg in Nebel entlang, der mitten durch die Dünenlandschaft und den Kiefernwald führte. Die letzten Wohnhäuser und Grundstücke hatten sie schon hinter sich gelassen.

»Wir sind bestimmt falsch, hier kommt nichts mehr«, meinte Emmi und suchte die Gegend mit hinter der Sonnenbrille versteckten Augen ab.

»Aber es war so beschrieben …«, entgegnete Holger und trat plötzlich auf die Bremse. Links neben sich hatte er zwischen hohem Dünengras eine schmale Treppe entdeckt. »Hier, hier muss es sein.«

Emmi beugte sich zu ihm hinüber und blickte aus dem Fahrerfenster auf das Haus, das hinter den Hügeln zu erahnen war. »Das gibt's ja nicht.«

»Nur für uns«, sagte Holger. »Gefällt's dir?«

»Wir wohnen mitten in den Dünen«, sagte sie, und das erste Mal schlich sich ein Lächeln in ihr Gesicht.

»Und wir haben ein Reetdach.«

Ein paar Meter weiter, kurz vor der Waldgrenze, führte eine Auffahrt auf das Grundstück. Holger hielt an und stieg hastig aus, um Emmis Reaktion zu sehen, wenn sie das Haus in Augenschein nahm. Sie strahlte über das ganze Gesicht, als sie ihren Blick über das Gebäude und den Garten wandern ließ.

»Meine Güte, ist das schön«, wisperte sie.

»Eigentlich sind es mehrere Wohnungen, doch die sind noch nicht fertig renoviert. Wir haben auf jeden Fall den Blick nach hinten in die Dünen«, erklärte Holger und betrat den Garten, wo inmitten von Bäumen und Rosenbüschen drei weiße Strandkörbe standen. Emmi kam hinterher, umfasste seinen Arm mit beiden Händen und legte ihren Kopf an seine Schulter.

»Danke.«

Er küsste sie auf das Haar.

»Lass uns reinschauen, ja?«

Sie gingen um die Hausecke herum und betraten das Haus durch die offene Eingangstür. Ihre Wohnung lag im Erdgeschoss mit Zugang zum Garten durch ein kombiniertes Wohn-und-Ess-Zimmer mit offener Küche. Die Decken waren holzgetäfelt und das Mobiliar im skandinavischen Stil gehalten. Das Schlafzimmer blickte zur Vorderseite hinaus.

»Perfekt«, meinte Holger nach der kleinen Besichtigung und beugte sich über den Esstisch, wo eine Informationsmappe auslag. »Wir haben sogar einen Ofen. Wenn es abends kühl wird, können wir Feuer machen.«

»Das fänd ich sehr schön«, sagte Emmi und prüfte den Inhalt der Küchenschränke.

»›Holz ist im Keller gestapelt, der Schlüssel hängt neben der Tür‹«, las Holger vor. »›Im Garten stehen Ihnen auch ein Grill und eine Feuerschale zur Verfügung.‹«

Da Emmi nicht antwortete, blickte er hoch und sah seine Frau mit einer Hand an der Stirn und der anderen auf der Arbeitsplatte leicht gebückt dastehen. Das war ihre typische Haltung, wenn wieder ein neuer Migräneschub kam. Er ging zu ihr und legte vorsichtig eine Hand auf ihren Rücken.

»Leg dich einfach hin, ich lade die Koffer aus«, sagte er mit gedämpfter Stimme. Sie nickte nur und schlich dann ins Schlafzimmer, wo sie die Gardinen zuzog und sich ins Bett legte.

Holger holte ohne Eile das Gepäck aus dem Wagen, sah sich immer wieder um und freute sich, wie schön dieses kleine Fleckchen Erde war. Dass es seiner Frau auch hier nicht immer gut gehen würde, war klar, aber er glaubte, dass dieser Ort irgendwie heilsam sein könnte.

Als er die Koffer und Taschen und die wenigen Lebensmittel,

die sie mitgenommen hatten, verstaut hatte, setzte er sich auf die Terrasse und lauschte zufrieden den Schreien der Möwen, die leuchtend weiß über ihm schwebten. Dann entschloss er sich, im Ort noch schnell ein paar Dinge einzukaufen und sich umzusehen, ob er vielleicht ein Café oder ein Restaurant entdeckte, das sie besuchen konnten. Er wollte vorher nur kurz schauen, ob Emmi noch schlief.

Der Raum war fast vollständig verdunkelt, nur durch einen kleinen Spalt in der Mitte des Vorhangs sickerte grünliches Licht herein. Emmi lag auf dem Rücken, eine Hand über die Augen gelegt. Sie atmete ganz ruhig. Je mehr sich seine Augen an die Dunkelheit gewöhnten, desto deutlicher nahm er den rechteckigen Schemen auf ihrem Nachttisch wahr. Es gab ihm einen leichten Stich ins Herz, als er erkannte, dass sie das Foto ihres Sohnes aus ihrer Handtasche geholt und neben sich aufgestellt hatte.

***

Draußen vor den großen Panoramafenstern der »MS Uthlande« glitt die neu eingesetzte Fähre »Nordfriesland« in Richtung Dagebüll vorbei, während hier drinnen die Kriminaltechniker in ihren weißen Anzügen Spuren sicherten. Nils hatte sich eine Buchungsliste aller Fährgäste besorgt und war mit dieser nun auf der Suche nach Kommissar Hagen. Er wollte gerade die Treppe zum Restaurantdeck hinaufgehen, als ihm zwei Männer keuchend und ächzend mit einem Zinksarg entgegenkamen. Nils machte ihnen Platz und musste schlucken, als sie den jungen Mann an ihm vorbeitrugen. Er wollte etwas sagen, doch ihm kam einfach kein Wort über die Lippen. Er konnte noch nicht begreifen, wie schnell dieser Tag, der so viel Gutes versprochen hatte, zum Schauplatz einer Tragödie geworden war, die noch lange Wellen schlagen würde.

Kommissar Hagen saß abseits des Untersuchungsgeschehens an einem Tisch im Restaurant vor einem aufgeklappten

Laptop und telefonierte. Nils näherte sich und legte ihm den Ausdruck auf den Tisch. Hagen bot ihm daraufhin mit einem Handzeichen den Platz gegenüber an und beendete das Gespräch.

»Einen Moment bitte«, sagte er und tippte noch rasch etwas in den Laptop. »Okay, entschuldigen Sie. Was haben Sie da mitgebracht?«

»Die Buchungsliste«, antwortete Nils. »Namen und Autokennzeichen aller Fahrgäste. Leider müssen wir die Unterkünfte noch in Erfahrung bringen.«

»Sehr gut, doch alle werden wir nicht sprechen können. Wir müssen das restliche Personal fragen, wer Kontakt mit ihm hatte, und das Videomaterial sichten.«

»Mit den Unterkünften kann ich aber helfen«, bot Nils sich an. »Das bringe ich in Erfahrung.«

»Das wäre großartig. Ich würde mich freuen, wenn Sie bei den Ermittlungen auf der Insel eng mit uns zusammenarbeiten würden.«

»Selbstverständlich.«

Hagen lehnte sich zurück und betrachtete Nils mit einem prüfenden Blick. »Was, denken Sie, ist hier passiert?«, wollte er wissen.

»Es ist noch ein bisschen früh, das zu sagen«, entgegnete Nils. »Aber für alle denkbaren Möglichkeiten, die auch Mord einschließen, sind die Umstände immer noch ungewöhnlich.«

»Wie steht's mit Drogen hier auf der Insel?«, fragte Hagen.

»Ist zu vernachlässigen. Der Handel läuft, wenn überhaupt, auf dem Festland. Soweit ich weiß, gibt es da ein paar Plätze entlang der B 5, in Tönning zum Beispiel. Aber das wissen Sie vermutlich besser als ich.«

»Ja, mich beschäftigt diese Tasche, die er offenbar dabeihatte. Ich dachte gleich an einen Kurier.«

»Vielleicht entdecken wir sie auf einem der Videos«, meinte Nils und schüttelte dann den Kopf. »Aber wer bringt denn einen Drogenkurier mit Gift um? Und warum?«

»Falls es Gift war, das wissen wir noch nicht.«

»Und wenn er kein Kurier war, was wollte der Mann dann auf der Insel? Keine Begleitung, kein Gepäck. Ich hab mich schon mal ein wenig umgehört, ob jemand einen Mitarbeiter oder einen Vertreter vermisst, der nicht erschienen ist. Aber Fehlanzeige bis jetzt.«

»Falls es doch ein Fotoapparat war, könnte er von einer Zeitung sein. Das kann ich prüfen lassen.«

»Und diese Theorie von einem Giftanschlag über die Kondensmilch, die Sie vorhin geäußert haben, halten Sie das für plausibel?«

»So etwas hat es schon relativ oft gegeben, allerdings mehrheitlich in Supermärkten«, erklärte Hagen. »Aber dann wäre es ein Wunder, dass nur eine Person betroffen ist und nicht mehrere.«

»Ich hab auch nicht das Gefühl, dass er ein Zufallsopfer ist«, sagte Nils. »Ausgerechnet derjenige, der kein offensichtlicher Tourist ist, wird zufällig ermordet?«

»Noch wissen wir auch das nicht«, relativierte Hagen Nils' Aussage.

VIER

Holger hatte sich, nachdem er vor die Tür getreten und zum Strunwai hinuntergegangen war, entschieden, zuerst den Strand zu erkunden. Er war neugierig, wie die Dünen, die Weite des Strandes und das Meer aussehen würden. Vielleicht konnte er ja schon einen Strandkorb für sich und Emmi reservieren, von dem aus sie den schönsten Blick hatten. Sie mochte es gern etwas abseits, nicht mitten im Trubel mit lautem Kindergeschrei und Leuten, die Fußball oder Volleyball spielten. Den Ort konnte er auch noch später erkunden. Wenn es Emmi besser ging, könnte sie ihn begleiten.

Er lenkte seinen Schritt also nach links und trat unter das Schattendach des Kiefernwaldes, der hier begann. Parallel zur Straße verlief ein Fußweg, auf dem ein Teppich aus Licht- und Schattenflecken lag, sodass man meinen konnte, man ginge auf dem Fell eines riesigen schlafenden Leoparden spazieren. Es roch herrlich nach dem kräftigen Aroma von warmem Kiefernharz. Hin und wieder überholten ihn Radfahrer auf dem Weg zum Strand, Familien mit aufgepusteten Schwimmtieren und klappernden Schaufeln im Gepäck. Er lächelte, als er mit festem Schritt dem Meer immer näher kam und es allmählich hören und riechen konnte.

Der Weg endete in einer Parkfläche für Autos und Fahrräder. Rechter Hand gab es ein kleines pavillonartiges Restaurant mit einem Außensitzbereich, der bis auf den letzten Platz gefüllt war. Kurz dahinter begann auch schon der Bohlenweg, der zwischen zwei Dünen hindurchführte und dann abfallend auf das weit entfernte Wasser zulief. Holger blieb kurz stehen und genoss den phantastischen, weitläufigen Blick über die weiße Sandwüste, die von bunten Strandkörben übersät war und ganz weit hinten in Richtung Horizont vom königsblauen Wasser begrenzt wurde. Zwei, drei Personen gingen an ihm vorbei, ehe auch er sich wieder in Bewegung setzte und den Strandkorbvermieter fand, bei dem er sogleich einen Korb bestellte, der am rechten Rand der Strandzone, nahe den Dünen, stehen sollte. Er bezahlte für zwei Wochen und war sich sicher, damit Emmi eine große Freude zu bereiten.

»Es ist die Nummer 214, roter Korb mit weißer Schrift. Steht schon da. Sie haben Glück, ist einer der letzten«, informierte ihn der Vermieter und riss das Quittungsblatt vom Block. »Viel Spaß und einen schönen Aufenthalt hier in Nebel.«

»Werden wir haben. Danke sehr«, sagte Holger und hob die Hand zum Abschied.

Auf dem Weg zum Strandkorb zog er sich die Schuhe aus und stapfte durch den feinen Sand. Ein kühler Wind wehte hier unten und ließ die Sonne weniger heiß erscheinen, als sie war. Er kam an einer Gruppe von älteren Leuten vorbei, die ihre vier Strandkörbe mit ausladenden Wällen und Gräben umzäunt hatten. Eine viel zu mühselige Arbeit, fand Holger, dem dieses Burgenbauen bei Erwachsenen eh nicht ganz geheuer war.

Nach etwa dreißig weiteren Metern hatte er die Nummer 214 erreicht, schloss auf und ließ sich rückwärts hineinplumpsen. Er verschnaufte kurz und drehte den Korb schließlich so, dass er im Schatten saß, aber immer noch aufs Meer schauen konnte.

»Perfekt«, sagte er zufrieden und streckte die Beine aus.

Eine halbe Stunde später schreckte er durch ein Geräusch aus dem Schlaf. Er war eingenickt. Holger sah auf die Uhr und fand, dass es Zeit war, zurück zum Haus zu gehen und zu schauen, wie es Emmi ging. Er rieb sich die müden Augen und beeilte sich dann, wieder nach Hause zu kommen.

Oben am Restaurant angekommen, merkte er, dass er immer schwächer wurde. Er hatte den ganzen Tag nichts gegessen, und die Fahrt steckte ihm noch in den Knochen. Daher beschloss er, sich am Kiosk des Restaurants schnell eine Cola oder ein Eis zu holen, um seinen Blutzuckerspeicher wieder aufzufüllen. Er reihte sich in die kleine Schlange vor der Ausgabe ein. Seine Knie fühlten sich an wie Pudding. Hoffentlich beeilen sich die Leute vor mir mit dem Bestellen, dachte er unruhig und lenkte seinen Blick nach rechts zum Strandabgang. Dann sah er ihn, und alle anderen Gedanken waren auf einen Schlag aus seinem Kopf verschwunden. Es war, als hätte er niemals einen anderen Gedanken gehabt als diesen einen, der sein ganzes Bewusstsein in Anspruch nahm: Das ist er!

Holger sah den Mann in Freizeithose und kariertem, kurzärmeligem Hemd vom Bohlenweg auf den Asphalt treten. In einem solchen Aufzug hatte er ihn noch nie gesehen, aber er erkannte ihn sofort. An seiner Körperhaltung, den leicht vorgebeugten, schmalen Schultern, der leicht ausgestellten Handhaltung, wenn er ging, und natürlich an den Augen. Diese Augen würde er nie vergessen. Sie schienen etwas zu groß zu sein für sein schmales Gesicht, und das linke schaute etwas nach außen. Er trug sogar immer noch den Schnäuzer, dessen Haare inzwischen ergraut waren.

»Hallo? Was möchten Sie denn, bitte?«, hörte Holger eine Stimme fragen. Er realisierte, dass er an der Reihe war zu bestellen. Die Dame blickte ihn fragend an und deutete auf die Wartenden hinter ihm. »Sie müssen etwas bestellen.«

»Ich … äh … nein danke. Schon gut.« Er winkte ab und entfernte sich aus der Schlange. Mürrisch rückten die anderen nach, doch er registrierte das nicht. Er hatte nur Augen für den Mann. Anscheinend war er ganz allein und ging zu Fuß nach Hause.

Holger trat auf die Straße. Sein Mund war staubtrocken, er schluckte, doch er bekam keine Spucke zusammen und musste husten.

Er war es. Ganz sicher. Es konnte keinen Zweifel geben. Und er lief ihm hier einfach so über den Weg, als wäre es das Selbstverständlichste auf der Welt. Aber wie hoch war schon die Wahrscheinlichkeit, dass sie sich hier trafen? Oder dass sie sich überhaupt jemals wiedersahen? Vielleicht in Berlin oder einer anderen Großstadt, aber hier?

Holger blickte ihm hinterher. Inzwischen lagen gut fünfzig Meter zwischen ihnen.

Es war wie ein Wink des Himmels. Als ob Gott ihm ganz plötzlich, nach all den Jahren, ein hässliches, boshaftes Geschenk vor die Füße warf. Was sollte er nun damit anfangen?

Auf der gegenüberliegenden Straßenseite steckten mehrere Schaufeln im Sand, die man für zwei Euro pro Tag ausleihen und das Geld in eine kleine Box einwerfen konnte. Holger nahm eine davon, ohne zu bezahlen, und folgte ihm.

Jetzt, um diese Zeit, waren sie die Einzigen, die auf diesem Weg vom Strand weggingen. Alle anderen kamen ihnen entgegen, lachten, flachsten miteinander und unterhielten sich, wie man es in der normalen Welt tat. Holger war stumm. Den Urknall, unter dessen Eindruck er stand, hatte außer ihm niemand wahrgenommen. Wie ein Unsichtbarer ging er an all diesen unwissenden Urlaubern mit ihren nichtigen Vorhaben vorbei. Er hörte seine Schritte auf dem von vertrockneten Kiefernnadeln übersäten Boden. Er ging schnell und holte immer mehr auf. Als das Waldstück begann, war er bis auf zehn Meter an ihn herangekommen. Der Mann schien ihn nicht zu hören, er ging einfach nur geradeaus den Weg entlang.

Holger hatte keinen Plan, hatte keine Vorstellung von dem, was er im Begriff war zu tun. Er handelte wie von einer fremden Macht gesteuert. Jetzt waren es nur noch fünf, sechs Meter bis zum Ende des Waldstücks. Holger fasste die Schaufel mit beiden Händen, machte zwei schnelle Schritte und holte im Beschleunigen weit aus. Das Schaufelblatt sauste durch die Luft und traf ihn mit einem metallischen *Gong!* an der oberen Schläfe. Fast lautlos, ohne einen Schrei oder eine andere Reaktion, sackte er in sich zusammen, fiel nach rechts auf die Böschung und blieb regungslos liegen.

Holger stand über ihm und sah ihn an. Er war es. Kein Zweifel. Er warf die Schaufel über die Hecke ihres angrenzenden

Grundstücks, ging zurück, packte ihn an beiden Armen und schleifte ihn die Auffahrt hoch bis zu ihrem Haus.

***

1989

Marcel richtete ein letztes Mal seine Haare im Spiegel auf dem Flur, zupfte ein paar honigblonde Strähnen aus seiner Tolle etwas tiefer in die Stirn, setzte seinen James-Dean-Blick auf und schnappte sich die Haustürschlüssel. Er verließ die Wohnung, obwohl er wusste, dass er schon spät dran war, im lockeren Schritt und vor sich hin pfeifend.

Von seiner Wohnung in der Potsdamer Uhlandstraße brauchte er zu Fuß knapp zwanzig Minuten bis zu der Party in der Virchowstraße. Alle Größen würden heute dort sein, und er war sich sicher, dass er nicht nur sehr viel Spaß haben würde, sondern mit etwas Glück vielleicht auch eine neue Rolle. Mit seinem letzten Film hatte er sich endlich einen Namen bei der DEFA gemacht. Nach vier Filmen, in denen er nur kleine Nebenrollen bekommen hatte, war jetzt seine Zeit, um richtig durchzustarten, auch wenn er das Studium an der Filmhochschule noch nicht abgeschlossen hatte. Die alte Riege der DEFA hatte ausgedient, eine neue, frischere Truppe würde bald das Zepter übernehmen und neue Geschichten erzählen, mutige, moderne Geschichten. Er wollte auf jeden Fall ein Teil davon sein.

Als er die Karl-Marx-Straße erreichte, meinte er, in einem der dort parkenden Wartburgs zwei Personen zu erkennen, doch das Licht der Straßenlaternen spiegelte sich so ungünstig in den Scheiben, dass er es nicht mit Sicherheit sagen konnte. Auf der Straße war er um diese Zeit ganz allein unterwegs. Hier und da brannte noch ein Licht in den großen Villen, doch als er in die Virchowstraße einbog, vernahm er schon die Musik. Kurz bevor er durch die hohe Gartenpforte trat, sah er weiter hinten auf der Straße noch einen Wartburg unter einer Laterne parken, bei dem das Beifahrerfenster heruntergekurbelt war. Er ignorierte das und betrat das Grundstück.

Auf dem Rasen vor dem Haus hatten sich kleine Grüppchen gebildet, die sich lachend miteinander unterhielten oder angeregt diskutierten. Im Gegenlicht des hell erleuchteten Hauses konnte er niemanden Bestimmtes erkennen und lief daher einfach die Eingangsstufen hinauf. Oben standen zwei Personen in der offenen Tür und rauchten. Der eine war ein Schauspielerkollege, dessen Namen Marcel wieder vergessen hatte. Er grüßte und ging zwischen den beiden hindurch in den Flurbereich. Auf der breiten Treppe zum Obergeschoss hockten bestimmt zehn Personen dicht beieinander, die hinter einer dicken Zigarettenrauchwolke kaum zu erkennen waren. Marcel hob grüßend die Hand und versuchte, sich einen Weg nach links in das dicht bevölkerte Wohnzimmer zu bahnen. Jemand hatte Stefan Diestelmann aufgelegt, und der Sound war so gut, dass Marcel fast erwartete, ihn mit seiner beklebten Gitarre in irgendeiner Ecke sitzen zu sehen, was aber natürlich nicht mehr möglich war.

»Hey, endlich tauchst du auch mal auf!«, begrüßte ihn der bereits angetrunkene Ecki Reichelt, der Kameramann bei seinem letzten Film gewesen war. Er kam mit ausgebreiteten Armen aus den Rauchschwaden auf ihn zu und fiel ihm um den Hals. »Wo warst du so lange? Komm, wir trinken was. Sind alle da«, lallte er und zog Marcel am Revers seiner Jacke mit sich zu einer Bar in der hinteren Ecke des Zimmers.

Ecki drückte ihm ein kaltes Bier in die Hand, sie stießen miteinander an und schauten in den überfüllten Raum.

»Ganz Babelsberg ist da. Wenn heute nichts klappt, dann weiß ich auch nicht!«, schrie Ecki ihm ins Ohr.

Marcel wusste nicht genau, ob er das beruflich meinte oder auf die Frauen bezog, die er heute abschleppen wollte. Ecki hatte mit so ziemlich jeder der Frauen, die an seinen Filmen beteiligt gewesen waren, anbändeln wollen. Er sprach einfach jede an, die nicht über fünfzig Jahre alt war, und diese Party war für ihn das Eldorado schlechthin.

»Die Thalbach ist dahinten«, sagte Ecki und deutete mit dem Flaschenhals nach links zu einer Gruppe, die sich um den Plattenspieler versammelt hatte. »Ich liebe ihre Stimme«, schwärmte er.

»Na, dann leg schon los«, forderte Marcel ihn auf.

Ecki grinste schief und stieß sich von der Bar ab. Marcel blieb stehen und schaute sich weiter um. Er sah Carow, Kohlhaase, Frank Beyer, Dagmar Manzel, Roland Gräf. Henry Hübchen schlenderte an ihm vorbei und stieß seine Bierflasche gegen seine.

»Tachchen, Kleiner«, sagte er im Vorbeigehen.

Michael Gwisdek saß auf einem Sofa und lauschte mit geschlossenen Augen seiner Nachbarin, die ihm direkt ins linke Ohr sprach und dabei gestenreich immer wieder ihren Weißwein verschüttete. Gwisdek und Carow hatten einen Film am Laufen, der Ende des Jahres rauskommen und hohe Wellen schlagen sollte. Darin wurde – zum ersten Mal in der DDR – Homosexualität thematisiert, und Marcel ärgerte sich, dass er nicht an so einem Filmvorhaben mitwirken konnte. Aber er wollte sich zumindest mal vorstellen und ging mit einem frischen Bier zu Heiner Carow hinüber.

»'n Abend, Herr Carow«, sprach er ihn an und reichte dem überraschten Regisseur das Bier. »Wir kennen uns noch nicht. Ich bin Marcel Degemann. Ich hab in ›Die letzte Stunde‹ die Hauptrolle gespielt.«

»Hab ich gesehen«, entgegnete Carow gut gelaunt und nahm das Bier entgegen.

»Echt?«

»Ich sehe alles, hat man dir das noch nicht gesagt?«

Wolfgang Kohlhaase, der neben ihm stand, lachte, und Marcel fühlte sich nicht ganz ernst genommen.

»Ja, ich wollte nur sagen, dass ich mich sehr auf Ihren neuen Film freue. Hab schon einiges darüber gehört.«

»Premiere ist im November, vielleicht sieht man sich ja dort«, antwortete Carow und ließ seine Frau Evelyn einen Schluck von seinem Bier nehmen.

»Hallo, Frau Carow, ist mir eine Ehre.« Marcel reichte ihr die Hand.

»Mal nicht so förmlich, junger Freund«, erwiderte sie, und Kohlhaase lächelte erneut.

»Ich …«, begann Marcel, als ihm auf einmal jemand auf die Schulter klopfte. Er drehte sich um und erkannte Lothar Steinkühler, einen Regisseur, der letztes Jahr mit Ecki zusammen einen Film gemacht hatte. Marcel trat einen Schritt zur Seite, weil er dachte, er würde mit Heiner Carow sprechen wollen, doch Steinkühlers Hand blieb auf seiner Schulter liegen.

»Kann ich dich einen Moment sprechen?«, fragte er.

Marcel stutzte. »Äh, sicher.«

»Lass uns rausgehen, hier ist es zu laut.« Steinkühler wandte sich ab und ging vorweg hinaus in den Garten. »Tut mir leid, wenn ich dich so überfalle«, entschuldigte er sich, und sie schüttelten sich die Hände. »Du weißt, wer ich bin?«

»Ja, ja, Ecki hat ja mit Ihnen …«

»Wir duzen uns aber lieber, okay? Ich bin Lothar.«

»Marcel.«

»Ja, ich habe ›Die letzte Stunde‹ gesehen und bin sehr angetan von dir. Ich glaube, dass da was ganz Großes in dir steckt. Du hast alles, was ein Filmstar braucht. Das Talent, das Aussehen und den Ehrgeiz. Zumindest glaube ich, das gesehen zu haben.«

»Ja, das stimmt«, sagte Marcel nachdrücklich.

»Ich will nicht lange um den heißen Brei herumreden, Marcel. Ich hab da ein neues Projekt, und ich hab bei der Besetzung an dich gedacht. Natürlich nur, wenn du Interesse hast und gewisse Voraussetzungen erfüllst.«

Marcel hatte das Gefühl, dass sich hier gerade etwas sehr Gutes für ihn auftat. Nur das Wort »Voraussetzungen« verunsicherte ihn ein wenig.

»Ich bin sehr interessiert und wüsste gern mehr darüber«, antwortete er.

»Nun, sportlich bist du ja, wenn ich dich so ansehe«, meinte Steinkühler und blickte an ihm herab. »Kannst du schwimmen?«

Marcel lachte. »Ja, allerdings. Ganz gut sogar. Ich bin als Kind viel geschwommen.«

»Sehr gut, sehr gut. Das gefällt mir natürlich.«

»Ich soll einen Schwimmer spielen?«, fragte Marcel.

»Weißt du ...« Steinkühler sah sich im Garten um, so als ob sie belauscht werden könnten. »Vielleicht besprechen wir das woanders. Ich bin noch nicht vollends befugt, darüber Auskunft zu geben.«

Da war schon wieder ein Wort, das Marcel aufstieß. »Befugt« beunruhigte ihn fast noch mehr als »Voraussetzungen«, obwohl sich das ja als harmlos herausgestellt hatte.

»Lass uns ein Stück spazieren gehen«, schlug Steinkühler vor.

Marcel fragte sich, als sie auf den Fußweg hinaustraten, ob er gerade in eine Falle oder zumindest in einen Test hineintappte. Wenn Steinkühler nun für die Stasi tätig war? Wollte er ihn auf seine Republiktreue testen? Was genau führte er im Schilde?

Steinkühler schlug den Weg nach rechts ein, und Marcel sah zu dem Wartburg mit dem offenen Fenster, der immer noch unter der Laterne stand.

»Ecki hat dich sehr gelobt und dich an mich empfohlen«, berichtete er im Plauderton.

»Ach, der Ecki ...«, sagte Marcel.

»Ja, er ist speziell, aber ein Guter. Auch wenn er über irgendeine Frau mal böse stolpern wird.«

»Da bin ich ähnlicher Meinung.«

»Lass uns rübergehen«, sagte Steinkühler mit einem Blick auf die Straße und überquerte sie.

Hinter einer hohen Hecke brannte noch Licht in einer unter

Eichen stehenden Villa. Das gusseiserne Tor zum Grundstück stand offen.

»Hier entlang.« Steinkühler wies auf den Eingang und ging wie zuvor vorweg auf den Kiesweg, der zu dem imposanten Haus führte.

»Was machen wir hier?«, fragte Marcel.

»Du wirst gleich mehr über das Filmvorhaben erfahren«, entgegnete Steinkühler lächelnd. »Komm.«

Marcel war das nicht geheuer. Er spürte, wie sich alles in ihm sträubte, dieses Haus zu betreten. Aber es konnte sich positiv auf seine berufliche Zukunft auswirken. Und er vertraute Ecki auch so weit, dass der ihn kaum ins Spiel gebracht hätte, wenn das hier kein weiterer Karriereschritt werden könnte.

In der Eingangstür standen zwei Männer, ähnlich wie bei der Party eben, doch diese beiden erkannte Marcel sofort. Ihre Kleidung, ihre Blicke, ihre Körperhaltung, es waren Stasileute. Ganz sicher. Steinkühler grüßte fröhlich. Die Männer nickten und nahmen Marcel in Augenschein.

»Hallo«, sagte er fast ein wenig kleinlaut.

»Wir müssen hier lang.« Steinkühler deutete auf eine große, zweiteilige Holztür, deren linker Flügel offen stand. Schwaches gelbliches Licht fiel heraus und spiegelte sich auf dem blanken Parkett der Türschwelle.

Sie betraten eine Art Konferenzraum, der von einem schweren, knapp vier Meter langen Eichentisch beherrscht wurde, an dessen hinterem Kopfende ein Mann mit dem Rücken zu ihnen in einem Stuhl saß und aus dem Fenster nach draußen in die Dunkelheit schaute.

Erst als sie sich genähert hatten, konnte Marcel erkennen, dass man von hier in die obere Etage des Hauses sehen konnte, aus dem sie gerade gekommen waren, und die Party noch in vollem Gang war.

Steinkühler blieb mit gut zwei Metern Abstand stehen und räusperte sich höflich. »Da sind wir«, sagte er. »Ich habe Herrn Degemann mitgebracht.«

Der Mann im Stuhl registrierte das, senkte kurz den Kopf, bevor er aufstand und sich umdrehte.

Marcel versetzte es einen solchen Schlag, dass er fast nach hinten gestolpert und umgefallen wäre. Es war ein Schock, ihn so unvermittelt direkt vor sich zu haben.

»Da ist er also«, sagte Erich Mielke, lächelte und streckte seine Hand aus.

Marcel wusste, dass er in diesem Augenblick vom Minister für Staatssicherheit persönlich begrüßt wurde.

Er reichte ihm die Hand für einen kurzen und festen Druck.

»Guten Abend«, schaffte er noch zu sagen, bevor seine Stimme brach.

»Schön, dass Sie kommen konnten«, sagte der Minister, so als ob Marcel einer Einladung gefolgt wäre. »Bitte setzen Sie sich.« Er deutete auf die Stühle zu seiner Linken und drehte seinen eigenen Stuhl zum Tisch um.

Marcel setzte sich übereck direkt neben ihn und Steinkühler einen Platz weiter. Auf dem Tisch lag eine in Leder gebundene, zugeklappte Mappe vor Minister Mielke, der sich nun auch wieder setzte und Marcel mit stechendem Blick und fast mürrisch zusammengepressten Lippen zu mustern begann.

Marcel spürte, wie ihm der Schweiß aus den Achselhöhlen kullerte. Auch am Haaransatz sickerte nervöser Schweiß auf seine Stirn.

»Herr Degemann, Sie fragen sich sicher, was diese kleine Unterbrechung Ihrer Abendgestaltung zu bedeuten hat, nich wahr?«, nuschelte Mielke in stockendem Redefluss. Das »nich wahr« verschluckte er fast vollständig.

Bereits diese erste Frage an ihn empfand Marcel als eine Falle, die ihn Kopf und Kragen kosten konnte. Er war auf einmal sicher, dass Steinkühler ein IM, ein inoffizieller Mitarbeiter, war und dass er, Marcel, nun über jemanden Auskunft geben sollte, den er kannte. Er sollte diese Person dem Minister für Staatssicherheit persönlich ans Messer liefern. Oder …

»Keine Bange, mein Lieber, dieses Treffen hier wird nicht

zu Ihrem Nachteil sein, nich wahr?«, fuhr Mielke fort und versuchte zu lächeln, doch er sah weiterhin bedrohlich aus. »Herr ... äh ... Steinkühler ist in ein Filmprojekt eingestiegen, das in seiner Machart und seiner politischen Ausrichtung ein ganz neues Kapitel in der Filmgeschichte aufschlagen wird, nich wahr? Es handelt sich hierbei um ein wahrlich großes, ganz im sozialistischen Sinne unseres Landes geformtes Projekt, an dem die besten Filmschaffenden der DDR teilhaben sollen.« Er hielt seine kleine Rede so, als lese er sie irgendwo ab und könne die Schrift nur schlecht entziffern. Jetzt faltete er die Hände über der ledernen Mappe, beugte sich ein wenig vor und stützte sich dabei auf seine Ellbogen. »Wie Sie vielleicht selbst schon bemerkt haben, ist unser Sozialismus gewissen Wandlungen und Veränderungen ausgesetzt. Diese Wandlungen sind gerade stärker spürbar denn je. Speziell unsere Jugend sucht ... äh ... Orientierung, und wir wollen ihr eine kleine Hilfestellung bieten, nich wahr, indem wir sie auf die Werte des Sozialismus besinnen. Zu diesem Zwecke fand ich es förderlich, ein Vorhaben ins Auge zu fassen, dass ebendiese Werte einer großen Masse vermitteln kann. Und welches Medium ist dafür besser geeignet als der Film?«

Es war eine rhetorische Frage, daher antwortete Marcel nicht. Er hätte sich aber auch nicht getraut zu antworten, wenn es von ihm erwartet worden wäre.

»Die Chancen, die ein solches Projekt in sich trägt, waren für mich so offensichtlich, dass wir nun kurz vor einer Premiere in der Kulturgeschichte unseres Landes stehen. Es ist eine enge Zusammenarbeit, Hand in Hand, Genosse für Genosse, zwischen Staatsführung und den Filmschaffenden und hat ein sehr hehres Ziel: Wir wollen einen Film produzieren, der unseren Sozialismus aufleben lässt, revitalisiert und unseren Feinden des imperialistischen Westens die Stirn bietet.«

An dieser Stelle erst verstand Marcel, aus welchem Grund man ihn hierhergelotst hatte. Er schaute Steinkühler fragend an, und der Regisseur nickte zuversichtlich.

»Sie verstehen sicherlich, Herr Degemann, dass wir für dieses Vorhaben nur sorgfältig ausgewählte Künstler engagieren können, von denen wir überzeugt sind, dass sie dem Anspruch gerecht werden?« Mielke blickte ihn eindringlich aus seinen schwarzen Augen an. Diesmal war die Frage auch tatsächlich als Frage gemeint.

»Natürlich«, antwortete Marcel.

Mielke warf Steinkühler einen für Marcel unergründlichen Blick zu und klopfte dann mit beiden Händen auf den Tisch. »Und was soll ich Sie noch länger auf die Folter spannen: Unsere Wahl für die Hauptrolle in diesem Film, für die wir einen jungen, gut aussehenden sportlichen Mann benötigen, einen sozialistischen Helden sozusagen, ist nach langen Auswahlgesprächen auf Sie gefallen, Herr Degemann. Ich gratuliere.«

Marcel wollte etwas erwidern, brachte aber nicht mal ein Krächzen heraus. Von den letzten Aussagen des Ministers war ihm nur das Wort »Hauptrolle« im Gedächtnis haften geblieben.

Mielke und Steinkühler sahen ihn erwartungsfroh an, erkannten aber und erwarteten wohl auch seine Unfähigkeit zu reagieren.

»Da sind Sie sprachlos, nich wahr?«, freute sich Mielke.

»Ich … ich weiß tatsächlich nicht …« Er stoppte, weil er wieder Angst bekam, sich um Kopf und Kragen zu reden.

»Ich verstehe, dass Sie sich kurz sammeln müssen, junger Mann. So ein Angebot bekommt man ja nicht alle Tage.«

Die Hitze unter Marcels Kleidung staute sich immer mehr auf. Schweißperlen rannen ihm die Schläfen hinab. Es wurde etwas von ihm erwartet, und er wusste auch, was, denn ein »Nein« wollte der Minister für Staatssicherheit sicher nicht von ihm hören. Es käme einer Ohrfeige gleich, wenn er ablehnte. Jetzt, in diesem Moment, hier in dieser Villa dem Minister des größten Kontrollapparates gegenübersitzend, den es in der DDR derzeit gab, konnte er nichts anderes tun, als darauf einzugehen. Er wusste es, konnte es aber nicht artikulieren.

Plötzlich klappte Mielke die lederne Mappe auf und schien für zwei Sekunden darin zu lesen.

»Wir haben natürlich noch andere Kandidaten auf der Liste. Wir haben die Gruppe Babelsberg ausführlich durchleuchtet. Ihr Schauspielkollege Dirk Kummer wäre eine weitere Möglichkeit für uns, falls Sie nicht zusagen möchten. Dieser junge Mann ist ebenfalls sehr vielversprechend. Und sein aktueller Film könnte ihn zum Star machen. Allerdings missfällt mir, unter uns gesagt, das Thema dieses Projekts. Herr Carow geht da einen Weg, der meinem Bild vom Sozialismus in der DDR widerspricht. Er könnte es sehr schwer haben, damit weiterhin Erfolg zu haben. Aber es ist Ihre Entscheidung.« Er atmete hörbar aus und studierte erneut die Namen auf der Liste in seiner Mappe.

»Nein, nein …«, begann Marcel, und sofort blitzte es in den Augen des Ministers auf. Er fixierte Marcel, ohne auch nur einmal zu blinzeln.

»Nein?«, fragte er wenig amüsiert nach.

»Nein, ich meine, Sie brauchen keinen anderen zu fragen«, sagte Marcel hastig. »Ich mach es, ich mach es auf jeden Fall.«

»Das ist eine gute Entscheidung, junger Mann. Dann gratuliere ich erneut und freue mich, dass Sie mit von der Partie sind.« Mielke erhob sich, reichte ihm die Hand, und Marcel schlug ein. Diesmal dauerte der Händedruck länger und fiel noch fester aus. »Wie Sie sich sicher denken können, werden Sie mit Herrn Steinkühler zusammenarbeiten. Sie werden ein großer Star werden, mein Junge. Das wird ein wahrlich großer Film.«

»Ja, ich freue mich. Vielen Dank.«

»Gern. Alles Weitere werden Sie mit Herrn Steinkühler besprechen. Die Verträge stellen wir fertig, und in den nächsten Tagen können Sie unterschreiben.«

»Wunderbar.«

Steinkühler, der ebenfalls aufgestanden war, klopfte ihm freundschaftlich auf den Rücken. »Willkommen an Bord.«

»Danke dir.«

»Gut, wenn Sie möchten, können Sie nun wieder den Feierlichkeiten auf der gegenüberliegenden Straßenseite beiwohnen. Aber eines muss Ihnen klar sein: Es ist Ihnen strengstens untersagt, mit irgendjemandem darüber zu sprechen. Ich muss auch darauf bestehen, dass Sie das gleich hier und jetzt mit einer Unterschrift bekräftigen.«

»Das mache ich natürlich.«

»Bis zum nächsten Mal. Ich zähle auf Sie«, sagte Mielke und klappte mit einem lauten Knall die Mappe zu. Dann verließ er mit energischem Schritt den Raum. Kaum war er draußen, betrat ein Mann das Konferenzzimmer und legte ein Dokument und einen Stift vor Marcel auf den Tisch.

Der überflog das Schreiben nur, weil er gar nicht mehr alles erfassen konnte, was gerade passierte. Er setzte seine Unterschrift darunter, und ohne ein weiteres Wort verschwand der Mann mit dem Dokument.

Marcels Beine gaben nach, und er plumpste auf den Stuhl. »Mein Gott ... Was war das eben?«, fragte er, ehe er tief durchatmete, die aufgestaute Luft auspustete und sich durchs schweißnasse Haar fuhr.

»Du hast gerade eine Hauptrolle an Land gezogen«, entgegnete Steinkühler. »Dieser Film ist die Chance unseres Lebens.«

»Meinst du?«

»Wie, hast du etwa Zweifel? Wir machen den größten Streifen, den es jemals gab in diesem Land. Du in Cinemascope. Junge, wir werden der Welt einen Film servieren, der alles bisher Dagewesene in den Schatten stellen wird!«

Marcel sah Steinkühler mit großen Augen an. Der Regisseur legte eine Hand auf seine Schulter.

»Du bist ein echter Glückspilz, weißt du das?«

Marcel begann langsam, sich zu entspannen, und nickte zuversichtlich.

»Lass uns rübergehen und das begießen«, schlug Steinkühler vor. »Du darfst nur nicht drüber reden, mit keiner Menschenseele.«

»Ist Ecki dabei?«, fragte Marcel.

»Darf ich dir nicht sagen.«

»Aha, okay.«

Sie verließen die von Stasimännern bewachte Villa, um erneut die Straßenseite und das Anwesen zu wechseln. Doch kurz bevor sie den Garten erreichten, stoppte Marcel.

»Du, ich glaub, ich geh lieber nach Hause. Das war 'n bisschen viel Aufregung für mich. Ich bin völlig ... na ja, erschlagen irgendwie.«

»Wirklich? Kein Bier zum Anstoßen?«

»Nee, nee, lass mal. Das holen wir nach, in Ordnung?«

»Alles klar, mir ging auch die Düse nach dem ersten Treffen. Mach's gut.«

Sie gaben sich die Hand, und Marcel machte sich auf den Rückweg zu seiner Wohnung. Als er diesmal den Wartburg passierte, in dem er zwei Stasimitarbeiter vermutete, fühlte er sich nicht mehr so bedroht wie vorhin oder all die Jahre zuvor.

***

Holger stand ratlos vor dem Ferienhaus, in dem seine Frau hoffentlich noch fest schlief. Der Mann, den er eben niedergeschlagen hatte, lag zu seinen Füßen. An seinem Kopf klaffte eine Platzwunde, die ihm die Haare, das Ohr und den Hals blutig gefärbt hatte.

Holger begriff noch gar nicht so recht, was er getan hatte und was das für ihn bedeutete; er wusste nur, dass seine Frau den Verletzten nicht sehen durfte. Daher stieg er die paar Stufen in den Keller des Hauses hinunter und öffnete die schwere Holztür, hinter der sich ein dunkler, kühler Kellerraum auftat, in dem an der rechten Wand Holzscheite für den Kamin bis unter die niedrige Decke gestapelt waren. Nur ein kleines vergittertes Fenster war ausgespart worden, sodass noch schwach Licht durch die spinnwebverhangene Scheibe drang. Bis auf ein Holzregal auf der linken Seite, in dem Polster für die Gartenstühle und ein roter Sonnenschirm lagen, war der Raum ansonsten leer.

Holger lief nach oben, packte den Mann erneut an den Händen und schleifte ihn die Treppe hinunter bis in die Mitte des Kellers. Eilig stapelte er einige Holzscheite so um, dass sie das Fenster komplett verdeckten. Dann verschloss er die Tür, ging wieder nach oben und betrat leise das Haus. Es war nichts zu hören, Emmi musste also noch schlafen. In der Küche nahm er sich eins der Geschirrtücher und einen Fußschemel.

»Schatz, was machst du da?«, hörte er Emmi aus dem Schlafzimmer rufen.

»Ich stell nur was auf die Terrasse, bin gleich wieder da«, rief er zurück und beeilte sich, in den Keller zu kommen.

Der Mann lag immer noch bewusstlos am Boden. Holger stellte den Schemel in die rechte Ecke des Raums, beförderte den Mann zum Hocker und setzte ihn so darauf, dass er an die Wand gelehnt sitzen blieb und nicht herunterrutschte. Dann stopfte er ihm das gesamte Geschirrtuch in den Mund und fesselte seine Hände auf dem Rücken mit der Kordel, die zuvor den Sonnenschirm zusammengehalten hatte. Auch die Füße schnürte er mit einer von einem Polster gerissenen Kordel zusammen, blickte noch einmal kurz prüfend auf sein Werk hinab und schloss den Mann, so wie er war, in dem Keller ein, um nach oben zu seiner Frau zu gehen.

»Wo warst du?«, fragte sie ihn, als er durch die Terrassentür eintrat. Sie hatte sich wieder angezogen und sah noch verschlafen, aber viel besser aus als vorhin.

»Ich war im Keller, da gibt's Holz für den Kamin«, sagte er.

»Das werden wir wohl nicht brauchen, bei der Wärme.« Sie blickte in den sonnenbeschienenen Garten.

»Da hast du vermutlich recht«, entgegnete er und nahm sie in den Arm.

»Du bist ja ganz außer Atem.«

»Ich hab auch schon einen Spaziergang zum Meer gemacht und uns einen Strandkorb besorgt«, sagte Holger über ihren Kopf hinweg.

»Das hast du gut gemacht.«

»Der Strand ist toll, er wird dir gefallen.«

FÜNF

Die Fähre verließ den Hafen, und das sich langsam schließende Schott verdeckte die beiden einzigen Wagen auf dem Parkdeck des verwaisten Schiffes. Den Leichenwagen, der den Sarg mit dem unbekannten Toten geladen hatte, und den VW-Bus der Kriminaltechnik.

Kommissar Hagen war ebenfalls an Bord geblieben und hatte versprochen, mindestens zwei Beamte zu schicken, die Nils bei der doch recht umfassenden Befragung der Passagiere dieser ersten Fähre helfen sollten.

Zunächst fuhr Nils jedoch kurz nach Hause, um Elke Bescheid zu geben, dass mit ihm heute und in den nächsten Tagen kaum zu rechnen war.

Elke und Anna saßen im Garten im Schatten des Baumes und tranken Kaffee.

»Oje«, sagte Elke sofort, als sie seinen Gesichtsausdruck sah. »Da ist doch schon wieder was passiert, oder?«

Nils nickte und setzte sich zu den beiden.

»Wir hatten einen Toten an Bord der Fähre«, berichtete er leise. Ihr Garten lag direkt neben der Nebeler Kirche, die immer gut besucht war, und er wollte nicht gleich die Buschtrommeln schlagen. »Höchstwahrscheinlich haben wir es sogar mit einem Mord zu tun, ist aber noch nicht sicher.«

»Was?«, fragte Elke schockiert und dämpfte sogleich ihre Stimme. »Ehrlich?«

»Ich hatte schon alles da, Kripo, Kriminaltechnik, Bestatter …«

Nils bediente sich beim Kaffee und trank einen Schluck.

»Und wer ist der Tote?«, fragte Anna.

»Wissen wir noch nicht. Hatte keine Papiere bei sich. Aber wir vermuten, dass er vielleicht vergiftet wurde.«

»Mein Gott, ist er direkt im Restaurant gestorben oder wo?«

»Auf der Herrentoilette. Hat sich wohl noch übergeben, bevor er starb.«

»Und nun, was passiert jetzt?«, wollte Elke wissen.

»Kommissar Hagen, der übrigens kaum älter aussieht als unsere Tochter, ist wieder nach Niebüll gefahren. Die Leiche kommt in die Rechtsmedizin nach Kiel. Ich muss jetzt hier auf der Insel Zeugen finden, die auf der Fähre waren, und sie befragen.«

»Das ist ja ein Riesenaufwand.«

»Ja, ich bekomme noch zwei Beamte als Hilfe, aber jetzt muss ich erst mal anhand der Buchungslisten schauen, wer wo untergekommen ist.«

»Können wir dir helfen?«, fragte Elke.

»Das wäre allerdings eine Idee«, sagte Nils. »Wenn ich die Unterkünfte zu den Namen habe, könntet ihr anrufen und fragen, ob sie den Mann gesehen haben.«

»Wir stehen bereit«, sagte Elke und blickte zu Anna, die zustimmend nickte.

»Danke euch. Ich fahr gleich weiter zur Touristinfo.«

»Viel Erfolg. Ich kann's nicht glauben, dass der erste Tag so beginnt«, meinte Elke und drückte seinen Unterarm.

»Wie auch immer, ich muss los. Ich meld mich.«

***

Um achtzehn Uhr holte Nils die beiden Beamten im Hafen ab, die Kommissar Hagen an ihn abgestellt hatte. Da die Fähre völlig ausgebucht war, konnten sie nur zu Fuß mitfahren. Nils erwartete sie oben am Ende der Brücke und winkte sie nach rechts, wo er seinen Dienstwagen geparkt hatte. Die übrigen Besucher beäugten die beiden Uniformierten kritisch, waren aber rasch wieder abgelenkt angesichts ihres Ferienbeginns auf der Insel.

»Moin, ich bin Nils Petersen, sagt einfach Nils«, stellte er sich vor und gab der jungen Beamtin und dem ebenso jungen

Beamten, die beide jeweils einen kleinen Rollkoffer hinter sich herzogen, die Hand.

»Janine Winter«, stellte sie sich vor.

»Edgar Paulsen. Eddi bitte.«

Nils führte sie zum Wagen, und sie stiegen ein. Janine auf dem Beifahrersitz und Eddi hinten.

»Hat man euch schon eingeweiht?«

»Ein eventueller Mordfall, wir sollen bei der Zeugenbefragung helfen«, antwortete die junge Polizistin.

»Habt ihr bereits Erfahrung mit so was?«

»Ja, wir beide haben bis jetzt bei zwei Mordfällen mitgearbeitet. Ich war bei einem Fall als Erste am Tatort.«

»Okay, gut. Ich hab eine relativ umfangreiche Liste«, sagte Nils und reihte sich in den Strom der auf die Insel rollenden Autos ein. »Wir fahren jetzt ins Büro und teilen die Adressen unter uns auf. Ich habe auch schon eine Übernachtungsmöglichkeit für euch gebucht. Wir werden mindestens zwei Tage benötigen.«

»Wir sind vorbereitet«, entgegnete Janine.

»Schön. Kennt ihr die Insel zufällig?«

»Ich war als Kind öfter hier. In dieser Klinik im Wald«, sagte Eddi.

»Ah ja, die Satteldüne.«

»Satteldüne«, wiederholte Eddi mit Blick aus dem Fenster, so als habe er nicht nur gute Erinnerungen an diese Zeit.

Sie erreichten die Polizeistation in Nebel, und Nils bat die beiden, kurz Platz zu nehmen, während er die Listen ausdruckte.

»Ich dachte, dass wir uns von einem Ort zum anderen vorarbeiten. Ich würde euch den Dienstwagen überlassen und nehme mein Privatauto, sodass wir uns dort besser aufteilen können. Mit dem Navi dürftet ihr ja alles finden.«

»Das kriegen wir hin«, sagte Janine und zählte die Personen auf ihrer Liste durch.

»Haben wir ein Bild des Opfers?«, erkundigte sich Eddi.

»Ja, das schicke ich euch aufs Handy. Ihr müsst die Leute nur vorbereiten, dass es ein Bild ist, auf dem die Person bereits verstorben ist.«

»Machen wir«, sagte Janine.

»Ich schlage vor, dass wir in Norddorf beginnen. Heute schaffen wir höchstens noch diesen einen Ort. Das Gute ist, dass die meisten jetzt zu Hause sind und zu Abend essen, sofern sie nicht im Restaurant sind.«

Sie machten sich mit zwei Wagen auf den Weg nach Norddorf. Nils wollte im Süden des Ortes beginnen, während die beiden Kollegen vom Festland ihre Befragungen im Norden und im Zentrum durchführten.

Nils' erster Name auf der Liste war ein gewisser Arnold Franke, der im Witjhüs, einem alten Friesenhaus im Nei Stich, eingecheckt hatte. Er hatte seinen Wohnsitz in Bochum und fuhr einen Audi Q7, der auch in der Auffahrt stand. Am Haus waren einige Fenster geöffnet, und Nils vernahm Kinderstimmen aus dem Garten, der zur Wattseite der Insel hin ausgerichtet war.

Er näherte sich dem Eingang und wurde sogleich von Herrn Franke entdeckt, der mit einem Kind auf dem Arm in der Küche stand und am Spülbecken ein Glas Wasser einfüllte.

Nils winkte freundlich, erntete aber dennoch einen besorgten Blick, als der Mann seine Uniform sah. Er öffnete die Tür, und der kleine Junge legte fest einen Arm um Papas Hals, während er mit der Hand des anderen am Saum seines T-Shirts herumspielte.

»Ja, bitte?«, fragte Herr Franke.

»Keine Angst«, sagte Nils und lächelte. »Es ist nichts passiert, was Sie betrifft. Hätten Sie einen Moment Zeit für mich?«

»Ja, was gibt es denn? Mit der Polizei haben wir jetzt nicht gerechnet.«

»Es geht um einen Vorfall auf der Fähre«, erklärte Nils und zwinkerte dem Jungen zu. »Es wäre aber besser, wenn wir uns unter vier Augen unterhalten könnten.«

»Ah, okay. Ich … bringe den Kleinen rasch zu meiner Frau.«

»Alles gut, machen Sie nur.«

Arnold Franke ging hinaus auf die Terrasse, sprach leise mit seiner Frau und übergab ihr das Kind. Dann kam er wieder nach vorn und zog die Tür hinter sich zu.

»Um was geht es denn?«, fragte er.

»Nun, es hat auf der Fähre leider ein Unglück gegeben. Ein Mann ist gestorben, und wir …«

»Wie … ertrunken?«

»Nein, direkt auf der Fähre. Wir suchen nun nach Zeugen, die den Mann gesehen haben und uns Auskunft über ihn geben können.«

»Verstehe. Um wen handelt es sich denn?«, fragte Herr Franke. Er mochte Anfang vierzig sein, mit braunem Haar und ebenso braunen Augen. Er hatte eine sehr ruhige, langsame Sprechweise, und Nils schätzte, dass er jemand war, der nicht so schnell die Fassung verlor.

Er holte sein Handy hervor und rief das Bild auf, das er gemacht hatte, als der Tote bereits im Sarg lag. »Bitte erschrecken Sie nicht, auf dem Bild ist die Person bereits verstorben.«

»Okay.« Arnold Franke blickte für einige Sekunden konzentriert auf das Foto.

»Der Mann war allein unterwegs, hatte kein Gepäck außer einer kleinen Tasche und war die Fahrt über im Restaurant.«

»Dort haben ja alle Maske getragen«, sagte Herr Franke. »Schwer zu sagen. Ich war einmal unten, um für die Kinder Getränke zu holen. Kann sein, dass ich ihn da gesehen hab. Ein Passagier, der dem Mann auf dem Foto ähnelte, saß ganz in der Nähe vom Kiosk an einem Tisch.«

»Der Verstorbene trug Jeans und ein blaues Sweatshirt mit Kapuze, dazu weiße Sportschuhe.«

»Ja, das kommt hin.«

»Erinnern Sie sich, ob er sich eventuell mit jemandem unterhalten hat?«

»Nein, ich bin direkt zum Kiosk gegangen und hab ihn nur ganz flüchtig gesehen.«

»Was tat er zu dem Zeitpunkt?«

»Ich glaube, er saß einfach nur da und schaute vor sich hin. Aber ich weiß es nicht genau, tut mir leid.«

»Und ist Ihnen sonst etwas Ungewöhnliches aufgefallen während der Fahrt? Ein Streit vielleicht, eine Person, die sich merkwürdig verhalten hat?«

Herr Franke dachte nach.

»Da war so ein Mann … Der war draußen, ganz hinten auf dem Parkdeck. Ich kam gerade von oben runter, weil ich mein Ladekabel im Auto liegen lassen hatte, und dachte zuerst … Das klingt jetzt vielleicht dumm, aber es sah so aus, als würde er hinter etwas herschauen, das er über Bord geworfen hatte. Aber das war nur so ein Gefühl, gesehen hab ich's nicht.«

»Das ist aber ein guter Hinweis. Denn wie gesagt, die Tasche, die der Mann bei sich hatte, fehlt«, sagte Nils.

»Aber warum sollte ein anderer Mann …« Er stockte. »Ach so«, sagte er nur, als ihm die Antwort von allein klar wurde. »Ich will jetzt aber niemandem Schwierigkeiten bereiten, der gar nicht … also, der nichts weiter getan hat, als über die Reling ins Wasser zu schauen.«

»Keine Sorge, wir führen ja nur Befragungen durch, ohne irgendwelche Verdächtigungen«, sagte Nils. »Könnten Sie den Mann beschreiben?«

Herr Franke verlagerte sein Gewicht auf das andere Bein und griff sich nachdenklich ans Kinn. »Nicht sehr groß, so um die eins fünfundsiebzig vielleicht. Halbglatze, um die fünfzig Jahre alt.«

»Und die Kleidung?«

»So eine lange beigefarbene Hose und ein dunkelblaues oder schwarzes Polohemd, meine ich.«

»Danke. Sonst noch etwas Auffälliges? Trug er etwas bei sich, oder ging er danach zu seinem Wagen?«

»Bei sich hatte er nichts. Ich bin dann auch gleich zu meinem Auto und hab ihn nicht mehr gesehen. Nirgends an Bord.«

»Um wie viel Uhr gingen Sie nach unten?«

»Das war so nach einer Stunde Fahrt ungefähr.«

Nils nickte. »Könnte Ihre Frau das Opfer auch gesehen haben?«

»Sie war die ganze Zeit mit den Kindern oben an Deck. Ich denke, eher nicht.«

»Das war sehr hilfreich, Herr Franke, vielen Dank. Sollte Ihnen oder Ihrer Frau noch etwas einfallen, melden Sie sich bitte unter einer dieser Nummern.« Nils händigte ihm seine Visitenkarte aus.

»Machen wir. Viel Erfolg.«

Nils hob zum Abschied die Hand und ging wieder zurück zu seinem Wagen. Er war positiv überrascht, dass gleich das erste Gespräch so erfolgreich verlaufen war.

Umso enttäuschender war das Ergebnis der nächsten vier Befragungen. Keiner der Urlauber konnte sich an das Opfer oder den von Herrn Franke beschriebenen Mann erinnern. Zwei weitere Familien auf Nils' Liste waren nicht zu Hause.

Im Halemwai sah er den Streifenwagen stehen und wartete, bis Janine und Eddi aus einem der Häuser kamen.

»Na, wie läuft es bis jetzt?«, fragte er.

»Mäßig«, meinte Janine und notierte etwas auf der Liste.

»Wie viele habt ihr noch?«

»Fünf.«

»Ich helf euch.«

Janine ließ Nils auf ihre Liste schauen.

Er zeigte auf drei Namen. »Die mach ich, die anderen beiden ihr.«

»Okay«, sagte Eddi.

»Wenn ihr auch noch nach einem Mann fragen könntet, so um die fünfzig Jahre, eins fünfundsiebzig groß, Halbglatze, beigefarbene Hose und dunkles Polohemd.«

Sie verabredeten einen neuen Treffpunkt im Zentrum am »Rialto« und gingen ihrer Wege.

Nils besuchte zuerst eine Familie im Lunstruat, die aber nichts gesehen und bemerkt hatte. Anschließend befragte er ein älteres Ehepaar im Ual Saarepswai, das hinten auf der Terrasse zu Abend aß und Nils einlud, sich dazuzugesellen. Nils setzte eine Maske auf, während er sich im Haus bewegte, was die beiden dankbar zur Kenntnis nahmen.

»Man kriegt ja schon einen tüchtigen Schreck, wenn plötzlich die Polizei vor der Tür steht«, sagte Frau Niemann. Laut Kennzeichen ihres B-Klasse-Mercedes stammten sie und ihr Mann aus Nürnberg.

»Ich weiß, aber es hat mit Ihnen rein gar nichts zu tun, es geht nur darum, ob Sie eventuell etwas beobachtet haben.«

»Was ist denn passiert?«, fragte Herr Niemann, der, obwohl das ihr erster Ferientag war, schon beachtlich vorgebräunt war.

»Es hat einen Todesfall an Bord der Fähre gegeben«, berichtete Nils, und Frau Niemann legte erschrocken eine Hand über den Mund.

»Ist jemand über Bord gegangen?«, fragte Herr Niemann.

»Nein, der Tote befand sich noch an Bord, und die Todesursache konnte bislang nicht abschließend geklärt werden, ebenso wenig wie seine Personalien«, erklärte Nils. »Wir sind daher auf der Suche nach Personen, die diesen Mann auf der Fähre gesehen haben oder gar Kontakt mit ihm hatten. Ich werde Ihnen jetzt ein Foto von ihm zeigen, muss Sie jedoch vorwarnen, dass der Mann zum Zeitpunkt, als es gemacht wurde, bereits verstorben war.«

Frau Niemann verzog das Gesicht, doch ihr Mann beugte sich mit gerunzelter Stirn nach vorn, als Nils das Foto auf dem Handy aufrief. Beide sahen sich das Bild einige Sekunden lang an.

»Er könnte natürlich eine Maske getragen haben.«

Diesen Hinweis nahm Herr Niemann sehr ernst, denn er verdeckte mit einer Serviette den unteren Teil des Gesichts.

»Nein, tut mir leid«, sagte er dann überzeugt.

»Ich kann mich auch nicht erinnern«, stimmte seine Frau ihm bedauernd zu.

»In Ordnung. Und können Sie sich vielleicht an einen zweiten Mann erinnern, der in dem Zusammenhang wichtig sein könnte?«

Nils beschrieb den Mann vom Parkdeck. Herr Niemann schüttelte sofort den Kopf. Seine Frau blinzelte jedoch nachdenklich.

»Möglicherweise …«, begann sie.

»Ja?«

»Also, ich hab einen Mann mit Halbglatze gesehen. Er trug auch so eine Hose, wie Sie sagten.«

»Wo war das?«, hakte Nils nach.

»Im Gang zu den Toiletten. Ich kam gerade aus der Damentoilette und sah ihn mit einem anderen Mann am Eingang zum Waschraum der Männer stehen.«

»Ach, tatsächlich?« Nils rückte interessiert näher.

»Ich weiß das noch, weil ich … Aber das kann auch völliger Quatsch sein …«

»Nein, nein, reden Sie nur«, bestärkte Nils sie.

»Na ja, die beiden tuschelten miteinander. Und ich wunderte mich, weil Männer eigentlich nicht miteinander tuscheln, zumindest kenne ich keine, die das tun. Nur deshalb sind mir die beiden überhaupt im Gedächtnis geblieben.«

»Aber die Person, mit der der Mann sprach, war nicht der Verstorbene vom Foto?«

»Nein, der andere war viel älter und kräftiger. Er hatte noch recht volles Haar, mit Seitenscheitel. Und er trug diese Siebenachtelhosen, die ich bei Männern nicht mag«, sagte sie mit einem Blick zu ihrem Mann.

»Und die Farbe?«

»Blau. Obenrum trug er auch Blau, aber ich weiß nicht mehr, ob es ein Hemd oder ein Polohemd war.«

»Aber das ist doch schon sehr gut. Wie groß schätzen Sie ihn?«

»Da die beiden ihre Köpfe so zusammensteckten, kann ich es schlecht sagen«, meinte Frau Niemann.

»Nun, der Herr mit der Halbglatze war mit eins fünfundsiebzig ja nicht besonders groß. War der andere Mann größer oder kleiner als er?«

»Auf jeden Fall größer. Ach ja, und er hatte so eine Stelle am Bein. So eine rote Narbe, ich weiß nicht genau, wie man das nennt. Feuermal oder so? Wenn die Haut sich so rötlich-lila färbt?«

»Ah ja, ich weiß, was Sie meinen. Dass Ihnen das aufgefallen ist …«

»Es war sehr deutlich zu sehen durch diese schrecklichen Hosen.«

Nils lächelte amüsiert.

»Sind Ihnen die Männer auch noch an anderer Stelle begegnet?«

»Nein, das nicht.«

»Und wissen Sie noch, zu welchem Zeitpunkt Sie die beiden sahen?«

Sie blickte zu ihrem Mann. »Wann bin ich zur Toilette gegangen?«

»Da waren wir noch nicht lang unterwegs«, sagte Herr Niemann. »So ungefähr zwanzig Minuten, schätze ich.«

»Vielen Dank. Damit haben Sie mir sehr geholfen.« Nils verabschiedete sich von den beiden, nachdem er auch ihnen seine Karte gegeben hatte.

Das letzte Gespräch war leider wieder ergebnislos. Das befragte Ehepaar berichtete Nils auf dessen Frage nach ungewöhnlichen Beobachtungen quasi alles, was auf der Überfahrt geschehen war und nichts mit diesem Fall zu tun haben konnte, von brötchenklauenden Möwen bis hin zu Kindern, die in der Öffentlichkeit gewickelt worden waren.

Der Streifenwagen parkte schon am Taft, kurz hinter dem Restaurant Rialto, als Nils in die Straße einbog. Durch das Fenster verständigten sie sich, zunächst in die Polizeistation zu fahren, um ihre Ergebnisse zu besprechen. Nils hatte im Rialto zuvor telefonisch drei Pizzen bestellt, die er jetzt schnell aus dem Restaurant holte.

Nach einer Stärkung im Büro der Dienststelle holten sie ihre Notizen heraus und begannen zu berichten.

Janine und Eddi hatten eine Familie ausfindig gemacht, die im Bordrestaurant eine Kleinigkeit gegessen hatte und beim Rausgehen an dem Opfer vorbeigegangen war. Der Vater, ein Herr Stahnke, war Hobbyfotograf, und ihm war die Fototasche des Mannes aufgefallen, die laut seiner Aussage mit dem roten Aufdruck »Nikon« versehen gewesen war. Herr Stahnke habe sich noch gefragt, warum ein Fotograf hier unten herumsaß, wenn die besten Motive doch alle draußen auf See zu finden waren.

Nils begann, an einem Whiteboard, das eigentlich mal seiner Tochter gehört hatte, alle Merkmale und Besonderheiten der verschiedenen Personen zu notieren, von denen ihnen berichtet wurde, angefangen bei ihrem Aussehen bis hin zu dem, was sie taten oder bei sich trugen.

Janine und Eddi hatten auch eine Frau mit Kind und ihre Mutter befragt, die beide den Mann mit der Halbglatze gesehen haben wollten.

»Er hat allein in der hinteren rechten Ecke des Sonnendecks gesessen, trug eine Sonnenbrille und hatte einen schwarzen Rucksack dabei«, las Eddi aus seinen Notizen vor. »Das war gleich zu Beginn, als sie den Hafen verließen. Später sei er nicht mehr da gewesen, die beiden konnten aber nicht sagen, ab wann.«

»Den wohl wichtigsten Hinweis haben wir von einem zehnjährigen Jungen bekommen«, fügte Janine an. »Die Familie Gräfe war zwar während der gesamten Fahrt auf dem Sonnendeck, der Sohn Matti ging aber zwischendurch allein auf die Herrentoilette und benutzte eine der Kabinen. Er hörte, wie jemand in die Toilette gestürzt kam und in der Nebenkabine ›ganz schreckliche Geräusche‹ gemacht hat, wie er sagte. Laut seiner Beschreibung war es die Kabine, in der das Opfer gefunden wurde. Die Eltern gaben an, dass der Sohn gegen neun Uhr zehn nach unten ging und sehr verstört wieder zurückkam.«

»Aber gesehen hat er nichts?«, fragte Nils.

»Hab ich die Mutter auch gefragt, die ihn daraufhin in seinem Zimmer noch mal auf das Erlebnis angesprochen hat.«

»Und?«

»Er meinte, dass unter der Kabinenwand so eine Tasche durchguckte. Sie war schwarz mit roter Aufschrift.«

»Die Fototasche«, sagte Nils. »Also hatte das Opfer sie mit in der Kabine. Das kann eigentlich nur bedeuten, dass jemand sie nach seinem Tod entwendet hat.«

Nach dieser Feststellung entstand eine Stille im Raum, die vom Klingeln des Telefons durchbrochen wurde, was alle zusammenzucken ließ.

»Notrufnummer«, sagte Nils nur und hob ab. »Polizeidienststelle Amrum, Sie sprechen mit Nils Petersen, was kann ich für Sie tun?«

»Mein Name ist Else Langhoff, und wir machen seit heute Urlaub auf der Insel«, sagte eine zittrige Frauenstimme am anderen Ende der Leitung. »Ich glaube, dass mein Mann verschwunden ist.«

»Wann und wo haben Sie ihn denn zuletzt gesehen?«, fragte Nils.

»Am Strand. Wir sind mit Bekannten hier. Michael musste noch arbeiten und ging am Nachmittag allein zurück zum Haus. Ich bin gegen achtzehn Uhr nachgekommen, da war er nicht mehr da. Ich hab überall nachgeschaut und rumtelefoniert, aber niemand hat ihn gesehen. Ich weiß gar nicht, was ich machen soll …«

»Frau Langhoff, ich komme sofort zu Ihnen, und wir leiten dann alle weiteren Maßnahmen ein«, sagte Nils und ließ sich die Adresse geben.

Er stand auf. »Wir haben eine vermisste Person«, informierte er die beiden Beamten aus Niebüll und griff zum Autoschlüssel.

***

1989

Das Telefon klingelte.

»Holger, gehst du mal?«, rief Emmi vom Balkon. Sie saß mit Andrea, ihrer Freundin aus dem ersten Stock, draußen in der Sonne und trank Rotkäppchen-Sekt, weil Andreas Sohn einen Studienplatz in Erfurt bekommen hatte. Die beiden waren schon etwas beschwipst an diesem ungewöhnlich heißen Märztag, und ihr Gelächter schallte von den Wänden des gegenüberliegenden Gebäudes zurück.

Holger nahm den Hörer ab. »Degemann?«

»Papa. Hier ist Marcel.«

»Marcel, was ist los? Wie geht's dir?«

Sein Sohn hatte sich in letzter Zeit schon länger nicht mehr gemeldet, weil er Schauspieler war und oft bis spätabends arbeitete.

»Alles gut so weit«, antwortete Marcel, aber er klang, als ob genau das Gegenteil der Fall wäre. »Hast du Zeit, dass wir uns mal treffen können?«

»Sicher, Junge. Du kannst jederzeit vorbeikommen.«

»Nein, ich meinte, nur du und ich. Vielleicht können wir mal wieder angeln gehen an unserer alten Stelle. Was meinst du?«

Sie hatten das letzte Mal zusammen geangelt, als Marcel zehn oder zwölf Jahre alt gewesen war.

Emmi versuchte, vom Balkon aus hereinzuschauen, konnte Holger aber nicht erkennen, weil die Sonne sie blendete.

»Angeln, ja klar. Wann dachtest du denn?«

»Morgen Abend? Aber es wäre gut, wenn du Mama nichts davon sagst, es soll eine Überraschung sein.«

»Aha. Äh … Ist gut, dann würde ich sagen, wir sehen uns morgen.«

»So um sechs?«

»Ja, gut.«

»Und vergiss die Angeln nicht.«

»Nein, nein, mach ich nicht.«
»Gut, bis morgen dann.«
»Ja, bis dann.«
Marcel legte auf.
Holger stand mit dem Hörer in der Hand für einen Moment da und versuchte zu verstehen, was sein Sohn von ihm wollte. Denn Angeln, da war er sich sicher, war es ganz bestimmt nicht.
»Wer war es denn?«, rief Emmi vom Balkon.
»Ich ... muss morgen länger arbeiten. Eine Maschine ist kaputtgegangen«, log Holger spontan.
»Ach, diese blöden Maschinen, und anscheinend kann sie keiner reparieren außer meinem Holger«, sagte Emmi zu Andrea, und sie stießen kichernd mit ihrem Sekt an.
Holger ging hinunter in den Keller, um nach den Angeln zu suchen. Er fand sie im obersten Fach eines von ihm selbst gezimmerten Regals, eine Steck- und eine Teleskopangel. Er musste versuchen, sie morgen früh unbemerkt an Emmi vorbeizuschmuggeln. Wenn sie die Angelruten dennoch sah und ihn fragte, was er damit wolle, würde er behaupten, dass er sie bei der Arbeit zur Reparatur brauchte, um irgendwo besser heranzukommen.
Er deponierte die Ruten direkt neben der Tür und ging wieder hinauf in den vierten Stock, wo Emmi und Andrea fragten, ob er nicht heute für sie alle kochen wolle.
Bis kurz nach elf saßen sie dann mit Andrea und ihrem Mann Heinz beisammen und tranken noch mehr Sekt und Bier und ein paar Schnäpse. Holger hielt sich zurück, damit er am folgenden Tag keinen allzu schlimmen Kater hatte, und fuhr am nächsten Morgen mit seinen Angeln, die aus seiner Tasche herauslugten, zur Arbeit und anschließend zu der Angelstelle am Schäfersee, wo er früher immer mit Marcel gewesen war.
Er war eine halbe Stunde zu früh dran, doch zu seiner Überraschung war Marcel bereits da und saß am Ufer.
»Marcel«, sagte Holger.
»Papa.« Marcel stand auf und umarmte ihn.

Holger hatte schon den ganzen Tag so eine Ahnung, dass sein Sohn ihn herbestellt hatte, weil er aus ihm in Kürze einen Großvater machen würde. Zumindest erschien ihm das die plausibelste Erklärung für dieses geheime Treffen zu sein.

»Du hast die Angeln ja gefunden«, freute sich Marcel.

»Schon, aber ich hab so das Gefühl, dass wir sie gar nicht brauchen werden, oder?«

Marcel grinste, aber nur eine Sekunde lang.

»Wollen wir uns setzen?«, fragte er.

Sie ließen sich am Ufer des Baggersees nieder. Hier, auf der kleinen halbrunden Landzunge, waren sie von Bäumen umgeben und ganz für sich allein. Es gab weitere Stellen, an denen man an einem kleinen Strand oder an Wiesenflächen besser baden konnte, doch hierhin verirrte sich heute niemand.

»Wie geht's Mama?«, fragte Marcel.

»Gut, prima. Wir haben gestern mit Andrea und Heinz ein bisschen gefeiert, weil Benno einen Studienplatz bekommen hat.«

»Schön.«

»Und bei dir? Was machen deine Filme? Hast du schon was Neues in Aussicht?«

»Um ehrlich zu sein, ja«, antwortete Marcel, aber es klang so gedrückt, dass Holger ihm einen prüfenden Blick zuwarf.

»Ist doch gut«, meinte er aufmunternd.

»Ja, sehr gut sogar. Ein sehr großes Filmprojekt.«

Holgers Blick ruhte immer noch auf seinem Sohn.

»Aber?«

Marcel brauchte einen Moment, um zu antworten.

»Papa, ich steck in der Klemme«, sagte er schließlich und vergrub seinen Kopf in den Händen.

»Du kannst mir alles erzählen, Marcel. Wir kriegen das wieder hin. Hast du ... Ich meine ... Ist irgendwas unterwegs?«

»Unterwegs?« Marcel schaute verwundert hoch.

»Ein Kind?«

»Was? Nein, nein. Ganz was anderes, Papa. Ich wünschte, es wäre so einfach.«

»Ach du je«, meinte Holger und kratzte sich am Kopf. »Das klingt ja gar nicht gut.«

Marcel blickte sich um, so als würde er befürchten, von jemandem beobachtet zu werden. Auch Holger schaute durch die Baumreihen.

»Was ist los?«

»Ich habe ein Angebot bekommen«, flüsterte Marcel. »Für einen Film.«

»Ja …«

»Es soll ein riesiges Projekt werden. Ich hab die Hauptrolle.«

»Und das ist schlecht?«

»Hör mir doch zu. Ich bin von Erich Mielke persönlich engagiert worden«, flüsterte Marcel und sah ihm dabei bedeutungsvoll in die Augen.

»Mielke?«, wiederholte Holger. »Ich versteh nicht.«

Wieder dieser absichernde Blick von Marcel.

»Es soll ein Propagandafilm werden. Ich soll einen Olympioniken darstellen, einen Schwimmer. Einen verdammten sozialistischen Helden, der den dämonischen Westen besiegt. Die wollen mich zu ihrer Galionsfigur machen, Papa. Für so was bin ich doch nicht Schauspieler geworden! Ich will diesen Scheiß nicht. Ich kann das nicht machen.«

»Gibt es denn keinen anderen?«

»Bestimmt, aber verstehst du denn nicht? Ich hab direkt vor Mielke gesessen. Was sollte ich denn bitte schön machen? Ich konnte doch nicht ablehnen. Die hätten mich auf der Stelle nach Hohenschönhausen gebracht.«

Holger verstand endlich, was seinen Sohn so umtrieb und bedrückte. Marcel war seit jeher ein Freigeist gewesen und der Weg zum Film so etwas wie sein Freischein, dem System, das er verachtete, auf kreative Weise etwas entgegenzusetzen. Er war in seinem Herzen eigentlich ein Revoluzzer und sah viele von den Filmschaffenden als ebensolche Querköpfe, die ihre Sicht der Dinge über die Kunst ausdrückten. Nicht alle diese Filme schafften es an der Zensur vorbei bis ins Kino. Aber die Hoffnung, diesem bröckelnden kommunistischen Apparat einen Spiegel vorsetzen zu können, war stets da. So hatte Marcel es immer genannt, »einen Spiegel vorsetzen«. Und nun sollte er zum genauen Gegenteil werden. Mit seiner Vermutung, dass er die Rolle nicht absagen konnte, ohne mit gravierenden Konsequenzen rechnen zu müssen, hatte er leider ebenfalls recht.

»Ich kann das nicht machen. Ich schlaf nicht mehr und hab ständig Schweißausbrüche. Außerdem werde ich beobachtet. Und ich hab sogar schon eine Verschwiegenheitserklärung unterschreiben müssen, gleich am ersten Abend.«

»Wie sind die auf dich gekommen?«, fragte Holger.

»Der Regisseur hat mich angesprochen und dann quasi direkt in die Falle laufen lassen. Aber der ist auch überzeugt von der ganzen Scheiße.«

»Marcel, du musst aufpassen, mit wem du jetzt redest, hörst du? Solche Äußerungen darfst du keinen hören lassen.«

»Ich weiß. Was meinst du, warum ich dich hier treffen wollte?«

»Kannst du vielleicht mit einer Verletzung ausfallen? Du sollst doch einen Sportler darstellen. Wenn du, keine Ahnung, einen Bänderriss oder so was hast, kannst du nicht mehr weitermachen.«

»Soll ich mich selbst verletzen, ist es das, was du sagen willst?«, fragte Marcel. »Nein, Papa, das kann ich nicht, und es ist auch zu riskant. Was, wenn das rauskommt? Ich hab eine Entscheidung getroffen. Es gibt einfach keinen Ausweg mehr für mich. Ich bin absolut gefangen.«

»Willst du die Sache einfach durchziehen?«

Marcel schüttelte den Kopf. »Nein. Du weißt schon, was ich meine.«

»Ich weiß nicht, was du meinst«, sagte Holger schärfer als

beabsichtigt, weil er wohl doch insgeheim ahnte, was sein Sohn ihm sagen wollte.

Der warf ihm einen Blick zu, der gleichzeitig Schmerz ausdrückte und um Verzeihung bat.

Marcel nahm Holger in den Arm und hielt ihn ganz fest. Dann drückte er seine Lippen an Holgers Ohr und flüsterte: »Ich muss gehen. Ich muss einfach.«

»Nein«, sagte Holger, und Marcel drückte ihn daraufhin noch fester.

»Ich hab's schon geplant«, hauchte er. »Ich und ein Freund, während der Dreharbeiten.«

»Du hast mit jemandem gesprochen, bist du wahnsinnig?«

»Er ist vertrauenswürdig.«

»Niemand ist das. *Niemand*«, zischte Holger und drückte seinen Sohn von sich weg, damit er ihm in die Augen sehen konnte. »Jeder kann ein Spitzel sein, du kannst keinem vertrauen.«

»Ich weiß, aber *du* musst mir vertrauen.«

»Nein, Marcel, nein. Das kannst du nicht tun.«

»Ich muss, Papa. Aber du darfst Mama nichts davon sagen. Ich bitte dich. Sie würde durchdrehen. Deshalb wollte ich nur mit dir sprechen.«

Holger sah gequält auf den See hinaus, auf dem die langen Schatten der Bäume lagen. Ihm kamen unweigerlich die Tränen. Er würde seinen Sohn für eine sehr lange Zeit nicht mehr sehen. Vielleicht für immer. Seinen Marcel. Den kleinen Jungen, mit dem er hier am Ufer geangelt hatte, der sich nicht getraut hatte, Regenwürmer auf den Haken zu spießen oder einen Fisch zu erschlagen.

Erneut zog Marcel ihn an sich.

»Bitte, Papa, sei nicht böse.«

Holgers Tränen tropften auf Marcels Schulter.

»Wann?«, fragte er, und der Kloß in seinem Hals erstickte ihn fast.

»Wir fahren in drei Tagen mit dem ganzen Team nach Warnemünde. Von dort aus.«

Holger tätschelte sanft Marcels Hinterkopf. Zu sagen wusste er nichts mehr. Nichts, was ihn davon abhalten, und nichts, was er ihm mit auf den Weg geben könnte. Er wollte ihn einfach nur in seinen Armen halten und nie wieder loslassen.

»Tut mir leid«, sagte Marcel erneut. Auch seine Augen waren tränennass, und seine Wangen glänzten feucht. Er schniefte.

Holger ergriff das Gesicht seines Sohnes mit beiden Händen. »Pass auf dich auf, Junge. Vorsichtig sein, hörst du?«

»Mach ich.«

Dann wollte Marcel noch etwas sagen, was ihm offenbar sehr schwerfiel.

»Grüß Mama von mir, sag ihr …« Doch er konnte nicht weitersprechen.

Sie nahmen sich ein letztes Mal in den Arm, umringt von den Bäumen, die ihr Geheimnis für sich behalten sollten, damit alles gut ging und Marcel sicher in die Freiheit gelangte, die auf ihn wartete.

Das war Holgers einziger Trost.

SECHS

Nils hielt vor dem Haus im Strunwai in Nebel. Drei Wagen standen auf dem zugehörigen Parkplatz. Schon von Weitem sah er die besorgte Frau Langhoff hinter dem Fenster des Wohnzimmers nach ihm Ausschau halten. Nils winkte und beeilte sich, zur Eingangstür zu kommen, die ihm auch sogleich geöffnet wurde. Frau Langhoff begrüßte ihn mit verweinten Augen.

»Bitte kommen Sie rein«, sagte sie und wartete, bis Nils seine Maske aufgesetzt hatte. »Soll ich auch eine Maske tragen? Ich glaub, ich hab gerade keine«, sagte sie mitgenommen.

»Schon gut, bei mir ist es Pflicht. Aber nun zu Ihrem Mann«, lenkte Nils den Fokus auf den Vermisstenfall und folgte ihr ins Wohnzimmer, wo sie auf der Sitzgruppe unter dem Fenster Platz nahmen. »Hat er sich bis jetzt nicht gemeldet?«

»Nein, und ich hab schon hundertmal auf seinem Handy angerufen, nichts. Gar nichts. Niemand hat ihn gesehen.«

»Sie sagten am Telefon, dass er vom Strand zurück in die Ferienwohnung gehen wollte, ist das richtig?«

»Ja, er wollte hierherkommen.«

»Und dass er noch einen Ausflug oder etwas Ähnliches geplant hatte, ist ausgeschlossen?«

»Das hätte er mir doch gesagt. Nein, er ist einfach verschwunden.«

»Haben Sie ihn vom Strand weggehen sehen? Ich muss das fragen, um sicher zu sein, dass er nicht noch mal ins Wasser ging oder vielleicht in die Dünen.«

»Warum sollte er das tun? Nein, er wollte noch arbeiten. Die Schwimmsachen waren alle bei uns am Strandkorb.«

»Ihr Auto ist noch draußen vor dem Haus, nehme ich an?«

»Ja.«

»Sie sagten, dass Sie zusammen mit Bekannten Urlaub machen. Die Freunde haben auch keine Nachricht von ihm erhalten?«

»Nein, wir waren alle zusammen am Strand.«

»Verstehe. Wohnen Sie alle hier im Haus?«

»Ja.«

»Und wo sind die anderen, wenn ich fragen darf?«

»Die ... Die sind oben, in ihren Zimmern.«

»Es wäre gut, wenn alle bei unserem Gespräch dabei wären, es könnte ja sein, dass einer mehr gesehen hat als die anderen«, sagte Nils.

»Soll ich sie holen?«

»Bitte.«

Frau Langhoff erhob sich und strich ihren Rock glatt. Sie war eine schlanke Erscheinung mit langen, hochgesteckten graublonden Haaren. Das Gestell ihrer Brille mochte in den achtziger Jahren modern gewesen sein. Nils schätzte sie auf Ende sechzig oder Anfang siebzig.

Sie rief nach ihren Freunden, die nach und nach die Treppe herunterkamen. Nils erhob sich von dem Sessel, auf dem er Platz genommen hatte, und begrüßte sie mit einem Heben seiner Hand.

»Guten Abend. Tut mir leid, dass ich Sie alle bemühen muss, aber angesichts dieses Notfalls ist es erforderlich, dass Sie bei unserem Gespräch dabei sind.«

Die beiden Ehepaare setzten sich auf die große Couch und stellten sich als Luise und Eduard Bremer und Elfriede und Jakob Gruber vor. Alle vier waren sehr reserviert oder standen unter Schock, während Frau Langhoff sehr nervös und fahrig wirkte.

»Um wie viel Uhr verließ Herr Langhoff den Strand, können Sie sich daran erinnern?«, fragte Nils in die Runde.

»Vier, ich glaube, es war gegen vier Uhr«, sagte Frau Langhoff, blickte fragend zu den anderen und putzte sich schnell die Nase, als diese antworteten.

»Vielleicht auch früher, ich weiß es nicht mehr ganz genau«, sagte Herr Bremer. Er war ein groß gewachsener Mann mit schlohweißem Haar und blasser Haut, die von kleinen Leberflecken übersät war. Sein Blick wirkte durch seine schräg stehenden, buschigen Augenbrauen sehr streng, und ab und an zuckte sein rechter Mundwinkel unzufrieden.

»Okay. Und hat er einem von Ihnen irgendetwas anderes gesagt, wo er hingehen will, außer zurück zum Ferienhaus?«

Alle schüttelten die Köpfe.

»Kennt sich Ihr Mann auf der Insel aus, waren Sie schon mal hier?«

»Nein, es ist das erste Mal und unser erster Tag. Wir kennen noch gar nichts.« Frau Langhoff blickte verzweifelt auf das zerknitterte Taschentuch in ihren Händen.

»Ist Ihr Mann gesund, oder hat er irgendwelche Gebrechen, Demenz zum Beispiel oder eine körperliche Beeinträchtigung?«

»Nein, er hat nichts.«

»Haben Sie ein möglichst aktuelles Foto für mich?«, fragte Nils, und Frau Langhoff begann, in ihrer Tasche zu wühlen. Die beiden anderen Ehepaare saßen nur stumm da und sahen ihr zu. Sie fand ihr Portemonnaie und zog drei kleine Bilder ihres Mannes heraus.

»Die sind ungefähr drei oder vier Jahre alt. Das hier ist sein Ausweisbild«, sagte sie und übergab es Nils.

»Das ist sehr gut, danke. Könnten Sie mir Ihren Mann bitte noch beschreiben, Größe, Gewicht, Haarfarbe, Augenfarbe und so weiter?«

»Ja, er ist eins achtzig groß, hat braunes Haar, das jetzt natürlich grau wird, graue Augen, und er wiegt so um die fünfundachtzig Kilo.«

Nils notierte sich das alles, ehe er wieder aufblickte und erneut alle ansprach. »Hat er irgendwelche unverwechselbaren Merkmale? Eine Narbe, ein fehlendes Fingerglied, humpelt er?«

Frau Langhoff wechselte einen Blick mit ihren Freunden, die aber keine Reaktion zeigten.

»Nein, eigentlich nicht.«

»Na gut, das hilft uns schon weiter«, meinte Nils zuversichtlich. »Ich gebe jetzt die Personenbeschreibung und das Foto an die Kollegen durch und versuche, einen Suchtrupp zu organisieren. Eventuell können wir auch noch einen Hubschrauber anfordern, bevor es dunkel wird.«

»Aber wo kann er denn nur sein? Ich kann mir das nicht erklären«, sagte Frau Langhoff verzweifelt.

»Es kann immer passieren, dass man stürzt oder einen Unfall hat. Wir werden ihn finden.«

Nils gab die Beschreibung telefonisch an Janine und Eddi weiter, die mit dem Streifenwagen die Dörfer absuchen würden. Dann kontaktierte er die Leiter der drei Feuerwehren der Insel, damit sie Suchmannschaften zusammenstellten, um die Wald- und Dünengebiete zu durchkämmen. Anschließend alarmierte er die Küstenwache und besprach mit dem Dienstleiter, dass sie heute noch ein Boot und den Hubschrauber schicken würden, um bis zum Anbruch der Dunkelheit die Küstenstreifen abzusuchen. Schließlich informierte er auch Kommissar Hagen über den Vorfall, der sie nun ebenfalls Zeit kosten würde.

Um einundzwanzig Uhr fünfundvierzig traf sich Nils mit Heiner Lange von der Norddorfer Feuerwehr am Nebeler Strand. Heiner besaß eine Drohne mit hochauflösender Kamera, die er für die Suche nutzen wollte.

Heiner und Nils standen Schulter an Schulter auf dem Parkplatz am Nebeler Strandabgang und blickten abwechselnd auf die mit einem Sirren startende Drohne und auf das Bild der Kamera auf dem Display.

»Wir müssten es theoretisch bis zu den anderen Strandabgängen schaffen. Bis Norddorf könnte es ein wenig weit werden«, informierte ihn Heiner und ließ das Fluggerät immer höher und höher steigen. Inzwischen war auch das Brummen des Hubschraubers zu vernehmen, der sich Amrum näherte, wenig später im Süden der Insel sein Tempo verlangsamte und über die Dünen hinwegzuschweben begann.

»Das Ding ist klasse«, sagte Nils zu Heiner, als die Drohne im Licht der untergehenden Sonne ein Bild übertrug, das viel zu idyllisch für den dramatischen Anlass erschien. Und von dem vermissten Herrn Langhoff fehlte bis jetzt jede Spur.

***

Nachdem sie im Edeka-Markt Bendixen in Nebel gemeinsam ihre Einkäufe gemacht hatten, hatte Emmi für sie ein einfaches Nudelgericht mit frischen Tomaten und Pesto gekocht. Holger hatte einen Weißwein in das Eisfach gelegt, den sie nun auf der Terrasse des Ferienhauses genossen.

Emmi sah fasziniert in den abendlichen Himmel, an dem sich goldfarbenes Licht in hauchdünnen Wolkenfetzen fing, die wie durchsichtige Gaze scheinbar regungslos in weiter Entfernung schwebten.

Holger sah den gleichen Himmel, dieselbe Schönheit, doch die Bilder vor seinem inneren Auge waren stärker und überdeckten die Sicht wie auf einem zweimal belichteten Film. Er sah ihn dort unten auf seinem Schemel hocken, Hände und Füße gefesselt, mit der Wunde am Kopf und darauf wartend, dass endlich jemand kam und diese Situation, in die er so plötzlich und aus heiterem Himmel gelangt war, erklärte und hoffentlich auflöste.

»Das war eine gute Idee«, sagte Emmi.

»Mmh?«

»Eine gute Idee hierherzufahren. Ich weiß nicht, wann ich mich das letzte Mal so wohl und frei gefühlt habe.«

»Schön«, sagte er und überlegte, ob er die Fesseln auch fest genug gezogen hatte.

»Dass wir jemals so etwas machen könnten, hätte ich mir nie erträumt«, sagte sie mit Wehmut in der Stimme. »Weißt du noch, damals? Wie weit haben wir schon zu träumen gewagt?«

»Von hier bis da«, antwortete er und deutete auf einen Punkt ungefähr zwei Meter entfernt.

Sie lächelte und lehnte dabei den Kopf zurück. »Wir haben Glück gehabt.« Kaum hatte sie den Satz beendet, legte sie eine Hand über die Augen, um ihre Tränen zu verbergen oder zurückzuhalten.

Sicher hatten sie Glück gehabt, bis hier gekommen zu sein, aber sie hatten auch einen hohen Preis dafür bezahlen müssen. Und eben damit hatten sie kein Glück gehabt. Nein, Glück im Sinne von Glücklichsein besaßen sie nicht, wenn sie ehrlich mit sich waren. Holger verstand ihre Tränen, und wie immer wusste er nicht, wie er sie trösten sollte. Aber es hatte sich eine neue Situation ergeben, die alles änderte oder zumindest ändern konnte. Der Grund saß dort unten im Keller. Holger war sich noch nicht schlüssig, wie er mit ihm umgehen sollte. Es sollte nur besser werden. Er wollte endlich Klarheit haben, für sich und für Emmi.

Seine Frau atmete in einem schweren Seufzer aus und ließ müde ihren Arm auf die Stuhllehne fallen. In dem Moment hörten sie den sich nähernden Hubschrauber.

»Was macht der denn hier so tief?«, fragte sie.

»Keine Ahnung«, entgegnete Holger und wusste, dass der Stein, den er ins Wasser geworfen hatte, bereits Wellen schlug.

Bis halb zwölf, es lag immer noch etwas blaue Farbe am Horizont über dem Schwarz der Nacht, saßen sie draußen auf der Terrasse in Decken gehüllt. Das Geräusch des Hubschraubers war erst vor Kurzem verstummt.

»Ich glaub, ich muss ins Bett«, sagte Emmi schläfrig und blickte zu Holger hinüber.

»Ich auch«, log er. »War ein langer Tag.«

Sie räumten schnell alles rein, stellten das benutzte Geschirr nur in die Spüle und gingen zu Bett. Holger wartete, bis Emmis Atem ganz regelmäßig und flach geworden war und er sicher sein konnte, dass sie schlief, bevor er aufstand und seine Hose und einen Pullover mit ins Wohnzimmer nahm, wo er sich wieder anzog.

Er machte kein Licht, bewegte sich nur im kühlen, bläulichen Schein der Zeitanzeige über dem Ofen in der Küche und ging schließlich mit seinem Handy und einem Stuhl bewaffnet hinunter in den Keller.

Der Mann lag neben dem umgestürzten Schemel und atmete stoßweise durch das Geschirrtuch in seinem Mund. Schweiß stand auf seiner Stirn, obwohl es hier unten kalt war. Seine Augen wurden groß vor Angst, als das kalte Deckenlicht anging und er Holger erkannte.

Holger schloss die Tür hinter sich.

»Na, bist du umgefallen?«, fragte er ohne jedes Mitgefühl.

Er packte den Mann unter den Armen und wuchtete ihn zurück auf den Hocker, den er zuvor ein Stück von der Wand abgerückt hatte. Dann beugte er seinen Oberkörper nach vorn und löste die Handfesseln des Gefangenen, ehe er sich ihm gegenüber auf den Stuhl setzte.

»Handflächen nach unten und die Hände unter die Oberschenkel«, befahl Holger.

Der Mann sah ihn verständnislos an.

»Mach schon!«

Er folgte dem Befehl.

»Es wird sich nicht angelehnt. Wenn du es doch tust, wirst du bestraft.«

Holger saß einen Augenblick lang nur da und fixierte sein Opfer. Das Blut an dessen Schläfe war inzwischen geronnen und teilweise verschorft, die Platzwunde ein schwarzer Strich auf seiner geschwollenen Stirn.

»Wer hätte das gedacht?«, sagte Holger schließlich. »Dass wir uns noch mal wiedersehen.«

Der Mann stöhnte auf und schüttelte den Kopf.

»Hallo, Langhoff.«

Wieder schüttelte er den Kopf.

»All die Jahre hab ich geträumt von dir. Ein erwachsener Mann. Alpträume wie ein kleiner Junge hatte ich. Angst. Und jetzt sitzt du da.«

Langhoff murmelte etwas Unverständliches in das Tuch und schnaubte schwer atmend durch die Nase.

»Du willst mir sagen, dass du es nicht bist, stimmt's?«

Langhoff nickte vehement.

»Aber ich erkenne dich. Ich hab dich gleich erkannt, als du den Weg vom Strand hochkamst. Du hast dich nicht verändert. Du denkst vielleicht, dass dich keiner mehr erkennt, aber da irrst du dich gewaltig.«

Holger beugte sich vor und stützte sich mit den Unterarmen auf seinen Knien ab. »Tut's weh? Ist besser, wenn man austeilt, oder? Gut, eine Schaufel hattest du nie zur Hand, das muss ich zugeben.« Holger lachte. »Ich kann dir gar nicht sagen, was das mit mir macht, dich hierzuhaben. Es ist wie eine Fügung. Und ich will alles richtig machen, verstehst du? Ich werde sehr, sehr genau sein mit dem, was ich von dir will.«

Langhoffs Augen wurden größer.

»Ich verlange nur, was mir zusteht. Und wir werden hier so lange sitzen, bis du es mir gibst.« Holger atmete tief ein, richtete sich auf und rieb sich die Hände. »Wir sind hier in einem Keller, wie du schon mitbekommen hast. Das Haus ist das einzige in einem Umkreis von bestimmt sechs- oder siebenhundert Metern. Niemand wird dich schreien hören. Wir sind ganz für uns allein. Nur du und ich. Ich werde dir jetzt den Knebel rausnehmen, und dann will ich Antworten. Wenn du nicht redest, wirst du bestraft werden. Hast du mich verstanden?«

Langhoff sah Holger entsetzt an.

»Hast du mich verstanden?«, wiederholte Holger laut und stand dabei auf. »Ich werde alles, was du sagst, aufzeichnen. So wie du alles aufgezeichnet hast, was ich gesagt habe. Heutzutage braucht man dafür nur ein Handy, verrückt, oder? Wenn ihr damals so eine Technik gehabt hättet. Gar nicht auszudenken.«

Er drohte Langhoff mit dem ausgestreckten Zeigefinger, bevor er näher trat, ihm den Knebel aus dem Mund zog und auf den Boden fallen ließ. Langhoff atmete gierig und stöhnend ein. Holger blieb vor ihm stehen.

»Besser, oder? Jetzt können wir endlich reden.«

»Bitte ...«, flehte Langhoff mit rauer Stimme.

Sofort schnellte Holgers Zeigefinger hoch. »Du redest nur, wenn du gefragt wirst.«

»Ich bin nicht dieser Langhoff, Sie verwechseln mich«, jammerte er.

Holger holte aus und versetzte ihm eine schallende Backpfeife.

»Du redest nur, wenn du gefragt wirst.«

»Aber ...«

Wieder schlug Holger zu.

Langhoff wimmerte leise, riss sich aber zusammen. Holger nahm wieder Platz, startete die Audioaufnahme auf seinem Handy und legte es zwischen sie auf den Boden.

»Es kann alles ganz schnell gehen, hängt nur von dir ab. Ich will nicht über mich reden oder über das, was du mir angetan hast. Das weißt du, und das weiß ich. Das ist nichts Neues. Ich will nur zwei Dinge von dir wissen: Wer hat den Befehl gegeben, Marcel zu töten, und wer hat es getan?«

»Welcher Marcel?«, fragte Langhoff.

Holger sprang auf und klatschte ihm den Handrücken ins Gesicht. »Wer? Ich will Namen. Wie lief das Ganze ab? Hast du den Befehl gegeben?«

»Ich weiß gar nicht, wovon Sie sprechen«, sagte Langhoff gequält.

»Doch, weißt du«, sagte Holger ganz ruhig.

»Ich bin nicht dieser Langhoff.«

»Wir haben ein halbes Jahr miteinander verbracht. Fast jeden Tag meiner Haft. Einhundertdreiundsiebzig Tage lang. Ich kenne dich in- und auswendig, ohne dass ich es will. Du solltest deine und meine Zeit also nicht mit weiteren Lügen verschwenden. Dir hilft nur noch eins: die Wahrheit. Eher lass ich dich hier nicht raus.«

Langhoff sackte in sich zusammen und ließ entkräftet den Kopf hängen.

»Aufrecht sitzen. Sitz gerade, Langhoff. Ich hab vierzehn Stunden so gesessen, du erst ein paar Minuten.«

Langhoff richtete sich wieder auf und schloss die Augen. Eine Pause entstand, in der Holger einfach nur auf eine Wortmeldung von seinem Gegenüber wartete. Er sah ihm an, dass der nachdachte, seinen nächsten Schachzug in Gedanken durchspielte, seine nächste Lüge vorbereitete.

»Die Wahrheit, Langhoff. Dann lass ich dich sofort gehen. Du bleibst hier, bis du redest.«

»Aber was soll ich denn sagen? Ich kenne Sie nicht. Ich weiß nicht, wovon Sie sprechen.«

»Die Wahrheit. Wer gab den Befehl? Wer hat ihn ausgeführt?«

»Ich weiß nicht, was für einen Befehl Sie meinen, ich –«

»Langhoff«, unterbrach Holger ihn. »Ich weiß, wo du wohnst, hier auf der Insel. Was hältst du davon, wenn ich mich ein wenig um deine Frau kümmere, während du hier unten schmorst? Ich könnte sie besuchen und das mit ihr machen, was du mit meiner Frau gemacht hast. So lange, bis du redest.«

Langhoff blickte ihm prüfend in die Augen.

»Was? Glaubst du, *ich* lüge? Glaubst du, ich hätte nicht den Mumm dazu? Oder dass ich nicht genug Hass gegen dich entwickelt haben könnte, um das durchzuziehen? Willst du das ernsthaft anzweifeln?«, schrie er.

Holger war aufgesprungen, den hochroten Kopf vorgestreckt, die Hände zu Klauen gekrümmt. Die Venen an seinem Hals waren fingerdick angeschwollen. Er sah aus, als wollte er Langhoff mit bloßen Händen zerreißen. Doch er besann sich wieder und nahm Platz.

»Das Verrückte ist ja: Wenn man mich jetzt erwischen würde, käme ich sofort ins Gefängnis. Dich hat man noch ausgezeichnet dafür, dass du mich und meine Frau sechs Monate lang gefoltert hast. Und das ist der Unterschied zwischen einem unfreien und einem freien Land. Gestern wie heute würde das Ergebnis zu meinen Ungunsten ausfallen. Aber du, der eigentlich Schuldige, kommst in beiden Systemen gut davon. Darum kann es nur hier, in diesem Keller, Gerechtigkeit für mich geben. Die Welt da draußen ist nicht auf meiner Seite.«

Nachdenklich senkte er den Blick. Er dachte an Emmi, die oben ahnungslos in ihrem Bett lag und schlief. Was würde sie denken? Eigentlich war das die einzig relevante moralische Instanz für ihn. Nur sie könnte dieses Szenario hier als richtig oder falsch bewerten. Für ihn selbst gab es da keine Frage mehr. Dieser Mann hatte es in vielerlei Hinsicht verdient, bestraft zu werden, und er musste um jeden Preis die Wahrheit über den Tod ihres Sohnes preisgeben.

Der Gedanke an Marcel lenkte ihn wieder von dem Gedanken an seine Frau ab. Er dachte an das letzte Mal, als er seinen Sohn gesehen und gesprochen hatte. Am Schäfersee, im März 1989.

***

Nils sah zu, wie die Drohne wieder auf dem Asphalt aufsetzte. In der Dunkelheit war sie kaum noch zu erkennen. Leider hatten sie nicht eine Spur oder ein Lebenszeichen von dem verschwundenen Herrn Langhoff entdecken können. Auch die Küstenwache hatte die Suche für heute inzwischen ohne Ergebnis beendet. Morgen würden sie sie mit weiterer personeller Unterstützung der Polizei wieder aufnehmen. Nils bedankte sich bei Heiner, der versprach, morgen früh ab sechs Uhr erneut mit der Drohne bereitzustehen. Diesmal verabredeten sie sich für Norddorf, um das Suchgebiet entsprechend zu erweitern. Nils führte noch Telefonate mit den drei Leitern der Feuerwehren, die aber auch keine Hinweise auf den Verbleib des Mannes vorlegen konnten. Sie waren den größten Teil der Waldwege abgelaufen und würden morgen fortfahren, die kleineren Trampelpfade zu erkunden.

Mit diesem enttäuschenden und für Nils kaum verständlichen Ergebnis fuhr er das kleine Stück bis zu Langhoffs Ferienhaus die Strandstraße hinauf und klopfte an der Tür.

Als Frau Langhoff öffnete und Nils' erste Worte hörte, brach sie sogleich in Tränen aus.

»Bis jetzt nichts, es tut mir leid.«

Sie wandte sich ab und flüchtete ins Wohnzimmer, wo nur noch Frau Bremer mit ihr am Esstisch gesessen hatte. Die nahm ihre Freundin tröstend in den Arm. Nils ließ ihr ein wenig Zeit, um sich zu beruhigen.

»Wir haben die Insel und den Küstenstreifen mit Booten, dem Hubschrauber, Drohnen und allen verfügbaren Männern abgesucht«, sagte er dann. »Doch bis jetzt findet sich keine Spur von Ihrem Mann, Frau Langhoff.«

»Aber es wird Nacht, er muss doch irgendwo sein«, meinte sie.

»Aufgrund der Sichtverhältnisse können wir erst bei Tageslicht fortfahren. Ich habe auch beim Personal am Hafen nachgefragt, aber dort ist er ebenfalls nicht gesehen worden.«

»Wieso am Hafen?«, fragte sie.

»Nun, wir müssen auch abklären, ob Ihr Mann die Insel eventuell mit dem Schiff verlassen hat.«

»Warum sollte er das tun?«

»Das wäre meine nächste Frage an Sie, Frau Langhoff, und bitte nehmen Sie es mir nicht übel: Könnte Ihr Mann einen Grund gehabt haben, allein abzureisen? Gab es vielleicht einen Streit, eine Meinungsverschiedenheit zwischen Ihnen oder mit Ihren Freunden?«

»Nein«, gab sie fast empört zurück, weil es für sie völlig aus der Luft gegriffen schien. Die beiden Damen lösten ihre Umarmung und nahmen am Tisch Platz. Nils blieb stehen.

»Hatten Sie Eheprobleme?«

»Wie können Sie …«

»Ich muss das fragen.«

»Nein, hatten wir nicht.«

»Gibt es berufliche Probleme oder Probleme finanzieller Art?«

»Nein, wir sind beide in Pension, es geht uns gut, wie Sie sehen können. Mein Mann läuft nicht einfach davon. Ihm muss etwas zugestoßen sein.«

»Darf ich dennoch fragen, was Ihr Mann beruflich gemacht hat?«

»Ich sehe nicht, was das mit seinem Verschwinden zu tun haben könnte. Er war bei uns in Grießnitz im Gewerbeamt tätig und ist jetzt noch im Gemeinderat aktiv.«

»Als Gemeinderat bekleidet er ein politisches Amt«, sagte Nils. »Da kann man sich leicht Feinde machen.«

»Feinde? Wovon sprechen Sie eigentlich?«

»Frau Langhoff, wir müssen als Polizei alle Möglichkeiten in Betracht ziehen, wenn jemand spurlos verschwindet. Es kann ein Unglück geschehen sein, es kann eine freie Entscheidung gewesen sein, es kann sich aber auch um ein Verbrechen handeln.«

Frau Langhoff sah ihre Freundin hilfesuchend an. »Er hat doch keine Feinde. Er wird sehr geschätzt«, sagte sie, und Frau Bremer nickte.

»Gut.« Nils beendete vorerst seine Fragen. »Wir können, wie gesagt, erst morgen früh mit der Suche fortfahren. Ich bin für Sie trotzdem jederzeit erreichbar, Sie haben ja meine Nummer. Ich weiß, es wird Ihnen schwerfallen, aber versuchen Sie, etwas Schlaf zu bekommen.«

»Wir kümmern uns um sie«, sagte Frau Bremer und legte eine Hand auf den Arm ihrer Freundin.

»Ich werde Sie morgen wieder besuchen. Dann wird die Beschreibung Ihres Mannes auch an die Medien weitergegeben.«

Frau Langhoff blickte entsetzt auf.

»Wir brauchen die Mithilfe der Bevölkerung«, erklärte Nils.

Sie entspannte sich wieder und schnäuzte in ihr Taschentuch.

»Bis morgen. Ich finde allein raus.« Nils wandte sich um und verließ das Haus.

Else Langhoff und Luise Bremer sahen durch das Fenster, wie auf der Straße die Scheinwerfer angingen und Nils davonfuhr. Kaum waren die Motorengeräusche verstummt, kamen von oben die restlichen Bewohner des Hauses die Treppe herunter und setzten sich zu ihnen an den Esstisch.

»Ich versteh das nicht«, sagte Frau Langhoff.

»Es war ein Fehler, die Polizei zu verständigen. Das schlägt zu hohe Wellen«, sagte Herr Gruber.

»Was hätte ich denn sonst machen sollen?«, fuhr sie ihn an. »Willst du vielleicht nach ihm suchen? Oder du, oder du?«, fragte sie der Reihe nach Gruber, seine Frau und Eduard Bremer.

»Es ist ein ungünstiger Zeitpunkt«, beharrte Herr Gruber.

»Ungünstig? Mein Mann ist verschwunden. Er könnte tot sein. Und du redest von einem ungünstigen Zeitpunkt?« Sie erhob sich. »Ihr seid doch wirklich schäbiges Pack«, schimpfte sie, ging die Treppe nach oben und schlug ihre Zimmertür laut zu.

Die vier am Tisch Verbliebenen wechselten besorgte Blicke.

»Wir müssen etwas unternehmen«, sagte Gruber.

SIEBEN

Nils fuhr nicht direkt nach Hause, sondern lenkte den Wagen weiter geradeaus und dann nach rechts in den Tanenwai. Es ließ ihm keine Ruhe, er konnte dem Drang nicht widerstehen, selbst noch einmal den nächtlichen Wald abzusuchen. Er fuhr, bis er die letzten Häuser auf der linken Seite passiert hatte und ihn nur noch Wald umgab. Die Scheinwerfer seines Wagens waren die einzige Lichtquelle hier draußen, und nach der sandigen S-Kurve nahm er den nächsten Abzweig nach links, der zur Vogelkoje führte. Die Bäume mit ihren grauen, spröden Stämmen und knorrigen Ästen sahen aus, als beugten sie sich über den Weg und versuchten, ihn aufzuhalten. Im Schritttempo arbeitete er sich bis auf den kleinen Rasenplatz vor der Vogelkoje vor und hielt an, um kurz auszusteigen. Es war absolut still. Kein Wind ging, und keine Möwe war zu hören.

»Hallo!«, rief Nils in den vom Scheinwerferlicht erhellten Wald hinein und bekam keine Antwort. Eine Gänsehaut überzog seinen Rücken und seine Arme. Er hatte plötzlich das Gefühl, Michael Langhoff nicht mehr lebendig wiederzufinden, und sah dessen Körper schon leblos zwischen den Kiefernstämmen im Wald liegen. Ihm wurde so kalt, dass er wieder einstieg, die Heizung anstellte und weiter in Richtung Norddorf fuhr.

Noch war der Weg so breit, dass er ihn mit dem Auto befahren konnte, doch der Wagen schlingerte auf dem sandigen Untergrund. An der nächsten Kreuzung bog er nach rechts ab, um wieder auf den Tanenwai zu gelangen.

Wohin konnte der Mann verschwunden sein? Wenn er nicht ins Wasser gegangen war, wo er dann mit Sicherheit ertrunken wäre, sondern sich weiter an Land aufgehalten hatte, musste er auffindbar sein. Das galt auch dann, wenn er das Inselinnere gar nicht mehr erreicht hatte, sondern orientierungslos zwischen Strand und Wald herumgeirrt war. Mit der Drohne hatten sie ein Dünengebiet von knapp vier Quadratkilometern abgesucht. Viel weiter hätte er zu Fuß kaum kommen können. Etwas war faul an der Geschichte. Auch das Verhalten der Bekannten von den Langhoffs fand Nils verwunderlich. Ihr Schweigen hatte so etwas Ablehnendes gehabt. Die Sorge der Ehefrau war zwar echt gewesen, dennoch missfiel Nils etwas, das er nicht benennen konnte.

Grübelnd erreichte er das Dreieck im Süden von Norddorf, blinkte und fuhr nach rechts in Richtung Nebel, um endlich nach Hause zu kommen.

***

»Aufstehen«, rief Emmi liebevoll.

Holger verstand zunächst nicht, wieso sie das sagte, wenn sie ihn hier unten mit Langhoff entdeckte. Dann öffnete er seine schweren Lider und stellte verwundert fest, dass er gar nicht mehr im Keller war, sondern oben in ihrem Schlafzimmer im Bett lag.

Er erinnerte sich nicht, wie er hierhergelangt und was gestern Nacht noch passiert war. Er wusste nur, dass Langhoff nicht reden wollte und immer wieder beteuert hatte, dass er nicht Langhoff sei. Am Ende hatte er ihn um Wasser angefleht, doch Holger hatte ihm den Knebel wieder in den Mund gesteckt. Von da an war alles schwarz, ein Filmriss wie nach einer Sauftour. Holger schaute unter die Decke, ob er noch angezogen war, doch das war nicht der Fall. Sein Handy lag auf dem Nachttisch, und seine Kleidung lag ordentlich über dem Stuhl vor dem Kleiderschrank.

»Na komm, Schlafmütze. Es ist gleich zehn«, sagte Emmi vom Türrahmen her und lehnte sich ins Zimmer. »Frühstück ist fertig.«

»Zehn?«, fragte Holger entsetzt.

»Ja, wir frühstücken draußen.«

Sie ging zurück in die Küche und klapperte mit Geschirr. Holger schoss hoch, weil er Angst hatte, dass es irgendetwas gab, das ihn verraten konnte. Oder dass sie gar Langhoff hören konnte, wenn er da unten schrie, trotz des Knebels.

Emmi hatte einen runden Tisch direkt vor einen der Strandkörbe gestellt, damit sie im Schatten essen konnten. Kaffee war bereits gekocht und dampfte aus einer gläsernen Kanne auf dem Tisch. Emmi stellte noch etwas Zucker und eine Packung Milch auf die Frühstückstafel und setzte sich in den Strandkorb.

Holger gesellte sich zu ihr.

»Warum hast du mich nicht geweckt?«

»Hab ich doch.«

»Ja, aber so spät.«

»Du hast so fest geschlafen. Außerdem haben wir Urlaub. Wir können schlafen, so lange wir möchten.«

Sie gab ihm einen Kuss auf den Mund und fuhr mit der Hand durch seine Haare, weil sie noch in alle Richtungen abstanden.

»Was wollen wir denn heute unternehmen?«, fragte sie, nahm sich ein Brötchen und begann, es mit reichlich Butter zu beschmieren.

Ich hab noch alle Hände voll im Keller zu tun, dachte Holger und griff zum Messer, das die Morgensonne für seine Augen schmerzhaft reflektierte. »Keine Ahnung, wir könnten uns Fahrräder mieten und die Insel erkunden oder gleich zum Strand gehen«, sagte er und starrte auf die Klinge.

»Dann lass uns erst ein wenig herumfahren. Die Läden schließen ja auch über Mittag«, meinte Emmi.

»Gut. Ich hab gegenüber vom Bäcker einen Verleih gesehen.«

Das Hubschraubergeräusch kam hörbar näher, diesmal aus nördlicher Richtung. Beide blickten in den Himmel und sahen den langsam fliegenden Helikopter der Küstenwache.

»Die suchen bestimmt jemanden«, sagte Emmi besorgt. »Hoffentlich ist keiner ertrunken.«

»Ja«, stimmte Holger zu.

***

Nils hatte drei Stunden geschlafen, bevor er sich wieder an die Koordination der Sucharbeiten gemacht hatte. Fünfzehn zusätzliche Beamte waren heute Morgen auf die Insel gekommen, und zu Wasser und in der Luft war die Küstenwache wieder im Einsatz. Nils hatte Heiner am Norddorfer Strand kurz instruiert, was er alles abfliegen sollte, bevor er zurück ins Revier gefahren war, um sich mit Janine und Eddi zu besprechen. Die beiden sollten heute in Nebel mit den Befragungen zum Todesfall auf der Fähre beginnen. Er beriet sich auch per Telefon mit Kommissar Hagen, wie sie angesichts der sich türmenden Aufgaben, die sich seit gestern ergeben hatten, weiter verfahren sollten. Hagen konnte zurzeit kein weiteres Personal zur Verfügung stellen und bat inständig darum, dass sie bitte zu dritt weitermachen sollten. Für den Fall des vermissten Mannes wollte er einen Leiter der Küstenwache als Koordinator auf die Insel schicken, der das Zepter übernehmen sollte, damit Nils sich ganz auf die Ermittlungen um den Todesfall konzentrieren konnte.

Die Wahl fiel auf Jonas Brinkhusen, den Nils bereits kannte, sie waren in den letzten Jahren einige Male in Kontakt gewesen. Er versprach, am frühen Nachmittag nach Amrum zu kommen und ein Einsatzkommando einzurichten. Bis dahin gingen die Meldungen der einzelnen Suchgruppen weiter bei Nils ein. Und der rechnete im Grunde jeden Moment damit, den Anruf zu bekommen, der besagte, dass man den Gesuchten gefunden hatte, er aber nicht mehr am Leben war. Doch das passierte nicht.

Stattdessen erhielt er einen Anruf vom Dienststellenleiter Thomas Andresen von der Insel Föhr.

»Moin, Nils. Hab gehört, bei dir ist ordentlich Stress aufm Eiland.«

»Kannst du laut sagen«, entgegnete Nils. »Ich hab gleich zwei Fälle, einen Todes- und einen Vermisstenfall. Direkt am ersten Tag nachm Lockdown.«

»Klingt übel. Aber vielleicht kann ich dir helfen«, sagte Andresen.

»Ich nehm alle Leute, die du erübrigen kannst«, meinte Nils.

»Nee, nee, kein Personal. Ich hab eben von einer Gruppe, die aufm Watt ausgeritten ist, etwas vorbeigebracht bekommen, das sie gefunden haben. Keine Ahnung, ob das mit deinen Fällen zu tun hat.«

»Was denn?«

»Eine Tasche. Ist 'ne Kamera drin, eine sehr gute, glaube ich. Kann natürlich jeder x-Beliebige verloren haben. Aber bei so 'ner Tasche merkt man das ja eigentlich. Ich wollt also lieber mal nachfragen.«

»Eine von Nikon? Schwarze Tasche, rote Aufschrift?«

»Ja, genau.«

»Die gehört meinem Todesopfer«, sagte Nils.

»Im Ernst? Dann hab ich ja quasi was gut bei dir.«

»Allerdings. Schickst du sie mir mit der nächsten Fähre rüber?«

»Mach ich.«

Nils war zuversichtlich, dass dies ein Durchbruch für die Identifikation des Unbekannten sein würde, und mit viel Glück konnte man sogar die Bilddateien auf der Kamera retten.

Kommissar Hagen nahm diese Nachricht ebenfalls mit viel Hoffnung auf und kündigte einen Kriminaltechniker an, der die Kamera abholen und mit der letzten Fähre zurückkommen sollte.

Als Nils am frühen Mittag zum Ferienhaus der Langhoffs kam, öffnete ihm zu seiner Überraschung Frau Bremer. Sie trug eine Küchenschürze, und im Haus roch es nach Gulasch oder etwas Ähnlichem.

»Guten Tag, Frau Bremer, ist Frau Langhoff zu sprechen?«, fragte Nils.

»Sicher, wir sind in der Küche«, antwortete sie und ließ ihn ein.

»Wir« meinte in diesem Fall die Frauen. Elfriede Gruber stand am Herd und rührte in einem Topf, Luise Bremer stellte sich wieder an die Arbeitsplatte vor ein Schneidebrett, auf dem sie Möhren in Scheiben zerteilte, und Else Langhoff saß müde und abgeschlagen am Küchentisch und schälte Kartoffeln. Sie grüßte, blieb aber sitzen, und Nils bekam den Eindruck, als habe sie Beruhigungsmittel genommen.

»Frau Langhoff, ich wollte Ihnen nur versichern, dass wir weiterhin alles in unserer Macht Stehende tun, um Ihren Mann zu finden. Wie man hören kann, ist der Hubschrauber wieder im Einsatz, die Küstenwache ist mit Booten unterwegs, und auf der Insel sind Polizei und Feuerwehr ausgeschwärmt«, begann Nils und sah sie prüfend an.

Frau Gruber drehte sich kurz zu ihm um. Von oben war dumpf eine Männerstimme zu hören, jemand schien zu telefonieren.

»Frau Langhoff, ich muss noch mal nachfragen: Gab es gestern oder an den Tagen davor irgendeinen Streit mit Ihnen oder mit anderen Personen, der Ihren Mann dazu gebracht haben könnte, die Insel zu verlassen?«

Sie legte entnervt den Schäler und die Kartoffel aus der Hand. »Die Frage hab ich bereits beantwortet. Nein, nein, nein und nochmals nein.«

»Und er hat auch nicht davon gesprochen, dass er zum Hafen oder in der Nähe des Wassers spazieren gehen will?«

»Sie hat es doch nun schon ein paarmal deutlich gesagt«, antwortete auf einmal Frau Gruber und drehte sich zu Nils um. »Nein, er wollte nach Hause, um zu arbeiten.«

»Es ist nur sehr ungewöhnlich«, entgegnete Nils. »Wenn er hier auf der Insel verunglückt oder orientierungslos wäre, hätten wir ihn längst finden müssen.«

»Das mag ja sein. Aber es ist doch nicht unsere Aufgabe, Ihre Arbeit zu machen«, konterte sie scharfzüngig.

Nils war etwas irritiert, dachte jedoch, dass die Nerven hier im Haus verständlicherweise blank lagen.

»Natürlich nicht. Wir brauchen nur jede Hilfe. Ich versuche, ihn zu verstehen, um zu rekonstruieren, was passiert ist. Und Sie alle sind nun mal meine beste Informationsquelle.«

»Ihm ist etwas zugestoßen«, sagte Frau Langhoff mit starrem Blick.

»Aber einen Unfall hätten wir inzwischen bemerkt«, wiederholte Nils.

»Dann war es halt kein Unfall«, sagte sie und sah ihm fest in die Augen.

»Was redest du da?« Frau Gruber wirkte brüskiert.

»Haben Sie einen bestimmten Verdacht?«, fragte Nils, weil er spürte, dass sie jetzt mehr aus sich herauskitzeln lassen würde als zuvor.

»Nein.«

»Hatte Ihr Mann in seiner Eigenschaft als Gemeinderat Probleme mit anderen Personen? Oder hat er gar Drohungen erhalten?«

Sie überlegte einen Moment. Ihre Finger suchten nach dem Schäler auf dem Tisch und bekamen ihn schließlich zu fassen.

»Nein.«

Frau Gruber wandte sich wieder dem Herd zu und warf einige Möhrenscheiben in den Topf, die Frau Bremer geschnitten hatte.

Nils wähnte sich erneut in einer Sackgasse und beschloss, das Thema zu wechseln. »Ich weiß, dass angesichts der Sorge um Ihren Mann gerade nicht der beste Zeitpunkt ist, Sie das zu fragen. Aber ich muss es leider tun, denn auf der Fähre, mit der Sie gekommen sind, hat es ein Unglück gegeben.«

Frau Bremer hörte auf zu schneiden und ließ das Messer in der Luft schweben.

»Ein Mann ist während der Fahrt ums Leben gekommen.

Und wir suchen nach Personen, die ihn an Bord gesehen haben könnten.«

Nils schob sein Handy mit dem Bild des Toten zu Frau Langhoff hinüber.

»Er war allerdings hauptsächlich unter Deck, im Restaurant.«

»Wir waren die ganze Zeit über auf dem Sonnendeck«, erklärte Frau Gruber und wischte sich die Hände an einem Handtuch ab.

Frau Langhoff schüttelte, nachdem sie einen kurzen Blick riskiert hatte, den Kopf.

»Und Sie beide?«, fragte Nils an Frau Bremer und Frau Gruber gewandt.

Sie traten hinter Frau Langhoff und schauten über deren Schultern hinweg auf das Bild.

»Nein«, sagte Frau Gruber.

Frau Bremer riss erschrocken die Augen auf.

»Leider konnten wir seine Identität bisher nicht klären, daher müssen wir uns mit einem Foto des Toten behelfen, tut mir leid«, sagte Nils.

»Nein.« Auch Frau Bremer schüttelte den Kopf.

»Geschmacklos, so was«, murmelte Frau Gruber am Herd und knallte den Deckel auf den Topf.

»Haben Sie zwei andere Männer bemerkt, einer mit Halbglatze, dunklem Poloshirt und heller Hose? Er war nicht sehr groß, so um die eins fünfundsiebzig. Und einen größeren Mann mit Siebenachtelhosen und einem Feuermal am Bein über dem Knöchel?«

Keine der Damen reagierte mehr.

»Sind Ihre Ehemänner im Haus?«, fragte Nils.

»Die sind am Strand«, antwortete Frau Gruber.

Nils zögerte, weil er vorhin eine Stimme gehört hatte. Jetzt war es oben still.

»In Ordnung. Ich werde dann jetzt gehen und melde mich, sobald wir Neuigkeiten haben.«

Frau Langhoff starrte nur stumm auf die Kartoffelschalen auf dem ausgebreiteten Zeitungspapier.

Nils beabsichtigte, seine Befragungen hier in Nebel fortzuführen, und musste für die erste Adresse nicht weit fahren. Das Ehepaar Degemann wohnte im Haus »Kapitän Tadsen«, das einsam und allein auf dem Strunwai auf halbem Weg zum Strand stand. Er kreuzte den Tanenwai, den er gestern Nacht noch Richtung Norden abgefahren war, fuhr bis zu dem links in den Dünen stehenden Haus, drehte und hielt unten vor dem Aufgang.

Oben an dem eingekesselten Grundstück parkte ein Auto, das Haus sah allerdings verlassen aus. Dennoch klopfte Nils an der Haustür und wartete eine Weile. Aber niemand öffnete. Von hier oben hatte man einen guten Blick über die Dünen nach Norden, und er konnte den Hubschrauber der Küstenwache über den Dünentälern schweben sehen. Er beschloss, heute Abend noch mal hierher zurückzukehren, und ging wieder zum Wagen, um das nächste Haus auf seiner Liste anzusteuern.

***

Holger und Emmi hatten sich beim Verleih zwei Räder für eine Woche gemietet und waren bis nach Norddorf gefahren, um sich den Ort und den Strand anzusehen. Am Kiosk des Restaurants »Strand 33« hatten sie sich ein Bier gekauft, die Räder abgestellt und sich auf die überdimensionierten Bänke gesetzt, von denen man auf das Meer und die Südspitze von Sylt mit dem Hörnumer Leuchtturm blicken konnte.

Der Besitzer der Fahrradvermietung hatte sie darauf hingewiesen, dass laut Regenradar gegen fünfzehn Uhr eine Regenfront mit Starkregen zu erwarten war. Also schaute Holger immer wieder auf die Uhr, damit sie rechtzeitig umkehren und trocken zu Hause ankommen konnten.

Emmi trug Sonnenbrille und einen Hut, um sich gegen die

Sonne zu schützen und nicht Gefahr zu laufen, erneut mit einem Migräneanfall darniederzuliegen. Doch schon gegen halb eins bat sie Holger darum, den Rückweg anzutreten.

Sie nahmen den Waldweg, um im Schatten zu bleiben und schneller anzukommen. Als sie in Nebel auf den Strunwai abbogen, sahen sie den Streifenwagen vor ihrem Ferienhaus stehen. Holger verlangsamte sofort seine Fahrt, weil er glaubte, dass er erwischt worden war. Jemand hatte die Schreie aus dem Keller gehört, oder Langhoff hatte sich befreien können. Nun war alles zu Ende, und Emmi würde auf schonungslose Weise erfahren, was er getan hatte.

»Parkt der bei uns?«, rief Emmi von hinten.

»Ja«, antwortete Holger. Ich kann dir auch sagen, warum, dachte er. Ich habe Langhoff unten im Keller gefesselt und geschlagen, damit ich erfahre, was unserem Marcel passiert ist.

Vielleicht würde sie ihn ja sogar verstehen. Womöglich hätte sie genauso gehandelt, wenn sie Langhoff zuerst gesehen hätte. Der Verlust ihres Sohnes hatte ihr das Herz herausgerissen. Seitdem war nichts mehr gewesen wie zuvor.

»Was kann der wollen?«

»Keine Ahnung.« Holger hoffte, dass Emmi nicht erkennen würde, dass er log.

Es waren nur noch zehn Meter bis zu dem Wagen, als ihnen aus ihrer Einfahrt ein Polizist entgegenkam. Holger drückte die Bremsen und blieb am linken Fahrbahnrand stehen.

Es gab kein Entrinnen. Sie waren auf einer Insel. Er würde sich nicht wehren.

»Herr Degemann?«, fragte der Beamte.

»Ja?«

»Guten Tag, mein Name ist Nils Petersen, von der Polizei Amrum. Kann ich Sie einen Augenblick sprechen?«

»Sicher.«

Emmi schob ihr Fahrrad von hinten neben Holgers und sah ihn ängstlich an.

»Um was geht es denn?«

»Ich bräuchte nur eine Auskunft von Ihnen«, antwortete der Beamte. »Ich würde das aber ungern hier auf der Straße besprechen.«

»Ja, gut, in Ordnung«, sagte Emmi und schob ihr Fahrrad in Richtung Auffahrt. Holger folgte ihr, ratlos, wie er sich erklären sollte, wenn der Beamte nun alles ans Licht brachte.

»Sie sind gestern angekommen?«, fragte Nils Petersen im Plauderton.

»Ja, sind wir«, antwortete Emmi.

»Gefällt Ihnen die Insel?«

»Sie ist wunderschön. Wir sind das erste Mal hier und ganz begeistert.«

Sie erreichten das Grundstück und stellten ihre Räder ab. Der Beamte setzte eine Maske auf.

»Wollen wir reingehen?«, fragte Holger matt und schloss die Haustür auf.

»Gern. Es dauert auch nicht lange.«

Holger wusste, dass er jetzt in der Falle saß. Emmi bot dem Polizisten einen Platz im Wohnzimmer auf dem Sessel an. Sie selbst nahmen auf der Couch Platz.

Holgers Kopf war mit einem Mal völlig leer. Er saß nur da und konnte nichts mehr denken, geschweige denn ein Glied seines Körpers bewegen.

»Ich suche Sie so wie viele andere Fahrgäste der ersten Fähre gestern auf, weil es während der Überfahrt einen Todesfall gegeben hat«, erklärte Nils Petersen.

»Oh, mein Gott.« Emmi legte eine Hand auf Holgers Bein.

Der hatte zwar gehört, was der Polizist gesagt hatte, war aber nach wie vor wie versteinert.

»Was können wir denn da tun?«, fragte Emmi mit dünner Stimme.

»Die Identität des Toten ist noch nicht geklärt. Wir suchen daher nach Zeugen, die den Mann an Bord gesehen haben. Waren Sie zufällig im Bordrestaurant?«

»Ja, wir waren die ganze Zeit unten, weil ich die Sonne nicht so gut vertrage. Ich habe starke Migräneanfälle.«

»Nun, dann ist er Ihnen vielleicht aufgefallen. Es handelt sich um einen Mann, der allem Anschein nach allein unterwegs war. Er trug eine Fototasche von Nikon bei sich. Ich habe hier ein Foto, allerdings warne ich Sie vor, dass es gemacht wurde, als er bereits tot war.« Er legte sein Handy mit dem Bild vor sie auf den Couchtisch.

Ängstlich beugte Emmi sich vor und erschauderte. Holger sah auf das Display, ohne sich auch nur einen Millimeter zu bewegen.

»Schatz, das ist doch dieser Mann«, hauchte Emmi und sah ihn an. »Oder? Erkennst du ihn?«

»Sie haben ihn gesehen?«

»Er saß am Nebentisch«, erklärte sie. »Oder nicht, Holger? Das ist er doch.«

»Ja … Ich glaube schon«, gab Holger tonlos zu verstehen.

»Sie haben direkt neben ihm gesessen?«, hakte der Polizist nach.

»Ja. Aber wir haben gar nicht auf ihn geachtet«, sagte Emmi. »Erst als er ging …« Sie brach ab und legte beschämt eine Hand über ihre rechte Gesichtshälfte.

»Ja?«

»Wir … Wir haben über ihn gescherzt, weil … Also, mein Mann hat einen Witz über den Keks gemacht, den man immer zum Kaffee bekommt. Er hat gesagt, dass der ihm wohl nicht so gut bekommen ist oder so ähnlich. Stimmt's, Holger?«

»Ja, so in der Art.«

»Warum sollte ihm der Keks nicht bekommen sein?«, fragte Nils Petersen.

»Ihm war schlecht. Zumindest sah er so aus, als müsste er sich gleich übergeben. Er stürzte förmlich hinaus. Wir dachten, er rennt sofort zu den Toiletten.«

»Tatsächlich hat er genau das getan. Er ist kurz darauf auf der Herrentoilette verstorben.«

»Was? Wie schrecklich.« Emmi war entsetzt und den Tränen nah.

»Es gibt zudem Anhaltspunkte, dass es sich um eine Vergiftung handelte.«

»Vergiftung?«, fragte Emmi laut. »Aber wie …«

»Das wissen wir nicht. Es wird noch alles untersucht. Leider konnten wir keine Papiere bei dem Opfer finden. Auch die Fototasche war zunächst nicht auffindbar. Hatte er sie bei sich, als er hinauslief?«

Emmi sah mit fragendem Blick zu Holger.

»Ich glaube schon«, sagte er langsam. Er begann allmählich zu registrieren, dass es hier gar nicht um ihn und Langhoff ging, dass er gar nicht gefährdet und immer noch unentdeckt war.

»Aber was kann man denn überhaupt Giftiges zu sich nehmen, dass man gleich daran verstirbt?«, wollte Emmi wissen.

»Das wird noch ermittelt. Es könnte eine unabsichtliche Vergiftung oder eine absichtlich herbeigeführte gewesen sein.«

»Aber das hieße dann ja … Mord«, stellte Holger fest.

Nils Petersen nickte stumm.

»Gott, und er saß direkt neben uns«, meinte Emmi.

»Haben Sie beobachten können, ob er Kontakt zu anderen Personen hatte? Hat er mit jemandem gesprochen, hatte er vielleicht ein Handy und telefonierte mit jemandem?«

Holger, der sich endlich ein wenig entspannen konnte, schüttelte nachdenklich den Kopf. »Nur der Kellner war bei ihm, meine ich.«

»Konnten Sie sehen, wer an dem Tisch auf der anderen Seite saß?«

»Ja, da war eine Familie mit zwei kleinen Kindern«, sagte Emmi. »Ein Mädchen und ein Junge. So sieben und fünf Jahre alt ungefähr.«

»Sehr gut.«

»Stimmt, die Kinder liefen manchmal den Gang rauf und runter«, fügte Holger an.

»Und am Tisch im Mittelgang, saß ihm da jemand gegenüber?«

»Ein älteres Ehepaar, die aber beide nur gelesen haben. Und sie saßen mehr am anderen Gang«, berichtete Holger, der jetzt ganz beschwingt war, nicht von der Polizei verhaftet, sondern sogar von ihr um Hilfe gebeten worden zu sein.

»Haben Sie vielleicht mitbekommen, ob die Familie und das Ehepaar mit dem Auto angereist sind?«

»Ich hab sie unten auf dem Parkdeck gesehen«, gab Holger an. »Die Familie hatte einen dunklen Kombi mit Dachbox. Könnte ein Volvo gewesen sein. Das Ehepaar stieg in einen grauen Wagen. Ich meine, es war irgendein Japaner oder Koreaner.«

»Das ist sehr gut beobachtet, Herr Degemann«, lobte Nils Petersen und notierte sich alles.

Auch Emmi freute sich sichtlich, dass ihr Mann etwas beitragen konnte.

»Des Weiteren wüsste ich gern, ob Sie einen Mann mit Halbglatze gesehen haben, circa eins fünfundsiebzig groß, beigefarbene Hose, dunkles Polohemd. Er hat sich wohl bei mindestens einer Gelegenheit mit einem älteren Mann mit graublondem Haar und Siebenachtelhose unterhalten. Dieser zweite Mann war größer als der erste und hatte ein Feuermal am Bein über dem rechten Knöchel.«

Holger und Emmi sahen sich an und schüttelten die Köpfe.

»Dann hätte ich erst mal keine weiteren Fragen. Sollte Ihnen noch etwas einfallen, rufen Sie mich bitte an, Sie können mich unter diesen Nummern erreichen.« Er händigte Emmi seine Visitenkarte aus.

»Machen wir. Ist deswegen auch der Hubschrauber die ganze Zeit unterwegs?«, fragte sie.

»Oh, nein, wir haben auch noch einen Vermisstenfall. Alles häuft sich gleich am ersten Tag.«

Holger, der sich gerade erhoben hatte, spürte, wie ihm plötzlich die Beine wegsacken wollten. Das Blut wich aus seinem Kopf, und Schwindel erfasste ihn.

»Dazu habe ich noch ein weiteres Foto. Der Mann wohnt nur zweihundert Meter die Straße runter«, sagte der Polizist und zeigte Emmi ein Passfoto von Langhoff. Holger meinte, von einer Welle erfasst zu werden. Er schwankte und musste sich an der Sofalehne kurz abstützen. Mit Sicherheit würde Emmi Langhoff erkennen. Es war eindeutig er auf diesem Foto.

»Nein, tut mir leid«, hörte er sie jedoch sagen.

Nils Petersen blickte ihn fragend an.

»Nein. Nie gesehen.«

»Okay, vielen Dank. Sie waren eine große Hilfe.« Der Beamte verabschiedete sich und ließ sie allein.

Holger nahm gleich wieder auf dem Sofa Platz, und Emmi hockte sich auf die Lehne. Beide schwiegen. Sie konnten hören, wie der Streifenwagen losfuhr.

»Hast du ihn erkannt?«, fragte Emmi mit brüchiger Stimme.

»Wen?«

»Auf dem Foto? Das war Langhoff«, sagte sie fast flüsternd.

»Hab ich auch erst gedacht«, versuchte Holger auszuweichen.

»Nein, er war es.«

Wieder schwiegen sie eine ganze Zeit lang.

»Und was … wollen wir nun machen?«, fragte Holger verunsichert.

»Ich muss mich hinlegen, ich kriege Kopfschmerzen«, sagte Emmi. Sie ging mit gesenktem Kopf und steifen Schultern ins Schlafzimmer und zog die Tür hinter sich zu.

ACHT

1989

Nach dieser Nacht, in der er von Mielke mehr oder weniger zwangsengagiert worden war, hatten sich die Ereignisse überschlagen. Er hatte gleich am nächsten Tag das Drehbuch bekommen und sollte noch am selben Tag mit Regisseur, Dramaturg, Kameramann und Drehbuchautor zusammenkommen, um die Geschichte zu besprechen. Und am darauffolgenden Tag bekam er Besuch von einem Stasimitarbeiter, der ihm einen Trainingsplan aushändigte. Er würde von nationalen Trainergrößen des Schwimmsports im Schwimmbad am Brauhausberg für die Dreharbeiten vorbereitet werden, mit sofortigem Beginn. Marcel trainierte von da an ohne Ausnahme jeden Tag in zwei Blöcken vormittags und nachmittags. Für den Film und somit für ihn waren die ein- und zweihundert Meter Freistil als imageträchtigste Disziplinen auserkoren worden. Die spektakulärsten Rekorde und Rennen hatten in diesen Wettkämpfen stattgefunden. Und man wollte vor allem der BRD, die in den letzten Jahren mit Michael Groß den Goldmedaillengewinner über zweihundert Meter Freistil gestellt hatte, etwas entgegensetzen.

Da Marcel ein guter Schwimmer war, waren seine Anfangszeiten recht passabel, dennoch musste er für dieses Trainingsprogramm seine gesamte Lebensweise umstellen. Früh schlafen gehen, keinen Alkohol, keine Zigaretten, keine Süßigkeiten. Er wurde ernährungstechnisch beraten und erhielt Vitamin- und Aufbaupräparate. Kurz bevor das gesamte Filmteam zu Drehbeginn nach Warnemünde fahren sollte, standen seine Bestzeiten über hundert Meter bei 1:01:29 und über zweihundert Meter bei 3:02:59 Minuten. Damit lag er ungefähr zehn Sekunden über den jeweiligen Rekorden, die letztes Jahr bei den DDR-Meisterschaften von Steffen Zesner und Thomas

Flemming hier in Potsdam aufgestellt worden waren. An vielen Tagen schwamm er im Bad am Brauhausberg mit den ganz großen Athleten. Uwe Daßler, Grit Müller und Katja Hartmann wurden jedoch immer separat trainiert. Er sollte so wenig Kontakt wie möglich zu anderen Personen haben, mit denen er über das Projekt hätte sprechen können.

Am letzten Trainingstag vor der Abfahrt nach Warnemünde zog Marcel sich erschöpft aus dem Becken und stellte sich auf seine kraftlosen Beine. Sein Brustkorb hob und senkte sich, als er die Schwimmbrille absetzte. Harald Schwanitz, sein Trainer, stand wie immer in Polohemd, Badehose und Badelatschen an der großen Fensterreihe, eine Stoppuhr um den Hals und Papiere in der Hand haltend, auf denen er Marcels Zeiten notierte.

»Nicht deine beste Leistung heute«, sagte er ohne jede Emotion und kritzelte die Zeit auf das Blatt.

Marcels Beinmuskeln zitterten vor Anstrengung. Auf der anderen Seite des Beckens stemmte sich Uwe Daßler aus dem Wasser und riss sich wütend die Brille von den Augen.

»Heute schwimmt keiner seine Bestzeit«, bemerkte Harald und begann, einige Papiere zu ordnen. »Da ich beim Dreh nicht dabei sein kann, hab ich dir einen Trainingsplan erstellt, den du in Warnemünde genau einhalten wirst. Ich habe sowohl Trainingsblöcke im Hallenbad des Hotels als auch im offenen Meer vorgegeben. Ein Mitarbeiter der … Ein Mitarbeiter wird dich vor Ort kontrollieren und deine Zeiten protokollieren.«

»In Ordnung.« Marcel wusste, für welche Organisation dieser Mitarbeiter tätig war. Lieber wäre es ihm gewesen, Harald hätte dabei sein können, doch wenn einfach nur einer am Beckenrand sitzen und ihn beobachten würde, ohne ihm Instruktionen zu geben, war es ihm gleich. Unter Beobachtung stand er in Warnemünde sowieso von morgens bis abends.

Harald reichte ihm den gut zehn Seiten umfassenden Plan, den er mit seinen noch feuchten Fingern vorsichtig entgegennahm.

»Im Hotel gibt es alles, was du zum Trainieren brauchst. Und hier sind deine Vitamintabletten, die du bitte weiter jeden Tag zum Essen nimmst.« Harald griff in die Tasche seiner Badeshorts und holte zwei braune Fläschchen heraus.

»Alles klar.«

»Nicht vergessen«, ermahnte Harald ihn.

»Keine Angst.«

Auf der anderen Seite des Beckens warf Daßlers Trainer wütend ein Handtuch in die Ecke und schrie Daßler an, was der eigentlich denke, was er hier mache. »Ich will die richtige Einstellung von dir sehen, verdammt!«, fuhr er auf. »Reiß dich gefälligst am Riemen und bring deine Zeiten ins Wasser!« Seine Stimme schallte dröhnend durch die Halle.

Harald wartete einen Moment, bis wieder Stille eintrat. »Hast gut gearbeitet … für einen Schauspieler«, meinte er und zeigte zum ersten Mal so etwas wie ein Lächeln. »Viel Glück.« Er streckte ihm die Hand entgegen, und Marcel schlug ein.

»Danke für alles. Hat Spaß gemacht«, sagte er.

Das waren die letzten Worte, die sie miteinander wechselten, nachdem sie sich vier Wochen lang täglich gesehen hatten.

Marcel wusste, dass es ihre allerletzten Worte waren, denn er würde aus Warnemünde nicht mehr nach Hause zurückkommen.

***

Holger füllte ein Glas mit kaltem Leitungswasser und ging damit hinunter in den Keller.

Langhoff lag am Boden auf der Seite mit angezogenen Füßen und zitterte vor Kälte. Das durch die Tür einfallende Licht blendete ihn, und er kniff die Augen zusammen.

»Hallo, Langhoff.« Holger schloss die Tür hinter sich. Er knipste die Lampe an und stellte das Glas Wasser, das Langhoff mit großen Augen anstarrte, neben seinen Stuhl. Er half Langhoff zurück auf den Schemel und öffnete erneut dessen

Handfessel. »So, die Hände mit den Handflächen nach unten unter deine Oberschenkel. Schön gerade sitzen.«

Langhoff folgte den Anweisungen unter Schmerzen. Holger zog ihm den Knebel aus dem Mund.

»Gott, bitte, ich brauche was zu trinken«, krächzte Langhoff und hustete trocken.

»Kann ich mir vorstellen«, entgegnete Holger, nahm Platz und stellte das Glas vor sich auf den Boden. Daneben platzierte er wieder sein Handy, auf dem er die Audioaufnahme gestartet hatte. »Du kannst das ganze Glas trinken, sobald ich meine Informationen bekomme.«

»Aber ich bin nicht –«

»Langhoff«, unterbrach Holger ihn laut und zog das Glas ein Stück zurück. »Es wird bereits nach dir gesucht. Ich weiß, dass du es bist. Jedes Mal, wenn du es leugnest, entfernt sich das Glas weiter von dir.«

»Herrgott, dann bin ich es halt, aber geben Sie mir jetzt endlich was zu trinken«, sagte er weinerlich.

»Das Glas kommt dir nur näher, wenn du redest. Wer hat den Befehl gegeben, Marcel zu töten, wer …« Holger stoppte, weil er etwas an Langhoffs rechtem Hosenbein sah, das ihn irritierte. Er stand auf und zog es hoch. Zum Vorschein kamen ein kalkweißer Knöchel und ein violett schimmerndes Feuermal. »Das kenne ich ja noch gar nicht«, sagte Holger.

Langhoff verstand nicht, was daran so wichtig war.

»Jemand mit einem solchen Feuermal wird von der Polizei gesucht. Es hat einen Todesfall auf der Fähre gegeben. Und du hast dort mit jemandem gesprochen. Einem Mann, Halbglatze, eins fünfundsiebzig groß, dunkles Hemd, helle Hose.«

Er erkannte in Langhoffs Augen, dass er einen Treffer gelandet hatte.

»Ich weiß nicht, wovon Sie sprechen.«

Holger zog das Glas Wasser ein Stück zurück. »Das war die falsche Antwort. Wer war der Mann, und was hast du mit ihm besprochen?«

»Wie gesagt …« Langhoff zuckte mit den Schultern.

Holger stellte das Glas wieder neben das Stuhlbein.

»Ist mir egal, was Sie mit dem Glas veranstalten, ich weiß nichts.«

»Alles, was du sagst, ist gelogen.« Er hob das Glas etwas an und schüttete ein Viertel der Flüssigkeit auf den Boden. Ein Rinnsal entstand, das sich ganz fein bis zu einem untertassengroßen Gitter vor Langhoffs Füßen schlängelte und in den Abfluss hineintropfte. *Plipp-plipp-plipp.*

Holger lehnte sich zurück und wartete.

»Weißt du, was ich glaube?«, fragte er schließlich. »Ich glaube, dass das kein Zufall ist. Da kommt dieser Polizist zu uns und spricht von einem Todesfall, einem Mann, der eventuell vergiftet wurde. Und dann bist du an Bord und wirst in diesem Zusammenhang mit einem anderen Kerl gesucht. Das ist kein Zufall, oder? Du hast etwas damit zu tun.«

Langhoff versuchte, seinen Mund mit seiner Zunge zu befeuchten, doch es gelang ihm nicht. »Ich mache hier Urlaub«, brachte er heiser hervor. »Nur Urlaub.«

»Mal sehen, was deine Frau dazu sagt. Sie ist ziemlich mitgenommen.«

»Sie kennen meine Frau doch gar nicht«, gab Langhoff zurück.

»Ach nein?« Holger faltete die Hände und beugte sich vor. »Woher willst du das wissen, hm?«

»Wo wohne ich denn?«, fragte Langhoff überraschend herausfordernd.

Holger hatte keine Ahnung, wo er wohnte, aber immerhin war Langhoff zu Fuß vom Strand weggegangen.

»Ganz in der Nähe«, sagte er daher und lächelte bösartig. »Weiß sie eigentlich von deiner Vergangenheit, oder wäre es eine Überraschung, wenn ich ihr davon erzählte?«

Jetzt grinste Langhoff und antwortete nicht.

»Ganz schön zynisch für einen Unschuldigen«, meinte Holger, nahm das Glas in die Hand und goss es bis zur Hälfte aus.

Langhoff folgte dem Lauf des Wassers mit seinem Blick.

»Du hast mir früher immer einen Kaffee hingestellt, weißt du noch? Und Zigaretten. Und du hast mir gedroht, meine Frau zu verhaften. Erinnerst du dich?«

Langhoff schüttelte den Kopf, ohne Holger anzusehen.

»Du hast sie inhaftiert. Ohne Grund, einfach so. Für sechs Monate. Wie kannst du glauben, dass ich dich belüge, wenn ich von deiner Frau spreche? Bist du wirklich so naiv? Das warst du doch früher auch nicht. Nein. Du warst detailverliebt, akribisch, sadistisch, bösartig, berechnend, ein Speichellecker und Mitläufer. Aber naiv warst du nicht. Leute wie dich gibt es in jeder Diktatur. Voller Eifer kommt ihr aus euren Höhlen gekrochen und meldet euch freiwillig, wenn ihr für irgendeine x-beliebige Scheißideologie andere quälen könnt. Du hättest es unter Hitler getan, ebenso wie du es unter Honecker und Konsorten getan hast. Und du würdest es wieder tun, wenn du die Chance dazu bekommen würdest. Das hört nie auf, weil es einfach deine Natur ist. Aber damit ist jetzt Schluss. Weil ich es beenden werde.«

Holger stand auf, blickte von oben auf ihn herab und stieß das Glas mit dem Fuß um. Das restliche Wasser lief aus, erfasste Holgers Schuhe und hinterließ auf dem Boden ein Muster seiner Sohlen, als er hinter den Schemel trat und Langhoffs Hände fesselte.

Er stopfte ihm den Knebel in den Mund, schaltete das Licht aus und ging. Das Sonnenlicht blendete so stark, als er aus der Kellertür trat, dass er zu Boden blicken musste und blind die Tür abschloss. Dann schob sich ein Schatten vor die Sonne, und er blickte auf. Emmi stand am obersten Rand der Treppe.

»Was hast du da unten versteckt?«, fragte sie.

***

Nils saß an seinem Schreibtisch und betrachtete die vor ihm liegende Tasche, die er soeben vom Hafen abgeholt hatte. Aus dem anderen Büro drang die Stimme von Jonas Brinkhusen zu ihm herüber, der mit derselben Fähre angekommen war und nun per Telefon die Suchteams darüber informierte, dass er vor Ort die Koordination übernommen hatte.

Sand und Salzreste klebten an der Tasche. Nils glaubte, dass es ein wasserfester Stoff war, doch natürlich war Meerwasser eingedrungen und hatte die Kamera untauglich gemacht. Vorsichtig zog er den Reißverschluss auf und klappte den Deckel um. Auch innen waren Sand und Wasserreste erkennbar. Die Kamera lag mit ihrem Teleobjektiv in einer Mulde, und es gab drei weitere Steckplätze für Speicherkarten sowie drei Fächer für Polfilter.

Nils nahm die Kamera aus dem Fach und suchte die Klappe für den Speicherkartenplatz. Als er sie öffnete, tropfte Wasser heraus.

»Scheiße«, fluchte er.

Er hatte keine Ahnung, ob die Kriminaltechnik noch in der Lage wäre, irgendwelche auf der Karte befindlichen Daten zu retten. Er verpackte alles wieder, nahm die Tasche mit ins Auto und machte sich auf den Weg zu der nächsten Befragung.

Familie Norderstedt wohnte nur ein Stück weiter in einem Haus im Sanghughwai. Nils hörte schon die Stimmen der Kinder, die im Garten herumschrien und sich gegenseitig mit Wasserpistolen nass spritzten. Sie verstummten augenblicklich, als er in seiner Uniform den Garten betrat.

»Bist du ein Polizist?«, fragte das Mädchen. Sie mochte vielleicht fünf Jahre alt sein, hatte lockige, rötliche Haare und trug einen Hello-Kitty-Badeanzug. Ihr Bruder in Spiderman-Badehose war jünger und staunte mit offenem Mund Nils' Dienstwaffe an.

»Hallo, ihr beiden. Ja, stimmt, ich bin von der Polizei. Sind eure Eltern zu Hause?«

Er sah, dass die Mutter ihn bereits durch ein Fenster bemerkt hatte und besorgt zur Tür geeilt kam.

»Ja, Papa muss unsere Strandtasche packen, und Mama will

lieber ohne uns in der Nordstadt shoppen gehen«, sagte das Mädchen.

»In Norddorf.« Nils lächelte amüsiert.

Frau Norderstedt trat in den Garten. »Was ist los?«, fragte sie atemlos.

»Gar nichts, Frau Norderstedt, es ist alles in Ordnung. Ich hätte nur ein paar Fragen an Sie und Ihren Mann. Wenn Sie kurz für mich Zeit hätten?«

»Ja, okay«, sagte sie unsicher und bat ihn hinein.

»Wir wollen jetzt aber zum Strand«, sagte das Mädchen.

»Dauert nicht lange, ich versprech's«, sagte Nils und zwinkerte ihr zu.

»Okay.« Sie drehte sich um, schoss ihren Bruder mit Wasser ab und lief schreiend davon.

»Um was geht es denn?«, fragte Frau Norderstedt im Flur.

Nils setzte seine Maske auf, bevor er antwortete.

»Es hat auf der Fähre, mit der Sie gestern angereist sind, einen Todesfall gegeben, und ich suche nach Zeugen, die das Opfer gesehen haben oder mit ihm Kontakt hatten.«

»Jemand ist gestorben? An Bord?«

»Ja.«

»Das ist ja furchtbar. Ich hole meinen Mann, einen Moment bitte.«

Sie ging zur Treppe und rief nach ihm.

»Ich kann jetzt nicht, ich finde diese blöde Badehose nicht«, fluchte der und schlug eine Schranktür krachend zu.

»Schatz, die Polizei ist da. Komm jetzt bitte runter«, rief sie daraufhin schärfer.

»Polizei?« Schon hörte man Schritte auf der Treppe.

»Hallo, Nils Petersen von der Polizei Amrum«, stellte Nils sich vor.

»Hallo.«

Er erklärte noch mal den Grund für sein Auftauchen, und sie setzten sich an den Esstisch, auf dem noch die Plastiktrinkbecher der Kinder standen.

Nils stellte in ruhigem Ton die Situation dar, in der sie sich bezüglich der Identität des Toten befanden, und legte ihnen schließlich dessen Bild vor. Er hatte große Hoffnung, dass es sich bei den Norderstedts um die Familie handelte, die einen Tisch weiter gesessen hatte, doch er wurde enttäuscht.

»Nein, den hab ich nicht gesehen, du?«, sagte Frau Norderstedt und sah ihren Mann an.

»Ich auch nicht. Glaube ich zumindest. Da laufen so viele Leute an einem vorbei.«

»Ja, ich weiß. Und in diesem Zusammenhang suchen wir auch nach zwei anderen männlichen Personen.« Nils beschrieb den beiden die Männer, und Frau Norderstedt zuckte auf einmal mit dem Arm.

»Doch, doch«, sagte sie. »Den einen hab ich gesehen. Den mit dem Feuermal. Ich weiß noch, wie ich dachte, dass ich neulich erst etwas darüber gelesen habe. Gorbatschow hatte doch auch so ein Mal.«

»Wo haben Sie ihn gesehen?«

»Oh, das war oben auf dem Sonnendeck.«

»War er in Begleitung?«

»Allerdings. Es war eine ganze Gruppe älterer Herrschaften. Ich glaube … sechs Leute. Ehepaare.«

»Drei Ehepaare?«, hakte Nils nach.

»Ja, ja. Die saßen schräg gegenüber von uns.«

Nils war überrascht, das zu hören. Es klang wie die Gruppe um Frau Langhoff. Wenn der Gesuchte Teil der Gruppe war …

»Und hat sich dieser Mann zwischendurch mal entfernt?«

»Das weiß ich nicht mehr. Ich hab natürlich nicht ständig auf sie geachtet. Unsere Kinder sind sehr lebhaft, wissen Sie?«, sagte Frau Norderstedt.

»Kann ich mir denken«, sagte Nils mit einem Blick in den Garten, wo der Sohn bei der Verfolgung seiner Schwester gerade zwei Gartenstühle umwarf, um sie schneller zu erreichen.

Er bedankte sich, ließ seine Karte zurück und fuhr erneut zum Hafen, wo er die Kamera an den Kriminaltechniker übergab. Dann stellte er sich an die Kaimauer an der rechten Seite des Hafens, sah der abfahrenden Fähre hinterher und überlegte, ob er Frau Langhoff und ihre Freundinnen nach dem Mann mit dem Feuermal gefragt hatte. Wenn es sich bei dem tatsächlich entweder um Herrn Bremer, Herrn Gruber oder Herrn Langhoff handelte, hätten sie ihn belogen. Noch dazu wäre es im Fall von Herrn Langhoff ein unverwechselbares Kennzeichen, das Frau Langhoff hätte erwähnen müssen. Darüber hinaus würde es bedeuten, dass wenigstens ein Mann aus der Gruppe den Mann mit der Halbglatze kannte. Und ausgerechnet einer von ihnen wurde nun vermisst. Konnte das ein Zufall sein? Und wenn nicht, wie passte beides zusammen?

Er dachte daran, Kommissar Hagen anzurufen, entschied sich dann aber, erst den Tag und die restlichen Befragungen abzuwarten. Vielleicht ergab sich ein noch besseres Bild von der Personenkonstellation an Bord der Fähre.

***

1989

Marcel packte seine Sachen in den Koffer. Was nahm man mit, wenn man für immer ging, aber niemand es wissen sollte? Er warf einen Blick auf das einzige Foto seiner Eltern, das er besaß. Es zeigte sie und ihn zusammen am Ufer im Garten von Schloss Babelsberg vor zehn oder zwölf Jahren. Er war noch ein Kind gewesen. Seine Eltern hatten ihn in die Mitte genommen und eine Passantin gefragt, ob sie das Foto machen könne. Wenn er es einpackte, war das verdächtig. Allerdings war es das Einzige, was er von seinen Eltern besaß. Er hatte kein anderes Erinnerungsstück.

Auf einmal war es, als schnürte ihm jemand die Luft ab. Panik überfiel ihn, und er musste sich setzen und durchatmen. Ein Abschied für immer. Das war kaum vorstellbar für ihn. Er würde nicht sehen, wie sie alt werden, wäre nicht dabei, wenn sie sterben würden. Andersherum wären sie nicht da, wenn er Fuß im Westen fasste, seine erste Wohnung bezog, seinen ersten Film drehte, vielleicht eine Frau fand und Kinder bekam. Sie würden ihre eigenen Enkel nicht kennenlernen. Der kalte Schweiß brach ihm aus, und er atmete tief durch. Einmal, zweimal, dreimal.

Erneut wanderte sein Blick zum Foto an der Wand. Er könnte es einstecken und den Nagel entfernen, doch wahrscheinlich würde es einen helleren Fleck auf der Tapete hinterlassen. Die Stasi hatte seine Wohnung mit Sicherheit schon durchsucht, Fotos gemacht und alles fein säuberlich dokumentiert. Und wenn er in Warnemünde ankam, würden sie auch sein Zimmer und seinen Koffer filzen. Das Bild musste bleiben, wo es war. Er durfte es nicht mitnehmen.

Marcel hatte eine Liste erstellt von Leuten, die im Filmteam waren und von denen er vermutete, dass sie für die Stasi arbeiteten. Er wusste zurzeit von lediglich fünfzehn Personen, aber in Warnemünde würden es mit Sicherheit mehr werden. Von den fünfzehn hielt er fünf für IM, inoffizielle Mitarbeiter des Ministeriums für Staatssicherheit. Das war ein Drittel der Crew, und wie immer gab es bestimmt weitere Leute, von denen man es gar nicht erwartete. Wenn er also mit zwei seiner Kollegen unterwegs war, musste er damit rechnen, dass mindestens einer von ihnen als Stasispitzel einem Führungs-IM berichtete. Plus die ganzen Spitzel, die im Hotel als »Gäste« von der Stasi eingemietet oder beim Personal eingeschleust worden waren. Das gesamte Gebäude war ein Überwachungsbunker, in dem jeder per Video- und Audioüberwachung auf Schritt und Tritt verfolgt werden konnte. Es gab sogar männliche und weibliche Mitarbeiter, die sich prostituierten, um an die Geheimnisse der Hotelgäste aus dem Westen zu gelangen, die gern gesehen waren, weil sie Devisen in die Kassen spülten und mit lukrativen Geschäften in ihren Aktenkoffern aufwarteten.

Und ausgerechnet in diesem Epizentrum der Stasimacht wollte er seinen Fluchtversuch starten? Vor ein paar Wochen noch war ihm dieser Gedanke ganz besonders klug vorgekommen, eben weil er so abwegig war. Jetzt, mit nur noch ein paar Stunden Abstand zur Abreise, kam es ihm vor wie kalkulierter Selbstmord.

Das Problem war nur, er war nicht allein. Jemand anderes war mit ihm in diesen Fluchtplan involviert. Er riskierte ebenso viel wie Marcel und hatte auch ebenso viel zu verlieren. Und darüber hinaus war er der Organisator dieser Flucht.

Wenn sein Vater gewusst hätte, dass Marcel sein Schicksal in die Hände eines anderen legte, hätte er alles getan, um ihm diesen Plan auszureden. Doch allein hätte er gar nicht die Möglichkeit zur Flucht gehabt. Es gab nur diese eine Chance, nur diesen Moment. Ein anderer würde nicht kommen. Alles danach wäre zu spät. Es musste jetzt sein.

Dennoch hatten sie für alle Fälle eine Art Notbremse ersonnen. Heute gab es eine Filmvorstellung in der Filmhochschule. In der Dramaturgieklasse wurde »Stalker« von Andrej Tarkowski gezeigt. Wenn sich einer von ihnen im Kinosaal eine Mütze aufsetzte, war das das Zeichen für den Abbruch des Vorhabens, da ihr Plan gefährdet war. Sie hatten sich auf das kleine Kino in der Hochschule geeinigt, weil sich in einem öffentlichen Kino jederzeit Stasimitarbeiter aufhalten konnten. Der Vorführraum in der Hochschule fasste gerade mal dreißig Personen, und die Schule wurde ebenso wie die einzelnen Klassen nicht von Fremden besucht.

Sie waren beide Studenten im letzten Jahr und hatten nur noch wenige Vorlesungen. Aber beide waren in der Filmszene schon sehr gefragt.

Marcel sprang auf und lief in den Flur. Er riss die Mütze vom Garderobenständer und eilte durchs Treppenhaus nach unten und auf die Straße. Er war spät dran, sagte er sich, er musste sich beeilen. Doch in Wahrheit hatte er genug Zeit, um von hier bis zu der Villa in der Karl-Marx-Allee zu gelangen, bevor der Film gezeigt wurde. In Wahrheit musste er weg von dem Bild und weg von dem Koffer. Hätte er nur noch eine Sekunde länger dort verbracht, wäre er mit der Mütze auf dem Kopf in den Kinosaal gerannt. Jetzt aber hielt er sie in der Hand, zerquetschte sie förmlich. Er bemerkte die Blicke aus den Wagen, an denen er vorüberging. Er wusste, dass sie ihm folgten. Er kannte sie bereits vom Sehen.

Sein Schritt war schnell und zielstrebig. Er verbiss sich die Tränen, die einfach in ihm aufkochten, hochstiegen wie Kohlensäure in einer geschüttelten Flasche. Seit er auf der Welt innerhalb dieser Mauern war, hatte man ihn geschüttelt. Sein Leben lang. Und jetzt musste es raus, aber es durfte nicht.

Er knetete die Mütze in seiner Hand. Er fragte sich, ob sie sich fragten, warum er die Mütze nicht aufsetzte. Oder warum er im Sommer überhaupt eine Mütze brauchte. Aber darüber nachzudenken, überstieg gerade seine Fähigkeiten. Er beschleunigte seinen Schritt und war Gott sei Dank bald am Ziel.

Ein Auto fuhr vorbei, als er die Türklinke hinunterdrückte und in den dunklen Flur trat. Ein zweites parkte direkt vor dem Haupteingang, und noch bevor sich die Tür hinter Marcel geschlossen hatte, sah er, wie ein Mann ausstieg.

Der Kinosaal hatte sich schon gefüllt. Marcel grüßte einige, die er kannte, mit einem Winken und setzte sich in die vorletzte Reihe. Kaltes Licht fiel in einem schmalen Kegel aus dem kleinen Fenster des Vorführraums auf die Hinterköpfe der Anwesenden. Einer der Stasimänner betrat den kleinen Saal. Marcel drehte sich zu ihm um und konnte nicht glauben, dass sie ihn bis hierher verfolgten. Der Mann nahm hinter ihm in der letzten Reihe Platz. Marcel packte seine Mütze mit beiden Händen und knetete und knetete sie. Sein Kompagnon saß drei Reihen vor ihm, er hatte ihn sofort erkannt, als er hereingekommen war, aber er durfte es nicht zeigen.

Die Leinwand wurde mit einem Mal leuchtend weiß. Zahlen zählten von sieben herunter, und dann war es dunkel. Ein schwach beleuchtetes Bild wurde von einem Vorspann mit fetten gelben Lettern überlagert.

Sein Kompagnon erhob sich und schlich geduckt zum Ende

der Sitzreihe. Er trug keine Mütze. Sein Gesicht blieb im Dunkeln. Jetzt musste Marcel reagieren und seine Mütze aufsetzen, jetzt musste es geschehen. Gleich würde es zu spät sein. Seine Hände rissen den dicken Stoff fast entzwei. Aber die Mütze blieb auf seinem Schoß, bis die dunkle Silhouette an ihm vorbeigegangen war und mit ihm die letzte Chance, alles abzublasen und der Gefahr und der Ungewissheit zu entkommen. Es war vorbei. Der Film begann. Ein Mann an einem Stehtisch trank Kaffee. Aus und vorbei.

Das Bild verschwamm vor seinen Augen. Die Tränen liefen und liefen und tropften auf seine Hände und die Mütze in seinen Händen. Aber er gab keinen Laut von sich.

***

1989

Holger lag bereits im Bett. Emmi war im Bad und putzte sich die Zähne. Sie beide waren ein Paar, seit sie knapp zwanzig Jahre alt waren. Er war noch in der Lehre gewesen und hatte sie am Wegesrand auf dem Weg zur Arbeit entdeckt. Sie hatte ihr Fahrrad auf Sattel und Lenker gestellt und versucht, die herausgesprungene Kette wieder auf den Zahnkranz zu bekommen.

»Kann ich dir vielleicht helfen?«, waren die ersten Worte gewesen, die er an sie gerichtet hatte. Sie hatte sich bedankt und gesagt, dass sie im Kindergarten arbeiten würde. Er hatte erzählt, dass er Schlosser sei und es nicht so schlimm wäre, wenn er sich die Hände schmutzig machte. Danach waren sie das letzte Stück zusammen gefahren. Und von dem Tag an waren sie nie wieder allein zur Arbeit geradelt. Ein Jahr später hatten sie bereits geheiratet. Und nur knapp drei Monate danach war Marcel auf die Welt gekommen.

Emmi war seine Frau. Er liebte sie. Sie war die Mutter ihres gemeinsamen Kindes. Wie konnte er ihr verschweigen, dass sie Marcel nie wiedersehen würde? Dass ihr einziger Sohn flüchten wollte und die Tatsache, dass sie ihn nie wiedersahen, noch die bessere der beiden Möglichkeiten war, die es für ihn gab? Die andere war der Tod. Nämlich dann, wenn sie ihn erwischten. Wie konnte er ihr verschweigen, was er bereits wusste? Das hatte sie nicht verdient. Es war ihr Recht, es zu erfahren. Sie hatte Marcel in sich getragen und zur Welt gebracht. Er durfte ihr Vertrauen nicht missbrauchen. Es war seine Pflicht, es ihr zu sagen.

Sie löschte das Licht im Badezimmer und huschte durch die Dunkelheit zum Bett. Die Matratze wackelte, als sie sich hinlegte und die Decke über sich zog. Holger starrte an die Decke.

»Gute Nacht«, flüsterte sie und gab ihm einen Kuss.

»Gute Nacht«, sagte er und schloss die Augen.

NEUN

»Was hast du da unten gemacht?«, fragte Emmi erneut.

»Gar nichts«, sagte er. »Komm, lass uns nach oben gehen.«

Emmi war nicht überzeugt. Sie sah ihn mit einem distanzierten Blick an.

Holger zog sie behutsam am Arm mit nach oben in den Garten.

Sie setzten sich an den kleinen runden Tisch. Beide waren angespannt und saßen stocksteif auf ihren Stühlen.

»Holger, ich bin etwas verwirrt«, begann sie. »Du verheimlichst mir was, das spüre ich. Und es macht mir Angst, weil ich nicht weiß, was es ist und was du da unten machst.«

»Ich hab nur Holz holen wollen«, log Holger.

»Holz? Holger, du … Du kannst doch nicht im Ernst glauben, dass ich dir das abkaufe. Willst du mich beleidigen? Was ist da unten? Sag mir jetzt endlich die Wahrheit. So schlimm kann es doch gar nicht sein, dass du so ein Theater veranstaltest.«

Holger leckte sich über die trockenen Lippen und senkte den Blick. Er brauchte unendlich lange für eine Antwort, doch Emmi wartete geduldig.

»Ich … habe etwas getan«, sagte er zögernd. »Es war wie ein Traum, irgendwie. Ich konnte nicht anders.«

Emmi blinzelte verunsichert. Sie wusste nicht, worüber er sprach, aber es musste schlimm sein.

»Emmi …«

»Ja?«

»Ich habe … Langhoff gesehen.«

»Aber das sagte ich dir doch. Er war der Mann auf dem Foto. Du hast das geleugnet.«

»Er war es aber. Ich habe nur nichts gesagt … weil ich … Ich habe ihn dort unten. Er ist im Keller.«

»Wie ›im Keller‹?«

»Ich habe ihn niedergeschlagen und gefangen genommen.«

Jetzt war es raus. Er sah sie ängstlich an und erwartete, dass sie explodierte vor Wut.

Sie musste sich einen Moment sammeln, dann schluckte sie geräuschvoll.

»Langhoff ist da unten?«, fragte sie.

Holger nickte.

Sie wischte sich mit beiden Händen übers Gesicht.

»Ist er's wirklich?«

»Hundertprozentig. Hab ihn sofort erkannt. Er leugnet's aber immer noch.«

»Seit wann ...«

»Gestern.«

»Er ist schon eine Nacht hier? Aber sicher, sie suchen ja seit gestern nach ihm«, fiel es ihr ein. »Er ... Er muss hier weg.«

»Aber Emmi, weißt du, was das für eine Chance für uns ist?«

»Ja, wir könnten verhaftet werden. Wie stellst du dir das vor? Sie werden ihn finden, und dann nehmen sie uns fest.«

»Aber hör doch! Niemand weiß, dass er hier ist. Wir haben Langhoff, und er kann uns endlich sagen, was mit Marcel geschehen ist.«

»Und du glaubst, der redet mit dir?«

»Nein, nicht freiwillig. Wir werden ihn zwingen müssen.«

»Gott, Holger. Was hast du dir nur gedacht? Wir ...« Sie konnte nicht weitersprechen. Ihre Lippen zitterten.

»Emmi, er kann es uns sagen«, beharrte Holger. »Es ist mir egal, was danach mit mir passiert. Seit Jahren frisst uns diese Frage auf. Du bist krank geworden davon. Sieh dich doch an. Das ist alles seine Schuld. Nur er kann uns geben, was wir haben wollen, was wir brauchen, um nicht kläglich daran zu ersticken.«

»Ich will ihn aber nicht sehen, das macht alles nur noch schlimmer«, sagte sie und wischte sich die Tränen aus den Augen.

»Du musst ihn auch nicht sehen. Ich befrage ihn. Ich will es endlich rausfinden, für uns. Und für Marcel.«

Auch Holger rang mit seiner Fassung. Der Gedanke an seinen Sohn zerquetschte ihm fast das Herz.

»Das ist unrecht«, sagte Emmi flüsternd.

»Er war mein Junge. Unser Kind, Emmi. Ich kann nicht … Ich kann ihn einfach nicht gehen lassen. Ich muss Gewissheit haben.«

Sie ließ den Kopf hängen, und ihre Schultern zuckten unter ihren Schluchzern.

»Willst du ihn sehen?«, fragte Holger.

Sie schüttelte den Kopf. Ihre Haare fielen ihr in die Stirn und verdeckten ihre Augen.

»Emmi, ich muss aber wissen, ob du auf meiner Seite bist. Ich kann das nicht tun, wenn ich weiß, dass du dagegen bist.«

Sie bewegte sich nicht. Nur einige Haarsträhnen zitterten vor ihrer Stirn.

»Ich will es ja auch wissen«, sagte sie schließlich mit dünner Stimme. »Aber was ist hinterher? Was machen wir mit ihm?«

»Das weiß ich noch nicht. Darüber denke ich nach, wenn's so weit ist.«

»Das reicht nicht. Wir brauchen einen Plan.«

Holger dachte eilig nach.

»Wir bringen ihn irgendwohin, im Kofferraum.«

»Und wohin? Und was dann?«

»Keine Ahnung, aufs Festland. Wir verstecken ihn in einem Wald oder so und melden das anonym bei der Polizei.«

»Was hilft denn das? Er weiß doch, wer wir sind. Er wird uns sofort verraten, und im nächsten Moment steht die Polizei vor der Tür.«

Natürlich hatte sie recht. Holger hatte sich nur geweigert, so weit vorauszudenken. Für ihn zählte nur die Momentaufnahme hier auf der Insel.

»Ich hab keine Antwort darauf«, gab er zu. »Vielleicht muss ich dann einfach dafür geradestehen.«

»Und was ist mit mir? Glaubst du, ich will dich nur noch im Gefängnis besuchen dürfen? Ich will dich nicht auch noch verlieren, Holger. Das ertrage ich nicht.«

Er legte seine Hand auf ihre und drückte sie ganz fest.

»Ich weiß. Ich lass mir was einfallen.«

»Ich glaube, dafür ist es schon zu spät.«

***

Nils hatte ein Treffen um neunzehn Uhr in der Polizeidienststelle anberaumt, um die Ergebnisse der heutigen Befragung an die Tafel zu bringen.

Janine und Eddi sollten zunächst ihm zuhören und anschließend ihre Zeugenaussagen präsentieren.

»Im Grunde habe ich heute zwei sehr wichtige Beobachtungen berichtet bekommen«, sagte Nils und zog die Kappe vom Edding. »Zum einen erzählte mir ein Ehepaar, dass sie direkt neben unserem Opfer gesessen hätten. Sie haben beobachtet, wie dem Mann schlecht wurde und er das Restaurant verließ. Was die Theorie unterstreicht, dass er während der Fahrt oder zuvor etwas zu sich genommen hat, das mit Gift versetzt war. Außerdem soll auf der anderen Seite eine Familie mit zwei kleinen Kindern gesessen haben, die ich noch nicht gefunden habe. Vielleicht hattet ihr da mehr Glück«, sagte er.

Janine zeigte ein kurzes Lächeln.

»Aber ich mache erst mal weiter mit der zweiten wichtigen Information, die mir noch ein wenig Rätsel aufgibt«, fuhr Nils fort. »Die Familie Norderstedt war während der Überfahrt auf dem Sonnendeck. Die Frau hat den Mann mit dem Feuermal gesehen. Sie sagt, er könne zur Reisegruppe um Frau Langhoff gehören. Zumindest beschrieb sie seine Gruppe entsprechend, nämlich als drei ältere Ehepaare. Interessanterweise hat keine der Frauen reagiert, auch nicht Frau Langhoff, als ich sie heute nach diesem Mann fragte. Und ich bin mir ziemlich sicher, dass ich gefragt habe.«

Nils drehte sich um, malte einen Kreis, in den er die Namen »Gruber«, »Bremer« und »Langhoff« schrieb, und zog eine Verbindungslinie zu dem Mann mit dem Feuermal, der sich unter Deck mit dem Mann mit der Halbglatze unterhalten haben sollte. Am Ende malte er ein kleines Fragezeichen über diese Linie.

»Okay. Jetzt seid ihr dran.« Er überreichte Janine den Stift und setzte sich, während die beiden sich erhoben.

»Dann wollen wir dich nicht länger auf die Folter spannen«, sagte Janine mit einem Blick zu ihrem Kollegen. »Wir haben diese Familie tatsächlich gefunden. Herr und Frau Weber aus Bielefeld. Sie gaben an, neben dem Opfer gesessen zu haben. Aber auch, dass sie zunächst an Deck gewesen sind und erst nach ungefähr einer Stunde runtergingen. Über das Opfer konnten sie wenig sagen, außer dass er einen Kaffee und ein Wasser oder etwas in der Art getrunken hat.«

»Dass ihm schlecht wurde und er das Restaurant verließ, haben sie gar nicht mitbekommen«, erklärte Eddi.

»Haben sie mitbekommen, wer vorher an ihrem Tisch gesessen hat?«

»Leider nicht«, sagte Eddi.

»Da hatte ich mir mehr erhofft«, gab Nils zu.

»Aber wir haben noch etwas«, wandte Eddi ein und übergab das Wort wieder an Janine.

»Ja, wir haben zwei ältere Damen befragt, Schwestern, die oben an Deck waren. Die eine hat die ganze Zeit gelesen, aber die andere hat angegeben, mehrere Fotos gemacht zu haben, auf denen auch einige Mitreisende zu sehen sind.«

»Das ist phantastisch, sehr gut«, lobte Nils und war plötzlich Feuer und Flamme. »Habt ihr die Bilder?«

Eddi hielt eine Speicherkarte in die Luft, und Nils klatschte in die Hände vor Begeisterung.

»Gut gemacht. Lasst uns die gleich sichten.«

Er steckte die Karte in den Slot an seinem PC und öffnete den Ordner mit den Bilddateien. Es begann mit Aufnahmen von der Mole in Dagebüll und der ankommenden Fähre. Dann folgten Bilder von der Schwester an der Reling, Bilder von Möwen und schließlich Bilder vom Sonnendeck. Sie hatte vom Bug aus die Brücke und den Anleger fotografiert und dabei einige Gäste mit abgelichtet, die sich auf den Bänken an Deck niedergelassen hatten.

»Hier, das sind die Norderstedts«, sagte Nils und tippte mit dem Zeigefinger auf den Bildschirm. Er rief das nächste Foto auf, eine Aufnahme vom Heck des Schiffes, nachdem es abgelegt und eine weiße, schaumige Spur im blauen Wasser hinterlassen hatte. Man konnte einen Teil des Autodecks erkennen, aber keine Personen. Es folgten Bilder von den Halligen und von der Seehundbank auf der rechten Seite der Fähre. Sechs Tiere lagen dort in der Sonne, und ein Seehund schaute nur mit dem Kopf aus dem Wasser. Alle drei mussten unwillkürlich lächeln. Nils klickte weiter. Nun kam eine Aufnahme von der Schwester, die mit ihrem Buch auf der Bank saß, die Brücke im Hintergrund, gefolgt von einem weiteren Bild der Schwester von der Seite mit einigen Gästen und Föhr im Hintergrund.

»Erkennt ihr jemanden?«, fragte Nils.

»Mit ihr haben wir heute gesprochen. Eine Familie mit drei Kindern, Hund und der Schwester der Frau. Sie konnten allerdings nichts dazu sagen«, meinte Janine und deutete auf eine Frau, die sich zu ihrem Mischlingshund herunterbeugte, um ihm Wasser aus einer Flasche zu geben.

Nils klickte das nächste Foto an, das aber bereits die Ankunft im Hafen von Wittdün zeigte. Darauf waren nur Menschen zu sehen, die am Kai auf ihre Angehörigen warteten.

»Das war's«, sagte Eddi.

»Nicht sehr ergiebig«, murmelte Nils enttäuscht. Er ging die Fotos alle noch mal rückwärts durch, stoppte bei der Sandbank und rief das vorherige Bild erneut auf. Es war das, welches die Schwester auf der Bank sitzend zeigte.

»Was ist?«, fragte Janine.

»Irgendwas stimmt doch da nicht«, sagte Nils und deutete auf den Kopf der Frau.

»Ihr Kopf ist irgendwie zu groß, oder?«, meinte Eddi und beugte sich näher an den Bildschirm heran.

»Das ist nicht nur ihr Kopf, da sitzt jemand hinter ihr«, erkannte Janine. »Hier, dieser Schatten, das ist jemand anderes.«

»Stimmt.« Nils vergrößerte das Bild und entdeckte noch etwas. »Und das hier ist ein Arm. Er hat ihn auf der Rückenlehne abgelegt.«

»Er trägt die Uhr rechts. Das machen fast nur Frauen«, sagte Eddi.

»Aber seht mal«, Nils zog das Bild noch ein Stückchen größer. »Das hier sieht aus wie der Schatten der Frau, aber wenn ich es größer mache, sieht man, dass es der Umriss des Mannes ist, zu dem der Arm gehört.«

»Er hat eine Halbglatze«, platzte Janine heraus.

»Er hat direkt hinter ihr gesessen«, bestätigte Nils. »Könnte aber auch jeder andere mit Halbglatze gewesen sein.«

»Anhand der Körpergröße der Schwester könnten wir Rückschlüsse auf seine Größe ziehen«, meinte Janine.

»Sehr gut. Vielleicht können sich die Schwestern ja doch noch an ihn erinnern, wenn ihr ihnen sagt, dass er hinter ihnen gesessen hat.«

»Ist sein Ärmel an dem ausgestreckten Arm schwarz?«, fragte Eddi und fuhr mit dem Finger über die Kontur.

»Auf jeden Fall dunkel«, stimmte Nils zu. »Aber seht mal. Noch eine Besonderheit.« Er zeigte auf die Armbanduhr am rechten Handgelenk. »Er trägt die Uhr auch auf der Innenseite.«

»Das wäre ebenfalls etwas, wonach wir die Zeugen fragen könnten«, sagte Janine.

»Wir kommen ihm immer näher.«

***

Es war der perfekte Tag für eine Ankunft an der Ostsee. Der Himmel über ihnen leuchtete blau und weiß. Noch störten die heruntergekommenen Häuser und die eingefallenen Straßen und Gehsteige mit schiefem, löchrigem Kopfsteinpflaster das Bild. Doch als sie aus dem Ortskern heraus- und auf das Hotel zufuhren, öffnete sich der Blick auf die See mit ihren gischtbetupften Wellen, auf den weißen, mit bunten Strandkörben übersäten Strand und die Westmole mit ihrem Leuchtturm.

Das Team reiste in drei Barkas B1000 in Warnemünde an und wurde von dem Moment an beobachtet, da sie vor dem Hotel »Neptun« anhielten und ausstiegen. Rechts und links des Eingangs standen Männer in »Urlaubskleidung«, die bereits beim ersten Hinsehen wie eine Kostümierung aussah.

Das Neptun wirkte wie ein Monolith aus einer anderen Welt. Der riesige, weiße Kasten war an diesem flachen, weitläufigen Küstenstreifen augenscheinlich fehl am Platz und gleichzeitig ein faszinierender Hingucker. Er lenkte von den anderen Wahrzeichen des Ortes, dem Café »Teepott«, dem Leuchtturm und dem schlanken Kutterhafen mit seinen kleinen Fachwerkhäusern, ab.

Steinkühler legte seine Arme um Marcel und Ecki und lachte, als er an der Fassade hinaufblickte. »Na, ist das etwa nichts? Männer, wir werden hier Geschichte schreiben, ich sag's euch.«

»Kann's kaum erwarten, heute da oben in der Bar meine Fühler auszustrecken«, sagte Ecki und linste hoch zur oberen Etage.

»Ich teste gleich mal die Wassertemperatur«, meinte Marcel und deutete mit der Nasenspitze in Richtung Meer.

»Kannst du nachher machen, jetzt müssen wir erst mal alle unsere Zimmer beziehen und das ganze Chaos auflösen«, ordnete Steinkühler an.

Sie luden das Equipment aus und verfrachteten es in einen

extra für sie bereitgestellten verschließbaren Raum im Untergeschoss des Hauses. Alle packten mit an, bis jeder nur noch mit seinem Koffer in der Empfangshalle stand und auf seine Zimmerschlüssel wartete.

Der weißhaarige Geschäftsführer des Hotels ging eine ihm vorliegende Liste durch, las die Namen vor und verteilte die Schlüssel. Natürlich konnte nicht jeder ein Einzelzimmer bekommen, daher wurden die meisten Doppelzimmer mit zwei Personen belegt.

»Degemann und Reichelt, Zimmer 510, zwölfter Stock.«

Marcel war also Ecki zugeteilt worden, weshalb er nun davon ausging, dass auch Ecki ein IM war.

Ecki ließ sich den Schlüssel geben und schnappte sich seinen Koffer. »Auf geht's«, sagte er und lächelte breit.

Sie nahmen den Lift bis in den zwölften Stock. Bereits unten in der Halle hatte Marcel drei Kameras gezählt. Hier im Fahrstuhl war selbstverständlich auch eine installiert.

Sie gingen suchend durch den langen Flur bis zu ihrem Zimmer mit der Nummer 510. Ecki schloss auf, trat ein, ließ seinen Koffer fallen und ging schnurstracks auf das große Fenster zu, in dem eine Glastür hinaus auf den Balkon führte.

»Nun sieh dir das an!«, rief er begeistert und riss die Tür auf. »Junge, Junge!« Er schrie jubelnd vom Balkon.

Marcel lachte und trat mit hinaus.

»Wahnsinn«, sagte er staunend. Der Blick war einfach unglaublich. Man hatte das Gefühl, wie ein Vogel über dem Ort, dem Strand und dem Meer zu schweben.

Im Kurhaus direkt gegenüber dem Hotel Neptun waren die Fenster mit schweren Vorhängen verdunkelt, durch die kein einziger Lichtstrahl drang. Dahinter beleuchtete eine Deckenlampe mit vier vergilbten Glaskugeln einen Raum von der Größe eines kleineren Klassenzimmers. Die rechte Längsseite war komplett mit bis unter die Decke in Regalen gestapelten Tonbandgeräten bestückt. Davor saßen acht Mitarbeiter mit

Kopfhörern an schmalen Tischen und lauschten konzentriert. An der hinteren kurzen Seite türmte sich eine Wand mit zwanzig Fernsehbildschirmen auf. Sechs weitere Männer mit Kopfhörern behielten die Videobilder darauf im Auge. An der linken Längsseite gab es eine Art Kontrollpult mit Hunderten von Knöpfen und Schaltern, das einem Mischpult im Tonstudio ähnelte. Auch hier hingen Monitore in einer Reihe, die alle mit Klebeband beschriftet worden waren. Vier Männer bedienten dieses Mischpult.

Über der Tür leuchtete eine rote Lampe auf, und Harald Venlo, einer der Männer am linken Tisch, erhob sich und öffnete die Tür.

Ein Mann in dunkelbraunem Anzug trat ein und beachtete Venlo gar nicht, sondern richtete seinen stechenden Blick sofort auf die Bildschirme.

»Offizier Langhoff, Berlin«, stellte er sich kurz vor, zeigte seinen Ausweis und nahm erst dann Venlo in Augenschein, der Schweißperlen auf der Stirn stehen und Schweißflecke unter seinen Armen hatte. Es war heiß und stickig in dem Raum. »Sie sind?«

»Offizier Venlo, Rostock. Ich habe hier die Leitung.«

»Ab jetzt nicht mehr.«

»Oh, ja, sicher, ich weiß. Ich wollte nur sagen …«

»Klären Sie mich bitte auf«, bat Langhoff herablassend und schloss die Tür.

»Die Delegation ist vor ungefähr einer halben Stunde eingetroffen. Sie haben soeben die Zimmer bezogen.«

»Delegation«, wiederholte Langhoff geringschätzig.

Venlo wischte sich nervös den Schweiß von der Stirn und führte Langhoff zum linken Pult.

»Die … äh … Gruppe kam mit drei Bussen und brachte zunächst die technische Ausrüstung in einen Raum im Untergeschoss und –«

»Ist das bereits kontrolliert worden?«

»Nein, noch nicht.«

»Dann holen Sie das bitte sofort nach.«

»Das veranlasse ich umgehend. Sievert, kümmern Sie sich bitte darum?« Venlo sah seinen Kollegen an und bedeutete ihm mit den Augen, dass es dringend war.

»Gibt es hier ein System?«, fragte Langhoff, der kritisch die Bildschirme in den Blick nahm.

»Selbstverständlich. Hier links haben wir alle Ein- und Ausgänge sowie die Eingangshalle und das Parkdeck.« Venlo machte drei Schritte auf die hintere Wand zu. »Hier haben wir die Objektzimmer nach Etagen geordnet. Einzelne neuralgische Zimmer werden direkt im Nebenzimmer überwacht.«

»Wo ist dieser junge Schauspieler Marcel Degemann untergekommen?«, fragte Langhoff und versuchte, ihn auf den Bildschirmen auszumachen.

»Zimmer 510, das ist hier, zusammen mit Eckhard Reichelt, dem ersten Kameramann.«

»Diese beiden erhalten die höchste Priorität.« Langhoff ging näher an den Fernseher heran, der das Bild aus Zimmer 510 übertrug. Dort öffnete Ecki gerade die Balkontür. »Kann ich bitte den Ton bekommen?«

Venlo reichte ihm eilig den Kopfhörer, den Langhoff nur an sein rechtes Ohr hielt. Doch Eckis Ausruf hörte man auch so.

»Wahnsinn«, kam es leiser von Marcel, als er sich neben Ecki stellte.

»Ist doch jammerschade, dass wir zum Arbeiten hierhergekommen sind, oder?« Ecki schlug Marcel lachend seine Hand auf die Schulter.

Langhoffs Blick war starr auf den Bildschirm gerichtet und sein Kopf leicht gegen den Kopfhörer gedrückt.

»So lass ich mir die Arbeit schon schmecken«, entgegnete Marcel. Die Stimmen waren wirklich gut zu verstehen, auch wenn aufgrund der Höhe leichte Windgeräusche zu vernehmen waren.

»Wie lange haben wir noch bis zum ersten Treffen?«, fragte Ecki. »Ich will gleich an den Strand.«

»Wir treffen uns in zwei Stunden unten im Foyer.«

»Kommst du mit?«

»Tut mir leid, ich muss runter ins Schwimmbad.«

»Echt jetzt?«

»Ich hab einen Trainingsplan, und ich will auch nicht wie eine lahme Ente rüberkommen, wenn du mich in Cinemascope aufnimmst.«

»Ich lass dich schon gut aussehen, keine Angst«, sagte Ecki und wuschelte Marcel durch die Haare. »Ich bin weg. Wir sehen uns nachher.« Er schnappte sich schnell seine Badehose aus seinem Koffer und war verschwunden.

Venlo deutete stumm auf einen weiteren Bildschirm, der den Fahrstuhl überwachte, und den daneben, der das Bild im Fahrstuhl zeigte.

Marcel öffnete indes seinen Koffer auf dem Bett und packte seine Sachen in den Kleiderschrank.

»Sehr ordentlich für einen so jungen Schauspieler«, sagte Langhoff mehr zu sich selbst als zu den Kollegen. »Schauen wir mal, wie genau er ist.« Er griff in die Innentasche seines Jacketts und zog ein gefaltetes Blatt Papier heraus, auf dem ein mit Schreibmaschine geschriebener Zeitplan zu sehen war. Es war eine Kopie des Trainingsplans für Marcel mit einem Eingangsstempel des Ministeriums für Staatssicherheit.

Langhoff blickte auf seine »Ruhla Deluxe«-Armbanduhr und dann wieder zum Bildschirm, wo Marcel seine Badehose und ein kleines Handtuch aufs Bett legte und in einer Seitentasche seines Koffers nach etwas kramte. Er bekam es zu fassen und hielt es mit beiden Händen fest, weshalb man nicht erkennen konnte, worum es sich handelte.

»Was ist das? Ein Medaillon, ein Bild?«, fragte Langhoff.

Venlo ging ganz nah an den Bildschirm heran. »Ich glaube, das ist eine Stoppuhr.«

Langhoff entspannte sich etwas.

»Gut so«, sagte er und verfolgte Marcels Weg bis hinunter ins Schwimmbad.

»Ist es für den Publikumsverkehr geschlossen?«, wollte Langhoff wissen.

»Das ist veranlasst, jawohl.« Venlo nickte.

»Dieser Mann soll unser Land wieder in die Spur bringen«, erklärte Langhoff und tippte mit dem Zeigefinger auf das Glas des Bildschirms, der das Schwimmbad zeigte. »Ich will, dass er alles bekommt, was er braucht. Und ich will, dass er alles befolgt, was er soll«, ergänzte er und sah Venlo eindringlich in die Augen.

»Selbstverständlich«, entgegnete dieser.

»Ich gehe kurz selbst in das Gebäude und verschaffe mir einen Überblick. Ich hätte gern einen eigenen Stuhl und einen Tisch für mich, wenn ich wieder zurückkomme.«

»Natürlich, das veranlasse ich sofort.«

Langhoffs Blick blieb auf Venlo haften, der immer unsicherer wurde, ob er alles richtig gemacht und alle Fragen richtig beantwortet hatte.

»Tun Sie das.«

Marcel testete die Wassertemperatur mit dem Fuß. Das Wasser war wärmer, als er es von der Bahn in Potsdam gewohnt war. Aber es war großartig, dass er dieses Becken komplett für sich allein hatte. Ein Aufpasser der Stasi wartete vor der Tür, aber das war in Ordnung.

Marcel legte seine Stoppuhr an den Beckenrand und sprang kopfüber ins Wasser. Er tauchte ein paar Meter, tauchte wieder auf und schwamm das Stück zurück. Dabei blickte er an die Decke und bemerkte die Kamera, die dort oben installiert war. Er fragte sich, wo man ihn jetzt sehen konnte. Gab es einen Nebenraum, in dem Stasioffiziere saßen und Kaffee tranken, während er hier trainierte? Gab es ein Hotelzimmer, das man extra zu diesem Zweck freigeräumt hatte? Wo saß die Gegenseite, die ihn durch diese kleine Linse beobachtete?

Er versuchte, sich nichts anmerken zu lassen, stellte seine Stoppuhr ein und tauchte ein Stück, um mit dem Training zu beginnen. Doch unter Wasser, als die Geräuschkulisse die normale Welt ausblendete, hatte er das Gefühl, frei zu sein. Frei von allen Belastungen, Verpflichtungen, Erwartungen und frei von den Beobachtungen, denen er hier überall ausgesetzt war. Nur hier unten war er ganz für sich allein. Alle anderen waren ausgeschlossen und konnten ihm nichts mehr anhaben.

Er tauchte viel länger, als er es üblicherweise tat, tauchte bis zum Ende des Beckens in der dumpfen, hohl klingenden Stille, bevor er drehte, auftauchte und zu kraulen begann.

Langhoff ging mit dem Nachschlüssel für Zimmer 510 in der Hand den Flur hinunter und klopfte an die Tür mit der Nummer 509.

Kaum hatte der Mitarbeiter geöffnet, hielt Langhoff ihm seinen Ausweis vors Gesicht.

»Ich bin für ein paar Minuten nebenan. Machen Sie sich bitte bemerkbar, falls Degemann wieder zurückkommen sollte. Er ist noch unten im Schwimmbad.«

»In Ordnung«, sagte der Mann und nickte gehorsam.

Langhoff ging eine Tür weiter und schloss auf. Er blieb im Eingang stehen, so als wollte er sich einen ersten Überblick verschaffen, einen ersten Eindruck gewinnen. Seine schwarzen, kleinen Augen wanderten flink in alle Richtungen, bevor er leise die Tür hinter sich schloss. Er machte sehr behutsame Schritte in den Raum hinein und warf einen Blick in Marcels Koffer auf der linken Bettseite. Es lagen nur noch wenige Kleidungsstücke darin. Eine Trainingsjacke, eine Freizeitjacke und ein Pullover. Dinge, die er hier in der Wärme vermutlich nicht brauchte. Eine kleine Kulturtasche war noch in die Seite geklemmt. Langhoff zog ein paar dünne Lederhandschuhe aus seinen Jacketttaschen und streifte sie über, bevor er vorsichtig die Tasche herausholte und den Reißverschluss aufzog. Ein Rasierer, Rasierseife, eine Zahnbürste und Zahnpasta, ein Kamm und ein Aftershave waren darin. Er drehte die Aftershaveflasche auf und roch daran. Dann legte er alles sorgfältig wieder so hinein, wie er es vorgefunden hatte, und packte die Tasche zurück in den Koffer. Abschließend blickte er unter die Kleidungsstücke und tastete zusätzlich noch den Boden und die Seiten ab. Auch den Schrank unterzog er einer eingehenden Prüfung, immer darauf bedacht, alles wieder in seinen Ausgangszustand zurückzuversetzen.

Im Kurmittelhaus beobachteten Venlo und ein Kollege Langhoffs Untersuchung des Zimmers.

»Sucht er was Bestimmtes?«, fragte der andere.

»Ich habe keine Informationen erhalten«, sagte Venlo leise, so als könne Langhoff ihn hören.

Sie blickten gebannt auf den Bildschirm und sahen zu, wie Langhoff ins Badezimmer ging und dort die braunen Flaschen untersuchte, die Marcel von seinem Trainer erhalten hatte.

»Was tut er denn jetzt?«, fragte der Kollege irritiert, als Langhoff die Tabletten ins Becken kippte. »Schmeißt er sie weg?«

»Nein«, entgegnete Venlo. »Er zählt sie.«

ZEHN

Kommissar Hagen war zu einer Besprechung am nächsten Morgen um acht Uhr auf die Insel gekommen. Nils hatte auch Janine und Eddi hinzugebeten und alle in seinem Büro versammelt.

Er und Kommissar Hagen wechselten einen fragenden Blick, wer beginnen sollte.

»Möchten Sie zuerst?«

»Gern«, antwortete Hagen und legte ein Bein über das andere. »Ich komme auch mit guten Nachrichten.« Er lächelte in die Runde, schielte aber immer wieder hinüber zu der Tafel, auf der die Befragungsergebnisse notiert waren. »Dank der schnellen Arbeit von Ihnen, Herr Petersen, und Ihrem Inselarzt Dr. Brenner konnten wir noch rechtzeitig die nötigen Laboruntersuchungen durchführen, die für die Analyse etwaiger Giftgaben nötig waren. Und wir sind fündig geworden. Im Blut des Opfers wurden größere Mengen von GBL, von Gamma-Butyrolacton, gefunden. Das ist eine ältere Variante der sogenannten K.-o.-Tropfen.«

»Die können zum Tod führen?«, fragte Eddi erstaunt.

»In diesen Mengen führen sie zu Atemstillstand, und das bereits nach kurzer Zeit. Übelkeit und Erbrechen sind unter anderem Nebenerscheinungen davon.«

»Also spricht alles für eine absichtliche Vergiftung des Mannes«, sagte Nils.

»Es spricht alles dafür«, bestätigte Hagen.

»Aber wer sollte denn jemanden auf einer Fähre auf diese Art vergiften?«, fragte Janine. »Diese K.-o.-Tropfen werden ja gern in Clubs und Diskotheken als Vergewaltigungsdroge benutzt. Aber hier?«

»Eine berechtigte Frage. In diesem Fall können wir nur von der Dosierung sowie der Art der verwendeten Substanz und von der Identität des Opfers auf die Absicht des Täters schließen. Und da habe ich ebenfalls gute Nachrichten.«

»Sie wissen, wer das Opfer ist?«, fragte Nils neugierig.

Kommissar Hagen konnte ein Lächeln nicht zurückhalten.

»Es gab Zeugen am Hafenparkplatz, die den Mann gesehen haben, wie er in einem Golf-3-Cabrio vorgefahren ist. Wir haben das Fahrzeug finden und den Halter feststellen können. Es handelt sich um den fünfunddreißigjährigen Arthur Junker. Er war freier Journalist und lebte in Berlin. Für ihn liegt bei der Polizei Berlin-Mitte eine Vermisstenmeldung vor.«

»Ein Journalist, das passt«, sagte Nils. »Haben Sie die Kamera retten können?«

»Die Technik gibt ihr Bestes, die Daten wieder lesbar zu machen. Aber da kann ich noch keine Prognose abgeben. Ich habe allerdings mit einem seiner Geschäftspartner gesprochen. Junker war unter anderem für den Focus und den Spiegel tätig und laut einem Redakteur bei Spiegel online gerade an einer Story dran, die sich mit Rechtsradikalismus bei der Polizei in einem Ort in Sachsen beschäftigt. Dort war ein junger Mann in einer Zelle unter mysteriösen Umständen ums Leben gekommen. Junker hatte wohl Indizien dafür gesammelt, dass sogar der örtliche Polizeichef Joachim Rainders in die Vertuschung eines etwaigen Mordes verstrickt sein könnte. Also ein ganz heikles Thema«, meinte Hagen.

»Das würde einen Giftmord doch erklären«, sagte Nils. »Der Täter hätte ein Vertuschungsmotiv.«

»Möglicherweise. Wir müssen Junkers Recherchedokumente sichten und auswerten, um hinter die Zusammenhänge zu kommen. Bislang gibt es noch keine interne Ermittlung gegen die Bergfelder Beamten und den Polizeichef. Aber wir arbeiten jetzt mit der Polizei in Dresden zusammen.«

»Sieht einer dieser Beamten den beschriebenen Männern von der Fähre ähnlich?«, wollte Nils wissen.

»Joachim Rainders selbst nicht, von den anderen Beamten habe ich noch keine Bilder erhalten.«

»Dann hätte das Ganze eine große politische Dimension«, sagte Janine.

»Alles spricht dafür, ja«, bestätigte Hagen. »Aber wie gesagt: Wir sind erst am Anfang unserer Ermittlungen.«

»Hier überschlagen sich allerdings die Ereignisse«, meinte Nils. »Und ich bekomme langsam das Gefühl, dass die beiden Fälle vielleicht zusammenhängen könnten.«

»Sie meinen Ihren Vermisstenfall und den Tod von Junker?«

»Ja, ich habe ... na ja, sagen wir mal, Unstimmigkeiten bei den Aussagen feststellen können. Ich kann mir noch keinen Reim darauf machen, aber es steckt meines Erachtens mehr dahinter.«

»Bei allem Respekt, das ist doch recht vage, Herr Petersen.«

»Ich weiß. Die Frau des Vermissten hat mir gegenüber möglicherweise Informationen zurückgehalten, die für seine Beschreibung und damit für die Suche nach ihm wichtig sein könnten. Ich weiß nur nicht, ob das mit Absicht geschah. Ich werde da noch nachhaken.«

»Aber bitte klären Sie mich doch über Ihre Ermittlungsergebnisse auf. Wie ich sehe, haben Sie schon etwas an der Tafel skizziert.«

Nils berichtete Kommissar Hagen von den Befragungen und den damit verbundenen Rückschlüssen auf das Ablaufszenario an Bord der Fähre.

»Dann ist der Mann mit dem Feuermal quasi das verbindende Element«, resümierte Hagen.

»Exakt. Er wurde zusammen mit dem Unbekannten im Mordfall gesehen, und er gehörte anscheinend zur Gruppe um Frau Langhoff, die ihren Mann als vermisst gemeldet hat«, erklärte Nils.

Kommissar Hagen legte eine Hand nachdenklich über den Mund und ließ seinen Blick über das Schaubild an der Tafel wandern. »Ich denke, es ist eine gute Idee, Frau Langhoff noch mal eingehender zu befragen. Gibt es denn irgendwelche Hinweise auf seinen Verbleib?«

»Das ist ebenfalls ungewöhnlich. Keines der Suchteams hat auch nur die kleinste Spur gefunden. Die wahrscheinlichste Möglichkeit ist, dass er ertrunken ist. Aber der Vermisste verließ den Strand. Wir haben noch zwei Binnengewässer hier auf der Insel, die Vogelkoje und den See hinter dem Zeltplatz. Wir könnten dort mit Tauchern suchen. Ich würde auch gern Leichenspürhunde einsetzen«, sagte Nils.

»Könnte der Mann ein Informant für Junker gewesen sein?«, überlegte Hagen.

»Ich werde mit der Ehefrau reden«, versicherte Nils. »Aber eine Frage habe ich noch: Sie sagten vorhin, dass man anhand der Substanz auf die Absichten des Täters schließen könne.«

»Genau. Und in der Folge sogar auf den Täter selbst. Die gängigen K.-o.-Tropfen, die Sie heute im Handel erwerben können, sind GHL-basiert. Die Substanz, mit der Junker umgebracht wurde, ist eine, die quasi veraltet ist, der Vorgänger sozusagen. Es muss sich also um alte Bestände handeln. Wir suchen jemanden, der vor mehr als zwanzig Jahren solche Substanzen erworben hat. Die Zusammensetzung deutet auf ein Mittel hin, das zum Beispiel von Geheimdiensten benutzt wurde.«

»Es gibt Geheimdienste, die K.-o.-Tropfen benutzt haben?«, fragte Janine nach.

»In unterschiedlichen Dosierungen verschaffte es einem die Möglichkeit, Personen, die im Fokus der Behörden standen, auszuschalten, zu beeinflussen oder gar zu entführen. Die Stasi hat solche Methoden angewandt.«

»Stasi …«, wiederholte Nils geistesabwesend. »Also könnte unser Mann mit der Halbglatze bei der Stasi gewesen sein?«

»Bis jetzt ist das reine Spekulation«, erwiderte Hagen.

»Aber es würde zu einem politisch motivierten Mord passen«, fügte Nils an, und Kommissar Hagen konnte dem nicht widersprechen.

***

Frau Langhoff saß mit ihren Freunden am Frühstückstisch. Luise Bremer goss allen Kaffee ein, während es gespenstisch still war in der Runde.

»Glaubst du, sie wissen, dass Michael und der Mann mit dem Feuermal ein und dieselbe Person sind?«, fragte Eduard Bremer Frau Langhoff.

Doch sie war so in Gedanken, dass sie nicht antwortete.

»Else, hörst du mir zu?«

»Mmh?«

»Hat dieser Polizist gewusst, dass Michael und der Mann mit dem Feuermal dieselbe Person sind? Glaubst du, er hat dir eine Falle gestellt? Wenn es so ist, haben wir keine Zeit mehr.«

Else Langhoff schüttelte verzögert den Kopf. »Nein, ich denke, nicht.«

»Du ›denkst‹«, wiederholte Bremer unzufrieden.

»Else, es wird langsam Zeit, dass du mal wieder zu Verstand kommst«, schaltete sich Jakob Gruber ungehalten ein. »Wir dürfen uns jetzt keine Fehler erlauben. Michaels Verschwinden bringt uns in eine ganz unbequeme Lage.«

»Darüber machst du dir am meisten Sorgen, was? Dass du in einer unbequemen Lage bist.«

»Weißt du eigentlich, was hier für uns alle auf dem Spiel steht?«

»Und was ist mit meinem Mann?«, fragte Frau Langhoff laut und mit sich überschlagender Stimme.

»Sag mal, willst du es nicht verstehen?«, fuhr Gruber sie an und erhob sich von seinem Platz. Seine Frau fasste ihn am Arm und zog ihn wieder auf seinen Stuhl. »Was geht eigentlich in deinem Kopf vor?«

»Wir müssen Thiele und Rainders benachrichtigen. Thiele darf nicht mit uns gesehen werden, auf gar keinen Fall«, sagte Luise Bremer besorgt.

»Aber mit unseren Handys sollten wir auch keinen Kontakt aufnehmen«, meinte Elfriede Gruber. »Das kann man alles nachverfolgen.«

Frau Bremer blickte sie erschrocken an.

»Ich warne die beiden und werfe mein Handy anschließend weg«, schlug Eduard Bremer vor.

»Besser wäre, Thiele verlässt die Insel«, ergänzte Gruber.

»Können wir nicht einfach sagen, dass Michael wieder aufgetaucht ist?«

Alle verstummten. Frau Langhoff gingen die Augen über, als sie begriff, was Frau Gruber da vorschlug.

»Wir könnten sagen, er sei nach Hause gefahren.«

»Ohne uns Bescheid zu geben?«, hakte Herr Bremer nach. »Außerdem steht sein Auto noch hier. Wie sollte er also dort hinkommen?«

»Keine Ahnung, er kann ja den Zug genommen haben. Wir sagen, dass es doch einen Streit gab …«

Else Langhoff erhob sich langsam von ihrem Stuhl und fixierte ihre Freundin, die halb verdeckt hinter ihrem Mann saß. »Du kleine, dreckige Schlange«, fauchte sie. »Du bist ja ein noch schäbigeres Stück Scheiße als dein Mann.« Sie nahm ihre Tasse und schüttete den Kaffee beiden auf die Kleidung, dass sie aufsprangen.

»Verdammt noch mal!«, schrie Gruber, blickte auf sein fleckiges Oberhemd und zog es von der Haut, weil der Kaffee noch heiß gewesen war.

»Ich verschwinde hier.« Frau Langhoff wollte sich an ihnen vorbeischieben, doch Gruber packte sie am Handgelenk und riss sie zurück.

»Du gehst nirgendwohin. Ab jetzt kümmern wir uns um alles. Auch um dich.«

***

Langhoff saß auf dem Boden, den Rücken an die Wand gelehnt, und war eingeschlafen. Holger schloss die Tür hinter sich, ging auf ihn zu und trat ihm gegen den Unterschenkel.

»He, aufwachen!«

Langhoff öffnete benommen die Augen und atmete lautstark durch die Nasenlöcher ein.

»Ab auf den Stuhl!«, befahl Holger, half ihm beim Aufstehen und rückte den Schemel in die richtige Position. Dann löste er die Handfessel und zog ihm den Knebel aus dem Mund. »Handflächen nach unten unter die Oberschenkel«, sagte er wie selbstverständlich und nahm auf seinem Stuhl Platz.

Schweigend lehnte er sich zurück.

»Deine Frau ist oben«, sagte Holger nach einer Weile des Anstarrens.

»Glaub ich Ihnen nicht«, krächzte Langhoff.

»Musst du nicht«, erwiderte Holger. »Ich finde, sie ist weniger tolerant, was das Einsperren angeht, als du.«

Langhoff versuchte, in Holgers Augen die Wahrheit zu ergründen.

»Sie können nicht noch jemanden entführen, und wozu das alles?«

»Hatte ich das nicht schon erwähnt? Es geht nur um eine winzige Information. Gibst du sie mir, seid ihr beide frei. Tust du es nicht, werde ich anfangen, ihr Schmerzen zuzufügen.«

»Ich brauche Wasser«, stöhnte Langhoff und sah so aus, als könnte er jeden Moment ohnmächtig werden.

»Wasser bekommst du dann auch. Aber zuerst die Information.«

Holger sah Langhoff erwartungsvoll und gleichzeitig voller Verachtung an. Sein Gegenüber taktierte erneut. Er schien nachzudenken und suchte wohl nach einem Weg aus dieser Falle heraus.

»War das Ihre Frau gestern?«, fragte er. »Ich hab eine Stimme gehört.«

»Ja, Langhoff«, antwortete Holger sehr schnell, weil es ihm nicht gefiel, Gegenfragen gestellt zu bekommen. »Und sie hat überhaupt keine Probleme damit, deiner Frau Schmerzen zuzufügen, wenn du weiterhin schweigst.«

»Warum war sie dann noch nicht hier unten?«, fragte Langhoff. »Ich glaube, sie weiß gar nichts von mir.«

»Klingt schon wieder wenig unschuldig, Langhoff. Du verplapperst dich zusehends.«

»Fragen Sie doch meine Frau, ob es sich um eine Verwechslung handelt. Sie kann es doch bestätigen!«

Holger stand auf, packte mit einer Hand Langhoffs Unterkiefer und drückte zu, so fest er konnte.

»Ich verwechsle dich nicht. Garantiert nicht.«

Plötzlich sprang hinter ihnen die Tür auf, und Licht erhellte den Raum. Holger fuhr herum. Langhoff versuchte, an ihm vorbei zur Tür zu schauen, die wieder geschlossen wurde. Dann materialisierte sich aus dem verschwindenden Licht Emmis Körper. Sie stand stocksteif mit hochgezogenen Schultern da und starrte, ohne zu blinzeln, auf Langhoff.

Der wusste nicht, wie er reagieren sollte. Er blieb in abwartender Haltung auf dem Hocker sitzen.

»Siehst du?«, sagte Holger und machte einen Schritt zur Seite.

Emmi kam langsam näher.

»Langhoff«, hauchte sie.

»Ich weiß nicht, was das soll. Ich bin nicht dieser Langhoff, bitte, so hören Sie doch! Sie müssen mich freilassen«, jammerte er.

Emmi war wie versteinert. Holger wartete auf eine Reaktion von ihr.

»Du hattest recht«, sagte sie leise und traurig.

Holger fühlte sich bestätigt und blickte zu ihrem Gefangenen.

»Was wollen Sie? Ihr Mann ist doch wahnsinnig, ich weiß nicht …«

Holger gab ihm eine Ohrfeige, die wie ein Peitschenhieb klang.

Langhoff verstummte und sah Emmi flehentlich an. »Ich bin verletzt, ich brauche einen Arzt. Mein Kopf …«

»Er soll reden«, sagte Emmi. »Mach weiter.«

»Ich hab ihm gesagt, dass wir auch seine Frau haben«, meinte Holger und bettelte mit seinem Blick, dass sie verstehen möge, was er von ihr wollte.

»Gut so«, antwortete Emmi.

Erleichterung zeigte sich in Holgers Augen, doch im nächsten Moment auch wieder wilde Entschlossenheit. Er drehte sich zu seinem Gefangenen um.

»Okay, Langhoff. Du hast die Wahl. Wem sollen wir Schmerzen zufügen? Dir oder deiner Frau? Du entscheidest.«

»Sie haben sie nicht, nein, nein, das glaube ich nicht.« Langhoff verzog den Mund zu einem abschätzigen Lächeln.

»Ich gehe rauf«, sagte Emmi. »Wir fangen mit ihr an.«

Sie drehte sich um, ohne eine Antwort abzuwarten, und ging zur Tür, öffnete sie, machte einen Schritt in das blendende Licht hinaus, und dann ertönte Langhoffs Ruf.

»Stopp!«

Emmi hielt inne.

»Ich rede, ich rede.«

Emmi kam zurück. Sie und Holger sahen Langhoff zweifelnd an.

»Und?«, forderte er ihn auf zu sprechen.

Langhoff ließ den Kopf auf seine Brust fallen. Als er ihn wieder hob, hatte er dasselbe dreckige Grinsen auf den Lippen, das Holger schon Hunderte Male gesehen hatte. Es sagte: »Ich hab dich in der Falle. Und ich kann mit dir machen, was ich will.«

Was hatte diesen Wandel verursacht? Wollte er sie beide testen?

»Na gut. Ihr habt mich. Zufrieden?«, sagte Langhoff und grinste immer weiter. »Was für ein dummer Zufall euch da auch in die Karten gespielt hat, denn allein hättet ihr es nie, niemals geschafft.«

Holger umklammerte die Stuhllehne immer fester, und ein knirschendes Geräusch entstand.

»Herr Degemann«, hob Langhoff spöttisch an. »Sie wissen genauso wenig wie früher, nicht wahr? Sie wussten schon, dass Ihr Sohn Landesflucht begehen wollte, das war mir von Anfang an klar.«

Holger war irritiert, er hatte keine Ahnung, worauf Langhoff jetzt hinauswollte. Wovon sprach er da?

»Aber Sie waren so ahnungslos, was alles andere betraf. Die Dinge, die wir über Sie wussten. Und Sie waren so herrlich ahnungslos in Bezug auf die Tatsache, dass Ihre liebe, gute Frau nicht einen einzigen Tag in Hohenschönhausen gewesen ist.«

Holger blinzelte. Seine Augen brannten plötzlich.

»Ihre Emmi war kein Opfer der Stasi, Herr Degemann«, sagte Langhoff, und seine Augen begannen zu leuchten. »Sie war eine von uns.«

Holger verstand nicht. Langhoff blickte genussvoll von ihm zu Emmi und wieder zu ihm. »Ja, mein Bester. Wir haben wöchentlich Informationen von ihr bekommen. Und das halbe Jahr, das sie angeblich im Gefängnis war, hat sie in Ungarn verbracht, auf unsere Kosten. Was sagen Sie dazu?«

Holger wusste nicht mehr, wie ihm geschah, er traute sich kaum, zu seiner Frau zu blicken.

»Ja, machen Sie nur, fragen Sie sie«, spornte Langhoff ihn an.

»Emmi?«, brachte Holger nur heraus. Doch sie musste gar nicht antworten. Es war alles in ihren Augen zu sehen, und was er da las, ließ ihn in ein tiefes, schwarzes Loch fallen. Er fiel und fiel immer tiefer und tiefer. Bis alles schwarz wurde.

ELF

1989

Langhoff saß an seinem Schreibtisch, den man ihm in der Abhörzentrale im Kurhaus bereitgestellt hatte, und feilte seine Fingernägel, während er immer wieder auf seine Armbanduhr schaute, die er am oberen rechten Rand des Tisches in einer Reihe mit einem Kugelschreiber und einem kleinen Notizblock abgelegt hatte.

Es war kurz vor sechs Uhr morgens. Die anderen Tische waren um diese Zeit noch nicht alle belegt. An der Fensterreihe waren die Vorhänge aufgezogen, und hinter der Tür hatte ein Mitarbeiter auf einem kleinen rollbaren Podest mit einem Fernrohr Stellung bezogen.

Langhoff blickte von seinem Fingernagel zu seiner Uhr und von dort auf den Bildschirm, auf dem man Marcel und Ecki schlafend im Bett erkennen konnte. Zwei Männer mit Kopfhörern saßen, mit Müdigkeit kämpfend, vor den Bildschirmen. Langhoff missfiel dieser Zustand zusehends, und er schlug einmal donnernd auf den Tisch, um die beiden zu wecken.

Kurz darauf ging ein Ruck durch den Körper des linken Mannes, und er zog die Kopfhörer von den Ohren.

»Der Wecker klingelt«, informierte er ihn.

Langhoff sah zur Uhr und beobachtete dann auf dem Bildschirm, wie Marcel erwachte und den Wecker ausstellte. Ecki regte sich nicht. Langhoff schnippte mit den Fingern und bedeutete dem Mitarbeiter auf dem Podest, dass er jetzt mit seiner Observierung beginnen sollte.

Es war eine Minute nach sechs, als Venlo die Tür aufschloss und den Abhörraum betrat.

»Guten Morgen«, grüßte er höflich.

»Sie sind zu spät«, entgegnete Langhoff und berührte kurz seine Uhr am Armband.

»Ich …« Venlo wollte sich entschuldigen, wurde aber augenblicklich von Langhoff unterbrochen, der gebieterisch die Hand hob.

»Geben Sie Bescheid, dass er gleich unten vor dem Ausgang erscheint. Ich will, dass alle Ihre Mitarbeiter wach und bei Verstand sind, wenn er sich da draußen bewegt. Verstanden?«

»Jawohl.«

Venlo ging zu seinem Platz und alarmierte per Telefon und über Funk die Mitarbeiter, die Marcel bei seinem ersten Training unter freiem Himmel verfolgen sollten.

Auf dem Bildschirm sah man, wie Marcel zur Toilette ging, seine Badehose anzog und sich den Bademantel überwarf. Mit einem Handtuch und seiner Schwimmbrille bewaffnet, verließ er das Hotelzimmer und fuhr mit dem Lift nach unten.

Der Strand war um diese Zeit menschenleer. Im Osten glomm die aufgehende Sonne am Horizont und tauchte den Himmel in einen rötlich-milchigen Schimmer. Das Wasser war ruhig, tiefblau und spiegelte den Himmel.

Im Abhörraum stand Langhoff von seinem Stuhl auf und band sich seine Armbanduhr wieder um.

»Was macht er?«, fragte er den Mann am Fernrohr.

»Er hat jetzt das Ufer erreicht.«

»Lassen Sie mich sehen.« Langhoff stieg auf das Podest, um sich hinter dem Fernrohr zu postieren und Marcel in den Fokus zu nehmen.

Durch die runde Linse im schwarzen Rahmen beobachtete er, wie Marcel seinen Bademantel auszog und ihn zusammen mit seinem Handtuch in einen Strandkorb legte.

»Haben Sie von hier aus direkten Kontakt zur Grenzschutzflotte im Hafen?«, fragte er Venlo.

»Ja, per Funk.«

»Haben Sie jemanden, der Degemann mit einem kleineren Boot verfolgen kann?«

»Es gibt einen Mitarbeiter, der mit dem Kanu zu Wasser gehen kann, und einen anderen, der am Strand als Jogger getarnt agiert.«

»Das Kanu soll sich bereit machen«, sagte Langhoff, während er zusah, wie Marcel mit den Füßen in den kleinen Wellenausläufern am Wasser stehend seine Schwimmbrille aufsetzte. Erneut blickte Langhoff auf seine Uhr.

Venlo informierte seinen Mitarbeiter über Funk, und kaum zwei Minuten später ließ der Mann sein Kanu ungefähr fünfzig Meter links von Marcel zu Wasser. Langhoff schwenkte zu ihm hinüber. Er trug kurze Sporthosen und ein Sporttrikot.

»Er soll nach rechts am Ufer entlangfahren«, ordnete Langhoff an und schwenkte zurück auf Marcel, der soeben kopfüber ins Wasser sprang und tauchte. Er kam für eine ganze Weile nicht mehr nach oben, und Langhoff stierte alarmiert durch die Linse, suchte die Wasseroberfläche ab und bleckte dabei die Zähne. »Wo ist er hin?«, flüsterte er.

»Was tut er denn?«

»Ich seh ihn nicht mehr, er taucht.«

An der Wasseroberfläche war keine Regung zu erkennen. Marcel war spurlos abgetaucht.

»Das Kanu soll sich beeilen, fünfzig Meter weiter rechts. Los!«, rief Langhoff.

Von links schob sich das schmale Boot in den runden Bildausschnitt, glitt auf der rechten Seite wieder hinaus, und gerade als Langhoff mitschwenken wollte, schnellte Marcels Kopf aus dem Wasser. Tropfen sprangen in einer silbernen Fahne aus seinem Haar, und er drehte sich nach dem Kanu um, in dessen Fahrwasser er nun dümpelte.

»Entwarnung«, sagte Langhoff. »Ist wieder aufgetaucht.«

Er schaute erneut in die Linse, während sich seine Hände zu Fäusten ballten.

***

Nils hatte seine Befragungen in Wittdün fortgesetzt und festgestellt, dass inzwischen Fernsehteams auf der Insel angekommen waren, die über die Vermisstensuche berichteten.

Von der oberen Wandelbahn, wo die nächsten Inselbesucher auf seiner Liste wohnten, das Ehepaar Thiele, erkannte er eine Reporterin, die unten an der Promenade stand und live auf Sendung war. Sie zog die neugierigen und teils auch beunruhigten Blicke der Passanten auf sich.

»Was ist denn nur los hier?«, fragte da eine Stimme, und Nils sah einen Mann um die sechzig ums Haus kommen. Er trug einen Anglerhut, Bermudahosen und ging an einer Gehstütze, weil sein rechter Unterschenkel eingegipst war.

»Es wird jemand vermisst«, informierte Nils ihn und trat von der Hauseingangsstufe herunter. »Leider haben die Presse und das Fernsehen inzwischen Wind davon bekommen.«

»Vereinfacht Ihren Job nicht gerade, was?«, fragte der Mann.

»Nein, da haben Sie recht«, sagte Nils und stellte sich und den Grund für sein Kommen vor.

»Kommen Sie, wir gehen auf die Terrasse. Meine Frau ist am Strand. Wir haben also Ruhe«, sagte Herr Thiele und humpelte voraus.

»Was haben Sie gemacht?«, fragte Nils.

»Mittelfuß gebrochen. Ist mir ein Generator in meiner Werkstatt draufgefallen.«

»Oje.«

»War selbst schuld. Sagt meine Frau mir jeden Tag.« Er grinste und bot Nils einen Stuhl an.

Nils sprach kurz den Vermisstenfall Langhoff an und zeigte Thiele das Foto.

»Tut mir leid. An Bord bin ich aber auch im Auto sitzen geblieben, wegen meines Handicaps, wissen Sie? Ich hab kaum Leute gesehen. Meine Frau auch nicht.«

»Verstehe. Darüber hinaus hat sich auf der Fähre leider noch ein Unglück ereignet«, fuhr Nils fort. »Es hat einen Todesfall gegeben, und wir suchen nun nach Zeugen, die den Mann zuvor gesehen haben könnten. Aber wenn Sie sagen, dass Sie niemandem begegnet sind, hat das wohl keinen Zweck.«

»Zeigen können Sie ihn mir ja trotzdem, angucken schadet nicht«, meinte Thiele.

Nils legte ihm das Foto von Arthur Junker vor und warnte ihn, dass es sich um das Bild einer Leiche handelte.

»Nein«, sagte Thiele bedauernd und schüttelte den Kopf. »Schrecklich, wenn jemand so Junges stirbt.«

»In diesem Zusammenhang suchen wir auch nach einem Mann mit einer Halbglatze, etwa eins fünfundsiebzig groß, dunkles Polohemd und helle Hosen.«

»Na ja«, sagte Thiele lachend und hob seine Mütze hoch. »Eine Halbglatze hab ich auch. Und ich bin eins dreiundsiebzig groß. Aber weiterhelfen kann ich Ihnen trotzdem nicht.«

Nils ließ sich von seinem Lachen anstecken.

»Und einen Mann mit einem Feuermal am Unterschenkel, haben Sie so jemanden vielleicht gesehen?«

»Was ist denn ein Feuermal?«, fragte Thiele.

»Das ist so ein rötlicher bis violetter Fleck auf der Haut. Gorbatschow hatte so etwas.«

»Auf dem Kopf, richtig. ›Der Kaffeefleck‹ haben wir immer gesagt. Nein, auch da muss ich passen.« Er ließ seine Hände klatschend auf die Stuhllehnen fallen.

»Dennoch herzlichen Dank für die Auskünfte«, sagte Nils und verabschiedete sich.

Er führte noch vier weitere Befragungen durch, bevor er zurück in sein Büro fuhr, um sich mit Jonas Brinkhusen über den Stand der Suche auszutauschen.

Er parkte im Hof und stellte beim Betreten der Polizeistation fest, dass dort jemand auf ihn wartete. Es war Frau Gruber.

»Entschuldigen Sie, dass ich hier einfach so reinplatze«, sagte sie. »Aber ich muss Sie dringend sprechen.«

»Natürlich, Frau Gruber«, entgegnete Nils. »Bitte, wir gehen gleich in mein Büro.«

Er gab Brinkhusen, der in dem anderen Raum am Telefon saß, ein Zeichen, dass er noch etwas Zeit brauchte.

»In Ordnung«, meinte Nils, und sie setzten sich an seinen Schreibtisch. »Was gibt es denn?«

»Nun, ich … Also, ich bin gekommen, weil ich Sie aufklären möchte, wie es tatsächlich um Frau Langhoff und ihren Mann steht.« Sie ließ schüchtern ihren Blick über die Tafel wandern.

»Was meinen Sie mit ›tatsächlich‹?«, wollte Nils wissen und hatte wieder ihre ganze Aufmerksamkeit.

»Frau Langhoff geht es psychisch gar nicht gut. Sie ist sehr labil. Das war aber auch schon so, bevor Michael verschwand. Diese Geschichte ist ganz und gar unfassbar, aber ich musste einfach kommen, um ein paar Dinge richtigzustellen. Frau Langhoff hat womöglich etwas falsch reagiert, aber das ist ja nur menschlich. Schließlich ist das auch alles sehr persönlich.«

Nils hatte eine dunkle Ahnung, worauf sie hinauswollte.

»Else … also Frau Langhoff und ihr Mann haben seit vielen Jahren schon Eheprobleme. Leider ist Herr Langhoff für irgendwelche Therapien nicht zugänglich, obwohl das bitter nötig wäre. Vielleicht stand dieser Urlaub unter keinem guten Stern, aber um die Wahrheit zu sagen, hatten sie eine kleine Meinungsverschiedenheit am Strand, weshalb Herr Langhoff uns dann vor der Zeit verließ. Es war nichts Dramatisches, aber er ist einfach ohne ein Wort weggegangen. Wir haben so etwas schon öfter erlebt, daher hatten wir uns nichts dabei gedacht.«

Nils wartete einen Moment, bis er sicher war, dass sie ausgesprochen hatte, und lehnte sich dann vor. »Das ist tatsächlich eine sehr entscheidende Information, Frau Gruber. Das hieße, dass wir nicht mehr nur davon ausgehen müssen, dass Herr Langhoff auf der Insel geblieben ist.«

»Ja, genau das denke ich auch. Und wenn ich sehe, wie hier alles nach ihm sucht … Er könnte ebenso gut längst zu Hause sein oder sonst wo. Nur will Else das einfach nicht wahrhaben. Es geht ihr sehr schlecht zurzeit. Sie braucht dringend psychologische Hilfe.«

»Frau Gruber, das ändert die gesamte Situation. Wir müssen die Suche nun auf Ihren Heimatort ausweiten. Es wäre gut, wenn Sie oder Frau Langhoff Freunde oder Bekannte anrufen könnten, ob die ihn eventuell gesehen haben.«

»Das haben wir schon längst getan. Bis jetzt hat ihn niemand gesehen.«

»Ich muss die Polizei in …« Nils suchte in seinen Aufzeichnungen den Ort, aus dem die Langhoffs stammten.

»Grießnitz«, half Frau Gruber ihm aus.

»Genau. Mit der muss ich sprechen. Wir müssen prüfen, ob Herr Langhoff zu Hause ist oder zwischendurch dort war.«

»Und was ist mit Else? Ich fände es besser, wenn wir sie nach Hause brächten. Urlaub ist unter diesen Umständen sowieso nicht möglich. Zu Hause könnte sie behandelt werden«, meinte Frau Gruber besorgt.

»Ich muss das zunächst mit dem Koordinator der Suchmannschaften und mit der Niebüller Polizei abklären. Geben Sie mir bitte ein paar Stunden Zeit dafür. Dann würde ich heute Abend bei Ihnen vorbeikommen, und wir besprechen alles.«

»Gut, das ist bestimmt das Beste«, sagte sie.

Sie verließ die Polizeistation, und Nils sah ihr nachdenklich hinterher. Brinkhusen erschien in der Tür.

»Wer war das?«

»Eine Freundin der Langhoffs«, sagte Nils.

»Gibt's Neuigkeiten?«

»Allerdings«, entgegnete Nils. »Eigentlich hätte ich gedacht, dass Frau Bremer so etwas vortragen würde, nicht sie.«

»So kann man sich irren. Was ist denn nun?«

»Wendung um hundertachtzig Grad«, sagte Nils.

***

Jakob Gruber stand in Wittdün an der Promenade, nur etwa zwanzig Meter entfernt von der Stelle, wo ein paar Stunden zuvor das Fernsehteam gewesen war, lehnte sich auf das Geländer und blickte hinaus auf das weit entfernte Meer.

Nach nur wenigen Augenblicken gesellte sich Herr Thiele zu ihm. Er stellte klappernd die Gehhilfe am Geländer ab.

»Was soll die Aufmachung?«, fragte Gruber mit einem prüfenden Blick auf das Gipsbein.

»Tarnung. Und das war auch bitter nötig«, entgegnete Thiele. »Vorhin war ein Bulle hier und stellte Fragen. Die suchen nach mir. Aber eben nicht nach einem mit gebrochenem Fuß.«

»Du musst hier verschwinden«, sagte Gruber.

»Aber das fällt auf. Der Vermieter würde das doch melden.«

»Dann tisch ihm eine Lüge auf. Das kannst du doch ganz gut.«

»Ich hab außerdem mein Geld noch nicht bekommen«, meinte Thiele.

»Da bin ich der falsche Ansprechpartner. Red mit Rainders.«

»Weiß der Bescheid?«

»Ich ruf ihn gleich an.«

»Wo zum Teufel kann Langhoff denn hin sein?«, flüsterte Thiele.

»Keine Ahnung. Aber das ist jetzt zweitrangig. Wir müssen uns absichern. Du musst verschwinden, so schnell wie möglich. Und zwar raus aus Deutschland.«

»Ich mach das nicht zum ersten Mal«, gab Thiele zurück und blickte in die Ferne.

»Dann mach's auch richtig«, warnte Gruber ihn. »Ich muss jetzt telefonieren.«

»Bis irgendwann.« Thiele nahm seine Gehstütze und humpelte davon.

Gruber wartete, bis er außer Sichtweite war, und rief dann Rainders mit seinem Handy an. »Wir haben ein Problem«, sagte er. »Langhoff ist verschwunden.«

»Wie? Was ist los bei euch?«, blaffte Rainders unerfreut zurück.

»Ich weiß es nicht, er ist wie vom Erdboden verschluckt, hier läuft eine groß angelegte Suche, und die Polizei stellt unangenehme Fragen.«

»So eine Scheiße können wir nicht gebrauchen, wie konnte das passieren?«

»Keine Ahnung, aber wir kümmern uns drum. Ich hab Thiele gesagt, dass er verschwinden soll. Man hat eine grobe Beschreibung von ihm, weil er auf dem Schiff mit Langhoff gesehen wurde.«

»Könnt ihr überhaupt irgendetwas hinkriegen, das nicht gleich in eine Scheißkatastrophe mündet, he?«

»Das war Pech ...«

»Ich scheiß auf dein Pech«, zischte Rainders. »Dein verdammtes Pech bricht mir noch das Genick. Sieh zu, dass du alles unternimmst, was nötig ist. Ansonsten garantiere ich für nichts, verstanden?«

»Verlass dich auf mich.«

»Das habe ich leider bisher getan. Und ruf mich nur an, wenn es unbedingt nötig ist, klar?«

»Natürlich.«

»Hoffentlich«, sagte Rainders und legte auf.

Gruber ging bis zum Hafenkai und tat so, als lese er sich den Fahrplan für den »Adlerexpress« durch, während er die Rückenverkleidung seines Handys öffnete, SIM- und Speicherkarte entnahm und beides ins Wasser warf. Anschließend warf er das ganze Handy hinterher.

***

Holger saß in seinem Wagen, starrte durch die Frontscheibe und wünschte sich weit fort.

So etwas war ihm noch nie passiert. Er hatte einfach das Bewusstsein verloren, er, dieser kräftige, stabile Mann, der sich selbst immer als Fels in der Brandung gesehen hatte, der so vielen Erschütterungen standhalten konnte. Doch diese Eröffnung hatte ihn in einen schwarzen Schlund gesogen, als sei er nur ein kleines Sandkorn.

Als er wieder zu Bewusstsein gekommen war, hatte er unscharf Emmis Umrisse über sich wahrgenommen, doch sein erster Impuls war gewesen, sich auf keinen Fall von ihr berühren zu lassen. Sie kam ihm viel zu nahe nach dem, was er eben über sie erfahren hatte.

Er war vor ihr geflüchtet, er hatte ihr entkommen und seine Gedanken und Gefühle ordnen müssen. Nachdenken. Übelkeit hatte ihn gepackt, und kaum dass er die Stufen hinaufgesprungen war, musste er sich übergeben. Anschließend war er zu seinem Auto gerannt und hatte sich darin eingesperrt. Emmi, die ihm gefolgt war, hatte draußen gestanden und verzweifelt an sein Fenster getrommelt. Als er losfahren wollte und den Motor startete, hatte sie sich vor die Motorhaube gestellt, die Arme ausgebreitet und die Augen geschlossen. Er hatte den Motor aufheulen lassen, das Gaspedal durchgedrückt. Er hätte nur noch die Kupplung kommen lassen müssen, dann hätte er sie überfahren. Doch dazu hatte ihm der Mut oder genug Hass auf sie gefehlt. Er hatte den Motor ausgestellt und angefangen zu weinen. Das Gefühl des Betrogenwordenseins war so überwältigend gewesen, wie er es nicht für möglich gehalten hätte. Sie hatte ihm all die Jahre etwas vorgemacht, hatte ihn hintergangen und schändlich verraten. Und nicht nur das. Sie hatte auch ihren eigenen Sohn verraten.

Jetzt waren bald zwei Stunden vergangen, in denen er hier im Wagen hockte. Die Sonne schien, und die Hitze im Innenraum hatte sich bis ins Unerträgliche gesteigert. Er konnte kaum noch atmen, sein Haar war klitschnass geschwitzt, ebenso seine Kleidung. Der Schweiß rann in Bächen an ihm herab, und seine Augen brannten. Viel länger konnte er es nicht aushalten. Doch Emmi saß vor seiner Tür. Sie war dort aus Verzweiflung zusammengesackt, nachdem sie Holger erfolglos angefleht hatte, er möge sie anhören. Wenn er aus dem Fenster blickte, konnte er ihren Kopf sehen. Zuerst hatte er sie noch weinen hören, jetzt war es schon seit längerer Zeit still.

»Holger?«, hörte er da dumpf ihre Stimme. »Holger, bitte komm raus. Lass uns reden.«

Er wischte sich den Schweiß aus den Augen.

»Wie konntest du nur?«, sagte er zu leise, als dass sie es hören konnte. Dennoch drehte sie sich um und legte eine Hand auf die Scheibe. »Wie konntest du das nur tun?«, fragte er lauter und mit schwerem Atem.

»Ich hatte keine Wahl …«

»Du hast mich belogen! Du hast unsern Sohn belogen! Du hast Marcel auf dem Gewissen!«, schrie Holger.

Ein schmerzvoller Seufzer war zu vernehmen, und ihre Hand verkrampfte zu einer Kralle, die sich am Rahmen des Fensters festhielt.

»Nein, nein …«, weinte sie. »Ich habe ihn geliebt, das weißt du.«

»Hast du ihn ans Messer geliefert?«, rief Holger und schlug mit einer Hand gegen das Fenster. »Hast du ihnen gesagt, wo er ist? Wusstest du, dass sie ihn töten wollten? Wusstest du das?«

»Nein! Natürlich nicht! Ich hätte es niemals zugelassen. Holger, ich habe sie belogen, wo ich nur konnte …«

»Ja, und mich auch.«

»Aber ich wollte euch nur schützen!«, rief sie verzweifelt. »Sie hatten mich in der Hand, ich konnte nicht Nein sagen.«

»Wie lange ging das? Wie lange hast du uns bespitzelt?«

»Jahre.«

»Wie lang?«, schrie er.

»Seit … Seit Marcel fünfzehn war.«

Holger ließ sich in seinen Sitz zurückfallen und hielt die Hände vors Gesicht.

»Sie kamen auf mich zu und sagten, ich solle unterschreiben. Ansonsten dürfe Marcel nicht mehr schwimmen, er würde nicht auf die Hochschule gehen können, um zu studieren. Und du …«

Holger horchte auf und ließ die Hände langsam sinken.

»… du hättest deine Arbeit verloren. Ich hab unterschrieben, weil ich eine gute Zukunft für uns wollte. Ich wollte uns das nicht wegnehmen.«

»Hast du ihnen von Marcels Fluchtplänen erzählt?«, fragte Holger.

»Nein, davon wusste ich ja gar nichts. Ihr hattet mir doch nichts erzählt. Ich wusste es nicht!«

»Gott, Emmi, ich war ein halbes Jahr in Hohenschönhausen, sie haben mich mit dir erpresst, und ich dachte, du bist dort auch irgendwo in einer dieser Zellen. Dabei warst du im Urlaub auf Kosten der Stasi.«

»Sie haben mich in Ungarn gefangen gehalten. Es war nicht, wie du denkst.«

»Nichts ist so, wie ich dachte«, sagte Holger bitter.

»Bitte mach die Tür auf. Ich will nicht durch diese Tür mit dir reden.«

»Aber ich.«

Sie kämpfte sich auf die Beine und schaute, erschrocken darüber, wie er aussah, zu ihm herein.

»Holger, du kommst um dadrin.«

»Mein Gott, was musst du erleichtert gewesen sein, dass unsere Akten nach der Wende schon vernichtet waren«, meinte Holger.

»Im Gegenteil, dann hättest du sehen können, was ich ihnen gesagt habe. Du hättest gesehen, dass ich uns nur beschützt habe.«

»Das alles zählt jetzt nicht mehr. Es ist vorbei.«

»Wie meinst du das? Holger? Mach die Tür auf, bitte!«

Holger blickte auf den Autoschlüssel im Zündschloss. Wenn sie nicht auf dieser verdammten Insel wären, könnte er einfach wegfahren, so weit es ging. Doch er war hier gefangen. Gefangen mit ihr und seinem einstigen Peiniger.

»Holger, bitte komm raus«, wiederholte sie.

Die Hitze staute sich immer weiter auf, und erneut hatte er

das Gefühl, das Bewusstsein zu verlieren. Schwindel erfasste ihn, alles verschwamm vor seinen Augen.

»Hilfe!«, hörte er da einen blechern klingenden Schrei. »Hilfe!«

Er sah zu Emmi, die erschrocken über das Autodach hinweg zum Kellereingang blickte.

Die Hilferufe mussten von Langhoff stammen, der sich von seinem Knebel hatte befreien können und die Situation ausnutzen wollte. Holger hatte über ihren Streit vergessen, ihm den Knebel wieder zu verpassen, und Emmi schien es nicht sorgfältig genug gemacht zu haben.

Emmi lief los und eilte die Treppe hinunter. Holger stieß die Autotür auf, und ein Schwall kühlere Luft schlug ihm entgegen.

Er stolperte die Stufen hinunter in den Keller und sah im Halbdunkel, wie Emmi versuchte, Langhoff den Knebel wieder reinzustecken. Er schaffte es jedoch, sich zu wehren und ihn wieder auszuspucken.

»Na, IM Judith, was machst du jetzt, da endlich alles ans Licht kommt? Dein Mann ist wohl nicht so gut auf dich zu sprechen?« Langhoff lachte hämisch.

Im nächsten Moment war Holger auch schon bei ihm, packte ihn mit beiden Händen am Hals und warf ihn rücklings vom Hocker auf den Boden. Er drückte ihm die Kehle zu, bis Langhoffs Augen hervortraten und seine Lippen blau anliefen. Emmi versuchte zu verhindern, dass er ihn erwürgte, doch Holger war stärker, er ließ nicht los.

Dann begann Langhoff hektisch zu nicken, und Holger löste seinen Griff etwas, damit er sprechen konnte.

»Ich sag's euch«, krächzte Langhoff und rang nach Luft. »Ich … sag's euch.«

»Wer hat Marcel getötet?«, schrie Holger ihn an.

»Es … Es war Thiele, Günther Thiele! Er ist hier auf der Insel … Ich kann dir sagen, wo. Aber lass mich am Leben.«

»Er ist hier?«, fragte Emmi verstört.

»Ja, ja, in Wittdün. Er hat es getan. Er war auf Marcel angesetzt.«

»Auf wessen Befehl hin?«, wollte Holger wissen.

»Der Befehl kam von ganz oben.«

»Was heißt das?«

»Ganz oben. Mielke persönlich rief mich an.«

»Dich?«

»Ja, ich hatte die Kontakte zu den Spitzeln im Westen.«

»Und was sagte er genau?«, fragte Holger.

»Dass wir diesen … diesen … er sagte ›Schandfleck‹ beseitigen müssen, ein für alle Mal. Und dass es wie ein Unfall aussehen sollte.«

»Und du hast entschieden, wie es gemacht wird?«

»Nein, das hat alles Thiele geplant. Er war der Mann vor Ort, der Marcels Gewohnheiten kannte.«

Holger hielt inne. Seine Brust hob und senkte sich wie nach einem langen Lauf. Die Schweißtropfen hingen an den nassen Strähnen seiner Haare vor seinen Augen, seine Armmuskeln zitterten.

»Wo finde ich ihn?«, fragte er.

»Haus ›Fernblick‹, in Wittdün«, hauchte Langhoff und schloss die Augen.

»Willst du …«, begann Emmi, brach den Satz jedoch ab.

Sie konnte ihm keine Vorschriften mehr machen, ihm keine Ratschläge erteilen. Sie hatte dieses Recht verwirkt. Alles würde nun so kommen, wie es kommen musste, diese Einsicht las Holger in ihren Augen. Sie ergab sich der Situation.

»Eins möchte ich aber noch wissen«, keuchte Langhoff mit Blick auf Emmi.

Sie entgegnete nichts, daher fuhr er fort: »Hast du wirklich nichts gewusst, oder …« Er hustete und schnappte nach Luft, was ihm Schmerzen bereitete. »Oder hast du uns die ganze Zeit belogen?«

»Es war das einzige Mal, dass ich die Wahrheit gesagt habe«, antwortete sie.

Langhoff entspannte sich und starrte ausdruckslos an die Decke.

Holger griff nach dem Knebel und stopfte ihn wieder in Langhoffs Mund. »Komm mit«, sagte er zu seiner Frau.

»Was hast du vor?«, fragte Emmi, während Holger Langhoff einschloss und sie dann nach oben ins Haus gingen. »Holger, bitte rede mit mir.«

Er ging voraus bis ins Schlafzimmer.

»Setz dich«, sagte er und deutete aufs Bett.

Emmi nahm unsicher auf der Bettkante Platz. »Schatz, ich kann gar nicht sagen, wie leid es mir tut. Ich hab dich verletzt, und ich wusste, dass ich es tue, all die Jahre über. Aber ich konnte nicht anders, ich musste so handeln, sonst …«

Holger legte einen Finger über den Mund, und Emmi verstummte.

»Hör mir zu«, sagte er und sammelte sich einen Moment. Große, dunkle Schweißflecke hatten sein Hemd durchtränkt. Er sah abgekämpft und überhitzt aus. »Es ist das Beste, wenn du hierbleibst«, erklärte er. »Ich werde diesen Thiele finden. Wenn sie sehen, dass du hier drin eingesperrt bist, wissen sie, dass ich allein gehandelt habe.«

»Wovon redest du?«, fragte sie verwirrt. »Ich bin doch bei dir, wir stehen das zusammen durch.«

Holger richtete sich zu seiner vollen Größe auf und entfernte sich dadurch scheinbar immer weiter von ihr.

»Nein. Das kann ich nur allein.«

»Holger, bitte. Sei vernünftig, es kann noch alles gut für uns ausgehen. Wir lassen Langhoff gehen, vielleicht werden wir angeklagt wegen Freiheitsberaubung oder wie das heißt, aber das überstehen wir. Lass mich nicht allein. Wir schaffen das, zusammen.«

Holger schüttelte den Kopf. »Tut mir leid«, sagte er. »Es tut mir leid, dass ich dich damals nicht eingeweiht habe, als Marcel zu mir kam. Er wollte dich schonen. Er wusste, dass du ihn nicht gehen lassen würdest. Aber er hätte niemals geahnt, dass du eine IM bist. Trotzdem hätte ich es dir sagen müssen. Und jetzt bleibst du bitte hier im Zimmer, und ich schließe dich ein.«

»Nein, Holger.«

»Emmi … So ist es das Beste.«

Sie sah verzweifelt zu, wie Holger sich von ihr entfernte und den Türknauf in die Hand nahm.

»Mach's gut«, sagte er noch, dann war er draußen und schloss von außen ab.

»Holger!«, rief sie und sprang zur Tür. »Holger!«

Das Zimmer verdunkelte sich, als Holger draußen vor dem Fenster die Fensterläden schloss und auch diese verriegelte.

ZWÖLF

Nils stand in der Küche und briet frischen Heilbutt in der Pfanne, während Elke um ihn herum Teller und Besteck aus den Schränken holte und durch die Terrassentür hinaus zum Gartentisch auf dem Rasen brachte. Kaum hatte Nils die Hitze unter der Pfanne mit der siedenden Butter heruntergeregelt, klingelte es auch schon an der Haustür. Er schnappte sich ein Küchentuch und säuberte sich damit auf dem Weg in den Flur die Hände.

»Da bin ich«, sagte Kommissar Hagen, der mit FFP2-Maske vor der Tür stand und einen Wein als Mitbringsel hochhielt.

»Wo haben Sie den denn jetzt noch her?«, fragte Nils amüsiert.

»Von der Post«, antwortete Hagen.

»Das wäre nicht nötig gewesen. Wenn Sie mögen, können Sie direkt in den Garten gehen und die Maske abnehmen, wir sitzen draußen.«

»Sehr gut.«

Der junge Kommissar ging links am Gebäude vorbei und Nils durchs Haus bis zur Terrasse.

»Kommen Sie«, lud Nils ihn ein und führte ihn zu dem Tisch unter dem Birnenbaum, wo Elke noch das Besteck deckte. »Darf ich vorstellen, das ist meine Frau Elke, und das ist Oberkommissar Hagen von der Kripo Niebüll.«

»Bitte nennen Sie mich einfach Ralf, das klingt sonst so schrecklich förmlich«, sagte Hagen und überreichte Elke den Wein.

»Vielen Dank. Freut mich, Sie kennenzulernen. Nehmen Sie Platz, das Essen ist fertig.«

»Sehr gern, danke.« Etwas schüchtern hockte Hagen sich auf einen Stuhl und sah sich im Garten um, während die beiden das Essen nach draußen holten. »Wunderschön haben Sie's hier«, sagte er.

»Ja, wir haben das Haus vor ein paar Jahren saniert. Das ist mein altes Elternhaus«, erzählte Nils und verteilte den Fisch auf die Teller. »Was ist mit Anna?«, fragte er Elke.

»Die kommt gleich. Anna ist unsere Tochter«, erläuterte sie an Hagen gewandt. »Sie wollte eigentlich bereits studieren. Aber dann kam Corona dazwischen. Hat gerade erst ihre Prüfungen gemacht.«

»Das ist eine Katastrophe, gerade für uns als Polizei«, meinte Hagen. »Wir haben so schlimmen Personalmangel und können den Kontakt zu den Personen einfach nicht vermeiden. Das heißt, dass die Ansteckungsgefahr immer hoch ist.«

Anna kam aus dem Haus und begrüßte Hagen mit einem freundlichen »Hallo«.

Während des Essens unterhielten sie sich vornehmlich über Hagens Werdegang und Ausbildung. Zu Nils' und Elkes Überraschung war Anna sehr neugierig und stellte Fragen zu der Polizeischule und Hagens Eindrücken dort. Irgendwann kam Hagen auf Nils' letzten Fall hier auf Amrum zu sprechen, der durch die Medien gegangen war. Vorletzten Winter war eine Urlauberfamilie von drei Männern überfallen und als Geiseln genommen worden. Die Bande war nach einem brutalen Geldtransporterüberfall auf der Flucht vor der Polizei gewesen.

»Ich habe das sehr interessiert im Fernsehen verfolgt«, sagte Hagen. »Eigentlich glaubt man ja, dass hier oben so etwas nie passiert.«

»Es war das Haus direkt neben dem, in dem jetzt die Langhoffs untergekommen sind«, sagte Nils.

»Wahnsinn. Sind Sie nicht sogar angeschossen worden?«

»Endlich mal. Jetzt mach ich seit fast dreißig Jahren Dienst und hatte noch keine Schusswunde.«

»Ich hätte drauf verzichten können«, sagte Elke wenig begeistert.

»Tut mir leid, dass Sie nun schon wieder so eingebunden sind. Aber langsam beruhigt es sich ja«, meinte Hagen und trank einen Schluck Wein. »Der Vermisstenfall wird jetzt parallel von der Polizeidienststelle in Grießnitz bearbeitet. Ich würde der Ehefrau und ihren Bekannten empfehlen, wieder nach Hause zu reisen. Dort können sie die Ermittlungen wesentlich besser unterstützen als hier. Und die Ehefrau kann in psychologische Behandlung gehen.«

»Ja, das habe ich ihr heute auch mitteilen wollen. Leider war sie gar nicht zu sprechen«, sagte Nils. »Sie schlief und hatte wohl Beruhigungstabletten genommen. Aber die Freunde erklärten mir, dass sie sie morgen nach Hause bringen wollen.«

»Die Suche ist bereits eingestellt?«

»Was die Insel Amrum anbelangt, ja, jedenfalls in ihrer bisherigen Form. Aber in zwei Tagen kommen Beamte mit Leichenspürhunden. Sodass wir ganz sicher sein können.«

»Zu unserem Mordfall ...«, hob Hagen an, als ihm bewusst wurde, dass ja Elke und Anna mit am Tisch saßen. »Ach, das können wir später noch besprechen.«

»Nee, nee, schon gut, macht nur«, sagte Anna. »Ich find das ganz interessant.«

»Ist das okay für Sie?«, fragte Hagen Elke und Nils.

Die beiden wechselten einen Blick und zuckten mit den Schultern.

»Von mir aus«, sagte Nils.

Anna freute sich und wartete gespannt, was Hagen zu berichten hatte.

»Erst einmal wollte ich Sie loben, weil Sie mit den Befragungen und einer Personaldecke von nur drei Personen sehr viel in Erfahrung gebracht haben.« Hagen lächelte dankbar, und man sah ihm an, dass er ernst meinte, was er sagte. »Trotz aller Informationen, die Sie zusammengetragen haben, und trotz der Fotos bleibt unser Mann mit der Halbglatze jedoch ein Phantom. Aber wir müssen ihn identifizieren. Er ist der Schlüssel.«

»Wir haben inzwischen alle Urlauber, die einen Wagen dabeihatten, befragt. Er wird also höchstwahrscheinlich zu Fuß auf die Fähre gekommen sein. Wenn wir ihn finden, dann über die Aufnahmen der Überwachungskameras am Eingang«, sagte Nils.

»Die haben wir gesichtet. Es gibt vier Männer, die allein an Bord gegangen sind. Einer davon war Junker. Zwei weitere trugen Mützen, der dritte hatte volles Haar.«

»Wenn er eine Mütze aufhatte, muss er sie später abgenommen haben«, meinte Nils mit Unverständnis. »Sogar, als er zwischen all den anderen Besuchern auf dem Sonnendeck saß.«

»Ich bin mir ziemlich sicher, dass er die Mütze nur für die Kameras aufgesetzt hat«, gab Hagen sehr eindringlich zu verstehen. »Denn wir haben von einer zweiten Kamera, die den Flur vor den Toiletten filmt, eine Aufnahme von Junker, wie er zur Toilette rennt. Wenig später geht ein Mann in die Toilette und kommt auch wieder heraus. Er trägt eine schwarze Mütze mit Schirm, die er sogar festhält, sodass von seinem Gesicht nichts zu erkennen ist. Es ist aber keine der Mützen, die auf den Überwachungsaufnahmen zu sehen sind. Er ist ein ziemlich organisierter Täter.«

»Was trug er für Kleidung?«, wollte Nils wissen.

»Dunkles Hemd, helle Hose.«

»Das passt zu den Zeugenaussagen.«

»Genau.«

»Und was ist mit der Uhr?«, fragte Anna.

»Die Uhr?«, wiederholte Hagen.

»Sieht man auf dem Video die Armbanduhr, von der du gestern Abend erzählt hast? Die der Glatzkopf auf dem Foto am rechten Arm trägt«, präzisierte sie.

»Du bist genial«, sagte Nils begeistert und drückte ihre Hand.

»Du hast recht. Wir müssen das Material noch mal sichten«, sagte Hagen. »Dazu müssten wir an Ihren PC auf der Dienststelle.«

»Worauf warten wir?«, fragte Nils.

»Ich hatte noch etwas vergessen«, bemerkte Kommissar Hagen, als sie vom Grundstück fuhren. Anna saß auf dem Rücksitz; Nils hatte ihr erlaubt, sie zu begleiten. »Auf den Aufnahmen der Überwachungskamera im Flur ist auch der kleine Junge zu sehen, von dem Sie mir berichtet haben.«

»Richtig«, entgegnete Nils. »Er war bereits auf Toilette, als Junker hereinkam und sich in der Nebenkabine übergab.«

»Der Junge verlässt die Toilette, kurz bevor der Verdächtige hineingeht. Er hätte ihm theoretisch auf der Treppe oder oben begegnen müssen.«

»Dann müssen wir ihn dazu befragen. Bisher hatte ich nur mit seinen Eltern gesprochen.«

»Das wäre sehr wichtig.«

Nils versprach, sich gleich morgen früh darum zu kümmern. Er bog auf den Hof der Polizeistation ein und hielt an. Fast hatte er damit gerechnet, wieder jemanden hier anzutreffen, der auf ihn wartete, um eine Aussage zu machen. Und irgendwie wurde er das Gefühl nicht los, dass es keine gute Idee war, die Bremers, Grubers und Frau Langhoff abreisen zu lassen. Er schüttelte den Gedanken ab und schloss die Tür auf.

Hagen loggte sich von Nils' PC aus in den Server der Polizei Schleswig-Holstein ein und suchte nach den von ihm abgelegten Videodateien.

»Hier ist es.«

Er klickte auf »Wiedergabe«, und ein Fenster öffnete sich. Es war eine Schwarz-Weiß-Aufnahme aus einem höheren Winkel, etwas rechts oberhalb der Tür zur Damentoilette, die sich noch im Treppenaufgang befand. Die Herrentoilette lag ein Stück weiter hinten auf der linken Seite.

Zuerst sah man den Jungen durchs Bild laufen. Anschließend kam Junker fast ebenso schnell die Treppe herunter und rannte gekrümmt zur Toilette.

»Da hat er die Kameratasche noch«, sagte Hagen und deutete auf den Bildschirm.

Kaum dreißig Sekunden später trat der Junge aus der Tür

und lief zur Treppe. Exakt sechs Sekunden später tauchte der Verdächtige im Bild auf. Hagen hielt die Aufnahme mit einem schnellen Mausklick an.

»Da haben wir ihn.«

»Linker Arm an der Mütze«, sagte Anna.

»Und keine Uhr zu erkennen«, ergänzte Nils.

»Ja, aber den anderen Arm sieht man nicht«, bemerkte Hagen ärgerlich und ließ weiterlaufen.

»Da!«, rief Nils und tippte so heftig auf den Bildschirm, dass dieser ins Schwanken geriet.

Hagen pausierte die Wiedergabe. Der rechte Arm war ganz kurz zu sehen gewesen.

»Ein Stück zurück«, sagte Anna.

Hagen sprang Frame für Frame zurück, bis endlich der Arm erschien.

»Da ist sie«, stellte Nils fest. Der Mann trug seine Uhr am rechten Handgelenk. Da sie schwarz war, konnte man aus dieser Perspektive nicht erkennen, ob sich das Gehäuse oben oder unten befand.

»Das muss er sein, unser Phantom«, konstatierte Hagen und tippte sich nervös mit dem Zeigefinger gegen die Lippen.

»Wann kommt er wieder raus?«, wollte Nils wissen.

Hagen ließ weiterlaufen, und die drei starrten auf die Zeitanzeige am unteren rechten Bildrand. Es dauerte exakt sechsunddreißig Sekunden, bis der Mann wieder erschien. Er hielt den Kopf geneigt, hatte die linke Hand am Schirm und drückte sich an der Wand entlang bis zu den Treppen.

»Jetzt geht er nach unten und nicht nach oben«, stellte Anna fest.

»Auch das passt zu den Zeugenaussagen. Unten auf dem Parkdeck schmeißt er gleich die Kamera und wahrscheinlich auch die Brieftasche über Bord«, sagte Nils.

»Aus dieser Sicht kann man die Tasche nur leider nicht erkennen«, sagte Hagen. »Er trägt sie auf der anderen Seite, wenn er sie dabeihat.«

»Und Aufnahmen aus dem Restaurant gibt es nicht?«, fragte Nils.

»Doch, die nehmen aber nur den Kioskverkauf und den Tresen auf. Man kann keinen der Tische sehen.«

»Darf ich noch was fragen?«, bat Anna die beiden.

»Sicher«, antwortete Hagen.

»Wenn das so ein Killer ist, der sich bewusst gegen die Überwachungskameras abschirmt, der alles genau durchdacht hat …«

»Ja?«, bohrte Hagen nach.

»Wieso geht er dann das Risiko ein, sich mit einem anderen Mann zu unterhalten?«

Die beiden Männer sahen sich stumm an. Anna hatte recht, die Tatsache, dass er eine Unterhaltung geführt hatte, auch wenn er sicher sein konnte, dass sie in diesem Teil des Ganges vor den Männertoiletten nicht gefilmt wurden, wäre für jemanden wie ihn, der sich quasi unsichtbar machen wollte, eine Katastrophe gewesen. Es sei denn, es hätte mit dem Mord in Zusammenhang gestanden.

»Das bereitet mir auch Kopfzerbrechen«, gab Nils zu. »Ich hatte ja schon mal erwähnt, dass Junkers Ermordung und der Vermisstenfall unter Umständen zusammenhängen könnten.«

Hagen lenkte seinen Blick nachdenklich auf den Bildschirm.

»Sie sprachen vor Junkers Zusammenbruch miteinander, richtig?«, fragte er.

»Ja. Eine Frau sagte, sie hätte die Männer miteinander ›tuscheln‹ gesehen. Im selben Flur weiter hinten.«

»Okay«, fing Hagen an und fuhr sich durch die Haare. »Sagen wir rein hypothetisch: Die beiden Männer sind Komplizen. Der Halbglatzenmann ist der Ausführende, der andere sein Kompagnon zur Absicherung.« Er pausierte und tippte sich wieder an die Lippen. »Warum sollte er sich mit der Gruppe um Frau Langhoff zeigen oder gar dazugehören, also mit seiner Frau und Freunden hier auf der Insel Urlaub machen?«

»Zur Tarnung?«, mutmaßte Anna und schlug sogleich die Hand vor den Mund, weil sie einfach drauflosgeredet hatte.

»Tarnung ist eine Möglichkeit«, sagte Nils zustimmend. »Wenn der Mann mit dem Feuermal einer der drei Männer in dieser Gruppe war und Streit mit dem Halbglatzenmann hatte, musste der Halbglatzenmann ihn vielleicht beseitigen. Und da Langhoff verschwunden ist …«

»Demnach wäre er tot und seine Leiche noch hier auf der Insel«, führte Hagen den Gedanken aus.

»Oder im Meer«, sagte Nils. »Natürlich könnte es sich auch um Gruber oder Bremer handeln. Aber es gab keine andere Reisegruppe mit drei älteren Ehepaaren auf der Fähre, also muss es einer von ihnen sein. Und die Frauen haben auf meine Frage nach dem Mann mit dem Feuermal eine eindeutige Reaktion gezeigt.«

»Nämlich?«

»Keine. Das ist es ja. Wenn einer der drei Männer aus diesem Haus so ein Feuermal hat, dann wissen sie es. Sie sind zusammen am Strand gewesen.«

»Das ist anzunehmen, stimmt.«

»Ich bin mir ziemlich sicher, dass sie mich angelogen haben. Deswegen möchte ich auf jeden Fall herausfinden, welcher von den Männern dieses Mal hat, bevor sie die Insel verlassen«, sagte Nils.

»Vielleicht wäre es klug, das unauffällig zu tun«, schlug Hagen vor. »Immerhin ist nicht auszuschließen, dass diese Person ein Mittäter ist. Er wäre gewarnt, wenn Sie direkt fragen.«

»Wir könnten auch direkt fragen, und Sie nehmen den Mann mit dem Feuermal anschließend mit nach Niebüll zum Verhör.«

»Und wenn es Langhoff war?«

»Dann befragen Sie seine Frau«, meinte Nils.

»Wer kam zu Ihnen und berichtete von den Eheproblemen?«, fragte Hagen.

»Frau Gruber«, antwortete Nils. »Ich hatte nur den Eindruck, dass Frau Langhoff und Frau Bremer sich näherstanden. Ich habe mich gewundert, als Frau Gruber hier auftauchte.«

»Irgendwie habe *ich* den Eindruck, dass das alles nicht zusammenpasst«, meinte Hagen und rieb sich die Stirn. »Ich muss morgen nach Berlin, um mit Junkers Angehörigen zu sprechen. Ich lasse Sie hier nur ungern allein.«

»Die beiden Kollegen und ich beenden morgen unsere Zeugenbefragung. Dann spreche ich mit Frau Langhoff und den anderen, lasse mir eine Geruchsprobe für die Spürhunde geben, und damit ist auch schon alles erledigt, was ich hier auf der Insel dazu beitragen kann«, hielt Nils dagegen.

»Ich habe nur Angst, dass Sie dem Mann mit der Halbglatze begegnen, wenn er überhaupt noch da ist. Er ist gefährlich. Ich weiß nicht, wie er reagiert, wenn er in die Enge getrieben wird.«

»Ich bin vorsichtig«, versprach Nils.

Kommissar Hagen setzte mit einem Boot der Küstenwache über, das auch Brinkhusen wieder ans Festland brachte, zurück nach Dagebüll. Nils und Anna hatten ihn zum Hafen begleitet und fuhren anschließend nachdenklich schweigend zurück nach Nebel. Die Sonne war hinter dem Wald, der den Dünen vorgelagert war, untergegangen und hatte die Insel in blaues Licht getaucht. Nur über den Baumkronen schwebte noch ein rötlicher Schimmer, sodass man den Eindruck bekam, dort brenne ein Feuer.

»Darf ich noch was fragen?«, hob Anna an.

»Mmh?«

»Gibt es überhaupt ein Motiv für diesen Halbglatzenmann? Warum hat er diesen Junker getötet?«

»Wir glauben, dass es eine politisch motivierte Tat war. Das Opfer war Journalist und recherchierte über ein mutmaßliches Verbrechen, in das ein Polizeichef in seiner eigenen Polizeidienststelle verwickelt gewesen sein soll. Dort ist ein junger Mann, ein Flüchtling, ums Leben gekommen.«

Nils bog in den Söderjaat ein.

»Aber dann wäre dieser Verdächtige ja so etwas wie ein Auftragskiller«, stellte Anna erstaunt fest.

»Kann man sagen, ja. Wenn es sich so verhält.«

»Ich dachte, so etwas gibt es gar nicht mehr. Das ist ja wie in einem Film.«

»Mir wäre lieber, es wäre einer«, sagte Nils und bog nach links ab. »Ich muss selbst noch mal nachforschen, ob es da tatsächlich irgendwelche Verbindungen gibt.«

»Soll ich dir helfen?«, fragte Anna. »Im Internet finden wir so gut wie alles.«

Er hielt vor ihrem Haus und sah seine Tochter prüfend an.

»Was ist los mit dir? Du findest ja richtig Gefallen daran, was?«

»Es ist spannend. Wie ein Rätsel zu lösen, nur intensiver und gefährlicher.«

»Ja, eben. Zu gefährlich.«

»Aber die Internetrecherche doch nicht, Papa. Jetzt mach mal 'nen Punkt.«

Sie gingen ins Haus und berichteten Elke von den Videoaufnahmen des Phantoms, das sehr wahrscheinlich für den Tod des Journalisten verantwortlich war.

»Ich kriege Gänsehaut, wenn ich daran denke, dass ein Mörder auf der Insel unerkannt herumläuft«, sagte Elke und strich sich über den Unterarm.

»Wir finden ihn«, sagte Anna zuversichtlich.

»Wir?« Ihre Mutter staunte sie mit offenem Mund an.

»Sie will mir nur helfen, im Internet etwas über ein paar Leute rauszufinden.«

»Nils, ich will nicht, dass Anna … Ich will das einfach nicht«, sagte Elke verängstigt.

»Schatz, es ist nichts. Wir schauen nur zusammen im Netz nach ein paar Informationen. Von mir aus kannst du auch dabei sein.«

Elke haderte mit sich.

»Nein, ich mach was anderes, aber wir können ja alle zusammen im Wohnzimmer sitzen, ja?«

»Machen wir«, sagte Nils und küsste sie auf die Wange.

»Ich hol meinen Laptop«, rief Anna und verschwand nach oben in ihr Zimmer.

***

Holger war durcheinander. In seinem Kopf herrschte Chaos, als ob ein Wirbelsturm jeden einzelnen seiner Gedanken erfasst und durch die Luft geschleudert hätte. Er fühlte sich ausgelaugt und todmüde, doch gleichzeitig getrieben und voll von unbändiger Wut.

Alles war von einer Sekunde auf die andere anders geworden, sein ganzes Leben war auf den Kopf und in Frage gestellt. Alles, woran er glaubte, hatte sich als Illusion herausgestellt. Seine eigene Frau hatte ihn bespitzelt. Auch wenn sie ihren Auftraggebern vielleicht nicht immer die Wahrheit gesagt hatte, sie hatte ihn verraten und verkauft. Ihn und ihren gemeinsamen Sohn. Tief in sich hörte Holger aber auch die andere Stimme, die sagte, dass sie keine andere Wahl gehabt hatte. Hätte sie sich geweigert, wäre ihr gemeinsames Leben den Bach runtergegangen, und ihr Junge hätte niemals die Chance bekommen, an der Filmhochschule zu studieren. Dafür hätten die Organe schon gesorgt.

Aber jetzt musste er seinen Kopf ausschalten. Alles, was Emmi betraf, war nebensächlich, sosehr es auch schmerzte. Er musste sein Ziel verfolgen.

Holger wollte endlich Gerechtigkeit für seinen Sohn. Doch solange es noch hell war, konnte er nicht einfach diesen Thiele besuchen. Er musste also warten und legte sich daher in seinem Wagen auf die Lauer, um zu sehen, ob er herausfinden konnte, wo sich Langhoffs Frau aufhielt. Der Polizist hatte gesagt, dass sie hier irgendwo wohnte. Er hoffte, sie zufällig zu entdecken, auch wenn er sie nicht kannte. Doch er glaubte, dass man ihr den Verlust ihres Mannes ansehen musste. Oder vielleicht kam ein Streifenwagen und hielt vor ihrer Tür. Alles, was er brauchte, war ein kleines Zeichen.

Das kam aber nicht. Niemand half ihm, auch das Schicksal nicht. Nur er selbst konnte etwas ausrichten. Also startete er nach Einbruch der Dämmerung den Motor und fuhr los.

Holger stellte fest, dass er kaum noch fahren konnte, ständig kam er von der Fahrbahn ab und touchierte die Sträucher, die an der Seite wuchsen. Wie betrunken fühlte er sich. Er musste das Tempo drosseln, sonst landete er noch im Graben. Aber er hatte das Gefühl, dass ihm die Zeit davonlief. Dass dieser Thiele vielleicht nicht mehr da war, wo Langhoff gesagt hatte. Wenn er ihn jetzt verpasste, könnte er sich das niemals verzeihen.

Holger fuhr durch Wittdün, bog in die Volkert-Quedens-Straße ein und erreichte das Haus direkt neben dem Nordseeheim.

Die Sonne war inzwischen untergegangen. Am Horizont lag nur noch ein schmaler hellblauer Schleier. Die ersten Sterne waren zu sehen, und schwarze Wolken zogen von einem Ostwind getrieben über die Insel. In dem Haus brannte Licht im Erdgeschoss. Holger dachte daran, dass er eine Waffe brauchte. Er war zwar ein kräftiger Mann, aber dieser Thiele war ein einstiger Stasikiller mit jahrzehntelanger Erfahrung. Ein Teil dieser Erfahrung bestand darin, seinen Sohn getötet zu haben.

Holger stieg aus und ging zum Kofferraum, wo er die Bodenabdeckung hochklappte. In der Mulde für das Reserverad lagen ein paar Dinge, Ersatzglühbirnen für die Scheinwerfer, eine Taschenlampe, das Warndreieck und natürlich der Wagenheber und der Schraubenschlüssel. Er nahm ihn an sich und wog ihn in der Hand. Das war das Beste, was er kriegen konnte. Ein Schlag mit diesem gebogenen Stück Metall konnte üble Verletzungen hervorrufen. Er steckte sich das Werkzeug hinten in den Hosenbund und warf den Kofferraumdeckel zu.

Am Haus waren die Vorhänge zugezogen, doch man konnte sehen, wie im Wohnzimmer, das aufs Meer hinausblickte, der

Fernseher ein bläuliches, zuckendes Licht an die Wände warf. Holger prüfte die Fenster der anderen Häuser, ob man ihn sehen konnte. Doch sämtliche Scheiben waren dunkel und verhangen. Er wollte sich zunächst vergewissern, wie viele Personen anwesend waren und was Thiele gerade tat, also schlich er durch den Garten, duckte sich an einem Fenster und betrat schließlich vorsichtig die Terrasse. Die Terrassentür war gekippt, und aus dem Spalt fiel ein spitz zulaufender Streifen Licht auf die Holzbohlen. Wenn er sich ganz weit nach rechts lehnte, konnte Holger ein Stück von der Couch erkennen, auf der Thiele saß. Im Fernsehen lief irgendeine Gameshow, und hin und wieder lachte Thiele gackernd. Am Sofa lehnte eine Gehstütze, und auf dem Boden sah Holger etwas, das ihn ein wenig erschaudern ließ. Es war ein Gipsverband für den Fuß und den Unterschenkel. Er lag dort einfach so herum wie ein Schuh oder Kleidungsstück, und das hatte etwas zutiefst Beunruhigendes.

Holger zog sich langsam zurück und schlich in der Dunkelheit zurück zur Haustür. Jetzt war es so weit. In wenigen Sekunden würde er dem Mann gegenüberstehen, der seinen Sohn getötet hatte.

Zitternd näherte sich Holgers Zeigefinger dem Klingelknopf. Er spürte die Härte des Stahls hinten in seinem Hosenbund. Der Sturm in seinem Kopf nahm an Geschwindigkeit zu. Seine Augen begannen wieder zu brennen. Und er hörte seinen eigenen Atem wie das Ächzen einer alten, morschen Bodendiele.

Dann drückte er, und das Klingeln gellte durch die nächtliche Stille.

***

1989

»Und … bitte!«, rief Steinkühler, hinter dem Dolly stehend. Der Dolly war eine Art Miniaturwaggon, auf dem die Kamera und ein Sitz für den Kameramann installiert waren. Er fuhr auf schmalen, in einer holprigen, welligen Gasse verlegten Schienen, die an vielen Stellen mit Holzresten unterlegt waren, damit eine gleichmäßige, ebene Fahrt garantiert war. Zwei Männer schoben die Plattform, Ecki saß gebückt hinter der großen Fünfunddreißig-Millimeter-Kamera und kniff ein Auge zu, während er mit dem anderen in die Linse starrte.

Marcels Aufgabe war es, aus der Haustür eines alten, baufälligen Fachwerkhauses zu kommen und die Straße in Richtung Wasser entlangzulaufen. Er trug ein verwaschenes rotes T-Shirt, das an der Brust ein paar Zentimeter aufgerissen war, und weiße Sporthosen zu abgewetzten Sportschuhen.

Es war früher Morgen, kurz nach halb sechs. Der Drehplan sah für heute eine Trainingsszene im Hafen von Warnemünde mit drei verschiedenen Drehorten vor. Da sie abhängig von Wetter und Uhrzeit waren, mussten sie nach einem strengen Zeitplan arbeiten, der keine häufigen Proben oder Wiederholungen erlaubte. Alles musste reibungslos funktionieren.

Marcel sollte auf einem Trainingslauf bis zum Hafen begleitet werden und anschließend von der Mole ins Hafenbecken schwimmen. Die beiden anderen Drehorte waren bereits abgesperrt und die Schienen für die Dollyfahrten verlegt, sodass man sofort von einem Ort zum anderen wechseln konnte. Das Team war seit drei Uhr auf den Beinen, um alles vorzubereiten.

Hier, am Set im Elternhaus von Marcels Figur, waren neben ihm noch mehr als zwanzig weitere Personen bei der Arbeit, plus einige Aufpasser von der Stasi, die sich zwar im Hintergrund hielten, aber sofort zu erkennen gewesen waren.

Marcel stand hinter der Eingangstür, als Steinkühler seinen Startbefehl rief, und hatte die Einstellung von Kamera und Licht nur akustisch mitbekommen. Er sollte hinaus auf die Straße treten und nach einem kurzen, entschiedenen Blick seinen Lauf beginnen. Die Kamera würde ihn dann knapp fünfzehn Meter weit verfolgen. Es gab Markierungen auf dem Boden, die anzeigten, wo er zu stehen hatte und von wo er loslaufen musste, und er hatte die Order, in einem authentischen, ernsthaften Tempo zu laufen.

Er war einen Moment in sich gekehrt gewesen und hatte all die Gedanken, all das Drumherum und all die Ängste vor dem, was kommen sollte, ausblenden wollen. Er hatte sich im Geiste wie unter Wasser fühlen wollen, so lange, bis er das Stichwort seines Regisseurs bekam. Er hatte einmal tief durchatmen wollen, entschied aber, das für draußen aufzuheben, die Nervosität zu nehmen und sie für sein Spiel zu nutzen.

Mit der linken Hand schob er die Tür auf und sprang die beiden Eingangsstufen hinab. Er blickte in Richtung Mole, und jetzt erst atmete er durch. Dann lief er an. Die Schieber am Dolly legten los und bewegten die Kameraplattform auf den Schienen vorwärts. Sie versuchten, Schritt zu halten, damit Ecki ihn von der Seite filmen konnte. Marcel lief bis über das Ende der Schienen hinaus und hörte von hinten den Ruf von Steinkühler.

»Schnitt! Aus! Sehr gut, Leute, sehr gut!«

Der Regisseur lief auf Ecki zu, der sein Auge von der Linse löste. »Und, wie war's?«, fragte er.

Ecki grinste. »Starke Nummer, sah erste Sahne aus. Aber einen Schuss würde ich zur Sicherheit noch machen.«

Steinkühler blickte auf die Uhr. »Okay, alles noch mal zurück!«, rief er.

Marcel und Ecki schlugen sich ab.

»Und, war alles gut so?«, erkundigte sich Marcel.

»Bitte nicht schneller laufen«, sagte einer der Anschieber. »Sonst kriegen wir bei der Beschleunigung Probleme.«

»Ja, das sieht man dann im Film. Mach es so wie eben«, riet Ecki und wurde wieder zurückgezogen.

Sie filmten die Szene ein zweites Mal, dann wechselte das gesamte Team auf die Promenade. Hier sollte aufgenommen werden, wie Marcel über die Westmole lief und anschließend ins Wasser sprang. Vor der Hafeneinfahrt wartete ein Kutter, der ihn, wenn er die Strecke vom Leuchtturm der Westmole zurück in den Hafen schwamm, überholen sollte. Den Kapitän spielte ein altgedienter Theaterschauspieler, der nur selten Abstecher ins Filmfach machte, Wilhelm Rohde. Er war so etwas wie der Mentor des jungen Schwimmers, und heute stand noch eine Szene auf dem Kutter zur Disposition, damit Rohde wieder abreisen und am Abend in Rostock auf der Bühne stehen konnte.

Die Szene auf der Mole war die längste Kamerafahrt. Über rund achtzig Meter waren Schienen verlegt worden. Marcel sollte in einem leichten Winkel von vorn gefilmt werden, wenn er anfing zu sprinten und wenn er, kurz bevor er das Ende der Mole erreichte, sein Hemd auszog und dann ins Wasser sprang. In einer zweiten Einstellung fuhr die Kamera vom Molenende auf den ihr entgegenlaufenden Marcel zu. Diese zweite Einstellung sollte zuerst gedreht werden, da hier der abschließende Sprung ins Wasser nicht enthalten war.

Anton und Daniel, die beiden Schieber, hatten heute ihren wohl schwersten Drehtag.

»Okay, Marcel«, sagte Steinkühler kurz vor dem ersten Take und legte einen Arm um ihn. »Ich möchte, dass man die Veränderung in deinen Augen wahrnimmt, ich will sehen, wie du hier auf der Mole den Entschluss triffst, Olympiasieger zu werden. Ich muss es sehen können, auch wenn du im Vollsprint bist, okay?« Er drückte ihn zweimal fest an sich, und Marcel nickte.

»Das krieg ich hin.«

»Sehr gut, so gefällst du mir. Und wenn du das T-Shirt ausgezogen hast, rufst du: ›Sieg dem Sozialismus!‹«

»Was soll ich?«, fragte Marcel entsetzt.

Steinkühler warf seinen Kopf in den Nacken und lachte in den Himmel. »Alles gut, Marcel. War nur 'n Scherz.« Er klopfte ihm auf die Schulter. Auch Ecki lachte auf seinem Schienenwagen und zeigte mit dem Finger auf ihn.

»Du solltest mal dein Gesicht sehen. Setz schnell ein anderes auf, sonst kommen die Stasifiguren hier noch auf die Idee, du könntest ein Landesverräter sein«, scherzte er.

Das Team positionierte sich unter dem Leuchtturm am Ende der Mole, während Marcel am anderen Ende stand und auf die Klappe wartete. Er sammelte sich kurz, sah, wie die Klappe geschlagen wurde, und hörte eine Sekunde später den Knall ertönen. Dann lief er los. Der Dolly wurde in Bewegung gesetzt und raste förmlich auf ihn zu. Sie passierten einander kurz vor der Markierung, an der er sein Hemd ausziehen sollte, was in dieser Einstellung noch nicht nötig war. Kaum waren sie aneinander vorbei, rief Steinkühler von hinten: »Aus!«, und sie bremsten ab.

Ecki wurde zurückgeschoben und tauchte mit einem breiten Grinsen im Gesicht neben Marcel auf.

»Junge! Weißt du, wie gut das aussieht? Das ist eine Hammeraufnahme!«

»Freut mich«, sagte Marcel außer Atem.

»Wir machen wie immer noch eine zur Sicherheit«, sagte Ecki. »Aber dieser erste Take war schon perfekt für mich.«

Sie wiederholten das Ganze, ehe sie dann zur zweiten Einstellung wechselten. Nun war Ecki etwa im Fünfundvierzig-Grad-Winkel vor ihm. Der gesamte Lauf und der Sprung ins Wasser sollten in einer Sequenz gefilmt werden.

Per Funk wurde der Kutter angewiesen loszufahren. Der Aufnahmeleiter hatte die Geschwindigkeit auf die Distanz genau ausgerechnet, sodass sie nichts dem Zufall überließen. Daniel und Anton standen wie die Anschieber eines Bobs neben den Schienen und warteten auf das Startkommando. Marcel fixierte noch ein letztes Mal die Markierungen am Boden, bis Steinkühler dann eilig ein Zeichen gab, die Klappe geschlagen wurde und sein Ruf ertönte: »Und bitte!«

Marcel und die Anschieber liefen los. Eckis Haare wehten im Gegenwind, während er verbissen in die Linse starrte. Marcel lief und lief und dachte an die Anweisung von Steinkühler. Man sollte ihm die Entscheidung ansehen können, auch wenn sein Körper gerade Höchstleistungen absolvierte. Dann war ihm auf einmal klar, wie er es anstellen musste. Dieser Lauf hier auf der Mole, bei dem er einen Athleten spielte, der bei Olympia starten wollte ... Er musste das gar nicht spielen, denn die Entscheidung war in ihm. Das hier war *sein* Lauf, er lief vor diesem System, vor diesem Film, vor den Stasimännern und vor Mielke davon. Er lief der Freiheit entgegen, und genau so musste und würde es auch aussehen. Umgeben von Wasser rannte er auf einer schmalen Landzunge auf das endlose Meer zu. Ein Sinnbild für seine Flucht, die ihn für immer frei sein lassen würde. Er wurde von einer Welle von Euphorie gepackt, die ihn förmlich über die Mole schweben ließ. Das Laufen war nun keine Anstrengung mehr, alles fühlte sich leicht und schwerelos an. Er bemerkte, dass er lächelte, riss sich sein Hemd vom Körper und beschleunigte noch etwas mehr. Die Kamera blieb zurück und schwenkte mit, während er auf den Leuchtturm zu-, daran vorbei- und über die Felsen hinablief und ins Wasser sprang. Der Kutter war kaum dreißig Meter von ihm entfernt. Als er wieder auftauchte, drehte er sich und schwamm kraulend neben dem Schiff her, bis es ihn überholt hatte. Rohde als Kapitän schaute aus dem Führerhäuschen und winkte ihm zu.

Ein paar Meter schwamm Marcel noch, mehr, als er eigentlich musste, und ließ sich dann zurückfallen. Er blickte zur Mole, wo das gesamte Team jubelnd die Arme in den Himmel reckte.

An diesem Tag gab es aber zunächst keine Verschnaufpause für Marcel. Gleich im Anschluss drehten sie die Fortsetzung dieser Szene, bei der Marcel von einem Boot verfolgt wurde. Er schwamm die gesamte Strecke von der Mole bis zur Anlegestelle im Kutterhafen im alten Strom, mit einigen kleinen Pausen zwischendurch.

Das Team an Deck des Bootes applaudierte ihm, als er endlich an einer Leiter aus dem Wasser stieg, und Steinkühler fiel ihm sogleich um den Hals.

»Gute Arbeit, mein Junge, gute Arbeit«, lobte er ihn. »Mach

erst mal Pause, hast du dir redlich verdient. Um sechzehn Uhr drehen wir auf dem Kutter mit Rohde zusammen.«

»Alles klar«, sagte Marcel und bekam von einem Teammitglied ein Handtuch gereicht.

»Wenn der Tag rum ist«, raunte Steinkühler ihm zu, »haben wir richtig was zu feiern.«

»Da sag ich nicht Nein«, entgegnete Marcel verschmitzt und begann, seine Haare abzutrocknen.

Alles läuft nach Plan, dachte er, als er unter dem Handtuch verschwand. Dies war sein letzter Drehtag für die DEFA, von morgen an würde er nur noch im Westen Filme machen. Sicher, er würde viele Leute hier enttäuschen. Er wusste, wie viel Steinkühler dieser Film bedeutete und wie viel für ihn beruflich davon abhing, aber morgen würde er ohne seinen Hauptdarsteller dastehen.

DREIZEHN

»Du sagst mir einfach die Namen und was du noch so über sie weißt, und ich gucke, was ich finden kann«, sagte Anna. Sie saß am Esstisch, den Laptop vor sich, und Nils blätterte neben ihr in seinem Notizblock. »Also, mit wem fangen wir an?«

»Ich würde sagen, wir beginnen mit dem Polizeichef, zu dem Junker recherchiert hat. Sein Name ist Joachim Rainders, mit ›ai‹. Er ist Chef der Polizei Bergfeld bei Dresden«, erklärte Nils.

»Okay, ich fange mal mit einer ganz allgemeinen Suche bei Google an«, sagte Anna und tippte mit flinken Fingern auf der Tastatur herum. »Da haben wir ihn ja schon.«

Nils lugte neugierig auf den Bildschirm.

»Hier sind ein paar Zeitungsartikel. Bergfelder Kurier, Dresdner Neueste Nachrichten, Sächsische Zeitung und so weiter«, las Anna vor. »›Rainders zum neuen Polizeichef ernannt‹, ›Joachim Rainders bestätigt Rückgang der Kriminalitätsrate‹, ›Polizei Bergfeld zieht in einen Neubau‹ … Ah, hier ist was über einen Todesfall.« Sie klickte den Artikel an und las vor: »›Der Bergfelder Polizeichef Joachim Rainders nahm gestern zu dem tragischen Tod des dreiundzwanzigjährigen Hakim S. in der Polizeidienststelle Bergfeld Stellung. Der syrische Flüchtling war in der Nacht vom 3. auf den 4. September 2020 von einer Streife aufgegriffen und in die Ausnüchterungszelle verbracht worden. Dort verstarb er aus bislang ungeklärten Gründen. Der sofort alarmierte Notarzt konnte nur noch den Tod feststellen. Joachim Rainders sagte, er bedauere diesen Vorfall zutiefst, und versicherte, dass die Beamten streng nach Vorschrift gehandelt hätten. Leider sei aufgrund der Sprachbarriere nicht in Erfahrung zu bringen gewesen, ob der junge Mann an Krankheiten litt, die eventuell zu seinem Tod geführt haben könnten. Er sei stündlich in der

Zelle kontrolliert worden und habe sich bis zu dem Vorfall unauffällig verhalten.›«

»Wer hat den Artikel geschrieben?«, fragte Nils.

»Ein Hartmut Schleswig.«

Nils notierte sich den Namen.

»Was gibt's sonst noch?«

Anna scrollte weiter nach unten.

»Hier ist die offizielle Homepage der Polizei Sachsen.« Sie klickte sich bis zu einem Foto von Rainders durch, der in der Personalhierarchie aufgeführt war.

»So sieht er also aus«, sagte Nils und sah ihn sich eingehend an. Rainders hatte ein schmales Gesicht mit einer hohen Stirn und grauen Geheimratsecken. Seine buschigen Augenbrauen waren auffällig dunkel für seine eisblauen Augen. Er hatte schmale Lippen und markante Falten um den Mund. Obwohl er lächelte, wirkte er irgendwie kühl und reserviert.

»Ich mach mal weiter«, meinte Anna ungeduldig und wechselte zurück zur Suche. »Hier ist ein Verein, der TSV Bergfeld, da ist er anscheinend Mitglied und Leiter der Faustballabteilung.«

»Faustball, soso ...«, murmelte Nils.

»Dann ist hier was über einen Verlag. ISBN-Nummer soundso, und der Buchtitel lautet: ›Geschichte der Leichtflugzeuge‹.«

»Dann ist er vielleicht auch Pilot. Guck mal, ob es da einen Fliegerverein oder einen kleinen Flugplatz für Sportflugzeuge gibt«, bat Nils seine Tochter.

Anna tippte ein wenig herum und öffnete eine Karte, auf der ein Flugplatz im Südosten von Bergfeld markiert war.

»Hier ist ein Bericht über eine Jubiläumsfeier zum vierzigjährigen Bestehen des Flughafens«, sagte sie und rief einen Artikel mit zwei Fotos auf, auf denen auch Rainders abgelichtet war. »Hier steht, Rainders habe seinen Flugschein im Gründungsjahr auf dem Flughafen gemacht.«

»Das war noch zu DDR-Zeiten«, sagte Nils. »Da durfte nicht jeder einfach mal so einen Flugschein machen. Da musste man irgendwie privilegiert sein. Ich werde Hagen kontaktieren und ihn bitten, ob er etwas darüber herausfinden kann.«

»Okay. Wen haben wir noch?«, wollte Anna wissen.

Nils nannte ihr die Namen der Langhoffs, Bremers und Grubers.

»Oh«, sagte Anna überrascht. »Gar nicht so schwer, hier: Herr Langhoff ist in Grießnitz im Gemeinderat tätig.«

»Stimmt, seine Frau erwähnte das.«

»Er ist Mitglied der AfD, hat sie das auch erwähnt?«

»Nein, das nicht.«

»Und wie ich sehe, ist er auch Autor. ›Hegemonie gegen Völkerverständigung. Eine Aufarbeitung der Ausdehnungspolitik der westlichen Mächte‹.« Anna runzelte irritiert die Stirn und sah Nils fragend an.

»Klingt … irgendwie gefärbt, sag ich mal.«

»Vorsichtig ausgedrückt«, fügte Anna hinzu. »Kaufen kann man das Buch auf der Seite der GRH, was immer das auch ist.« Sie klickte den Link an und las vor: »›Gesellschaft zur Rechtlichen und Humanitären Unterstützung e. V.‹«

»Nie gehört. Was soll das sein?«, fragte Nils und begann, den Informationstext zu lesen. »Klick mal ›Über die GRH‹ an«, bat er Anna. Auch hier las er still und aufmerksam, aber mit skeptisch verzogenem Gesicht. »›Für Bürger, die wegen der im Rahmen der Verfassung und der Rechtsordnung der DDR ausgeübten Tätigkeit einer Strafverfolgung ausgesetzt oder von ihr bedroht sind‹«, zitierte er dann und blinzelte zweimal, um den Text in Gedanken richtig einzuordnen. »Das ist ein Verein für ehemalige Stasileute, glaube ich.«

»Ja, das kann sein«, stimmte Anna zu. »Wir haben in der Schule mal darüber gesprochen.«

Sie überflogen die weiteren Unterpunkte.

»Was soll denn ›AG Grenze‹ bedeuten?«, fragte Anna und öffnete den Link. Eine Unterseite bot weitere Links über Berichte zu Herbsttreffen an, bei denen auf einer Art Kolloquium mehrere Redner auftraten.

»Na, sieh mal an«, sagte Nils und deutete auf ein Foto, das dort abgebildet war. »Das ist Jakob Gruber.« Er las sich eilig in den Text ein. »Er war Grenzschützer und grüßt hier öffentlich seine alten ›Waffenbrüder‹.«

Anna scrollte weiter runter.

»Das gibt's doch nicht«, entfuhr es Nils. »Eduard Bremer.« Er tippte fest mit der Fingerspitze auf ein weiteres Rednerfoto. »Der gehörte ebenfalls dazu.«

Jetzt gingen sie Schritt für Schritt alle Unterpunkte durch und entdeckten Frau Bremers Namen in der Sparte »AG Sport« als deren Leiterin. Und unter den Buchempfehlungen fanden sie nicht nur Exemplare von Langhoff, sondern auch von Jakob Gruber. Er war dort mit den Titeln »Mein Leben für den Frieden. Erinnerungen eines Offiziers des MfS« und »Lehrjahre. Ein Volk, ein Gedanke« vertreten.

Anna und Nils stellten fest, dass die GRH in einen anderen Verein eingegliedert war, den OKV, »Ostdeutsches Kuratorium«. Und wieder stolperten sie über Grubers Namen, diesmal bei der Angabe des stellvertretenden Vorsitzenden im Impressum der Seite. Seine Frau Elfriede war mit einem Rednertext zum siebzigjährigen Bestehen des Ministeriums für Staatsschutz vertreten und mit einem Text zur Bewertung der aktuellen politischen Situation im Donbass.

»Ich fass es nicht«, sagte Nils wie überfahren. »Ich wusste nicht, dass es so etwas gibt, dass das überhaupt erlaubt ist. Aber für unseren Fall verändert das alles, denke ich.«

»Also waren diese Leute alle für die Stasi tätig?«, flüsterte Anna nachdenklich.

»Sieht so aus. Und offenbar haben sie ihre Ideologie nicht abgelegt.«

»Ihre Ämter auch nicht. Gruber ist Mitglied im Landtag in Brandenburg. Und Bremer schreibt für die UZ. Das ist die Zeitung der DKP.« Sie deutete auf die jeweiligen Seiten im Netz.

Nils sah auf die Uhr. Es war bereits kurz vor zehn. Die Zeit war unglaublich schnell verflogen.

»Ich muss mit Hagen sprechen«, sagte er und rief ihn von seinem Diensthandy aus an. »Kannst du inzwischen schauen, ob du noch was über Rainders findest?«

Anna machte sich sogleich an die Arbeit, und Nils ging in den Flur, um mit Kommissar Hagen zu telefonieren.

»Tut mir leid, dass ich so spät noch störe«, entschuldigte er sich. »Aber Anna und ich haben etwas herausgefunden, das von großer Wichtigkeit ist.«

»Ich hatte noch nicht geschlafen, kein Problem. Was gibt es?«

»Wir haben einfach mal ein bisschen Internetrecherche betrieben und die Langhoffs, Bremers und Grubers gegoogelt. Alle drei Männer scheinen früher für die Stasi gearbeitet zu haben und sind heute zusammen mit ihren Frauen in diversen Vereinen tätig, die Ex-Stasileute unterstützen und ihre Ideologien verbreiten. Außerdem bekleiden Gruber und Langhoff Ämter im Landtag und im Gemeinderat.«

Stille entstand am anderen Ende der Leitung.

»Das ist in der Tat ein sehr auffälliges Merkmal. Langhoff war bei der Stasi und wird nun vermisst … Und wir haben einen Toten, der mit einem Gift getötet wurde, das die Stasi benutzt hat.«

»Ja, die beiden Fälle gehören zusammen«, bekräftigte Nils.

»Nehmen wir mal an, Langhoff und seine Freunde dienten als Auftraggeber für den Täter. Dann muss es auch eine Verbindung zwischen den drei Männern und dem mutmaßlichen Mordmotiv geben, nämlich dem drohenden politischen Tod von Rainders als Polizeichef. Rainders, Langhoff und Co. müssten sich kennen.«

»Korrekt«, stimmte Nils zu. »Ich würde vermuten, dass sie sich ebenfalls über die Stasi kennengelernt haben. Wir haben recherchiert, dass Rainders Pilot in der DDR war. Das konnte man mit Sicherheit nur sein, wenn man in irgendeiner Form privilegiert war. Sie müssten mehr über seine Vergangenheit herausfinden, um die Verbindung herzustellen.«

»Das braucht er vielleicht gar nicht«, rief Anna aus dem Wohnzimmer herüber. Nils ging zu ihr, und sie drehte den Bildschirm in seine Richtung. »Bei den Feierlichkeiten zum siebzigsten Jubiläum des MfS gab es zwei Redner, die sich entschuldigen ließen, weil sie aus Termingründen nicht teilnehmen konnten. Der eine war Egon Krenz, der andere Joachim Rainders.« Sie deutete auf die letzte Zeile aus dem Protokoll der Sitzung.

Nils war so begeistert, dass er seiner Tochter einen Kuss auf die Wange gab.

»Haben Sie's gehört? Rainders hätte neben Egon Krenz auf einer Veranstaltung des ›Ostdeutschen Kuratoriums‹ sprechen sollen, dessen stellvertretender Vorsitzender Gruber ist und mit dem auch Bremer und Langhoff in Verbindung gebracht werden können.« Nils fasste sich an den Kopf, so unglaublich klang das Ganze.

»Es ist jetzt nicht mehr von der Hand zu weisen, dass die Fälle zusammenhängen«, gab Hagen zu. »Ich werde das sofort weitergeben. Ich melde mich bei Ihnen. Gute Arbeit von Ihnen beiden.«

»Danke, das wird meine Tochter freuen.«

Nils legte auf und setzte sich wieder neben seine Tochter.

»Er hat dich ausdrücklich gelobt. Das waren sehr wichtige Hinweise, Anna.«

»Ist ganz einfach, hättest du auch geschafft.«

»Mag sein. Trotzdem. Hast was gut bei mir«, sagte Nils und wurde wieder ernst.

»Was ist?«, fragte Anna.

»Ich versteh nur eins noch nicht: Wenn alles so zusammenhängt, wie wir vermuten, warum ist Langhoff dann verschwunden?«

VIERZEHN

1989

»Junge, ich fahre seit ich sechzehn war, auf diesem Schiff. Es hat meinem Vater gehört, ich bin auf dem Kahn groß geworden und hab alles übers Fischen hier von ihm gelernt«, sagte Rohde in seiner Rolle als Simon, der Kapitän.

Sie waren unter Deck, wo Rohde in der kleinen Kombüse einen Tee gekocht hatte, den er nun auf den Tisch stellte, sich dann zu Marcel setzte und ihnen einschenkte. Der Dampf stieg aus den Tassen empor, und beide sahen den Schwaden zu, als könnten sie daraus die Zukunft lesen.

»Manchmal … Also, meistens ist es so, dass man das macht, was der Vater gemacht hat. Er gibt sein Wissen weiter, und es bleibt in der Familie. Aber manchmal, und das ist seltener, da hat einer ein ganz besonderes Talent. Das mag dann vielleicht nicht in die Familientradition passen. Und man muss sich entscheiden, ob man bricht mit dieser Fortsetzung von Generation zu Generation.« Er trank einen Schluck Tee. »Und du, Junge, hast ein Talent, das völlig rausfällt aus jeder Familientradition und vielleicht nur von kurzer Dauer ist, aber du darfst dieses Talent nicht unterdrücken, nicht ignorieren. Es gehört zu dir wie ein Körperteil oder was weiß ich. Wenn du's abschneidest, bist du nicht mehr ganz, verstehst du?«

Marcel nickte und blickte weiter in die Dampffahne, die aus seinem Becher aufstieg.

»Dein Vater würde mich umbringen, wenn er wüsste, was ich dir hier erzähle«, sagte Rohde und lachte. »Aber ich habe noch nie jemanden gesehen, der so schwimmen kann wie du. Das ist ein Geschenk, mein Junge, ein echtes Geschenk vom lieben Gott. Ich lebe seit meiner Geburt am Wasser, und es gab nicht einen, der so schwimmen konnte, wie du es kannst. Nicht einen. Andere Länder mögen auch gute Schwimmer haben, keine Frage, aber keinen, der das macht, was du machst. Du bist ein Fisch und kein Mensch, also verhalte dich gefälligst wie ein Fisch.« Er blickte Marcel eindringlich in die Augen, lächelte verschmitzt und gab ihm dann eine liebevolle Backpfeife.

Das zauberte auch ein Lächeln auf Marcels Gesicht. Er trank geschmeichelt von seinem Tee.

»Ich seh dich dann im Fernsehen«, sagte Rohde und hob seine Tasse an die Lippen.

»Und Schnitt!« Steinkühlers Stimme gellte aus dem Dunkel hinter dem Lichtkegel der Hängelampe über dem Tisch. »Großartig, absolut großartig, Herr Rohde«, lobte er begeistert.

Jemand zog die Abdunklung von den Fenstern, und Tageslicht flutete den kleinen, holzgetäfelten Raum. Zwei Kameras hatten Rohde und Marcel beim Gespräch gefilmt, während eine dritte auf den Tisch mit den Tassen gerichtet gewesen war.

»Das hat Spaß gemacht, vielen Dank, Marcel«, sagte Rohde in der aufkeimenden Unruhe.

»Ich habe zu danken«, erwiderte Marcel. »Es war mir eine Ehre, mit Ihnen zu arbeiten … Das wird …« Er wollte irgendetwas über den zu erwartenden großartigen Erfolg sagen, doch der Gedanke daran, dass es keinen Film geben würde, weil er ihn sabotierte, schnürte ihm die Kehle zu. Er schluckte nur und schaute verlegen zu Boden.

»Was ich da eben gesagt habe, habe ich auch so gemeint. Du bist ein Fisch, also verhalte dich auch so, verstanden?«, bekräftigte Rohde. »Ich muss jetzt los. Die andere Arbeit ruft.«

Marcel sah den alten Mann sprachlos und mit offenem Mund an. Wie hatte er das gerade gemeint? Wovon hatte er gesprochen? Es klang, als ob er wüsste, was Marcel vorhatte, und ihm Glück dafür wünschte.

Sie schüttelten sich die Hände, doch Marcel brachte kein Wort mehr heraus.

Jemand schlug ihm von hinten fest auf die Schulter.

»Junge, Junge, starker Typ, dieser Rohde, was?«, sagte Ecki. »Aber du warst auch echt gut.«

»Jaja.«

»Ach, sei nicht gleich beleidigt. Heute Abend lassen wir's richtig krachen. Ich werde so dermaßen die Sau fliegen lassen. Und du auch, mein Lieber.«

Sie waren mit dem gesamten Team in die Bar im Neptun eingefallen und wirkten etwas deplatziert, weil man hier sonst nur Männer in Anzügen und Frauen in Abendkleidern antraf. Natürlich waren die auch heute da und beäugten die Filmschaffenden verhalten bis offen abfällig. Marcel saß zunächst mit Ecki und Steinkühler an einem Tisch, und Steinkühler erzählte und erzählte über den Film, doch die Musik war zu laut, als dass Marcel alles verstehen konnte. Ecki hatte sowieso nur Augen für die Frauenwelt und war ständig abgelenkt. Irgendwann kam eine junge Frau und fragte Steinkühler, ob er mit ihr tanzen wolle. Daraufhin gingen die beiden zur Tanzfläche, und Marcel und Ecki setzten sich an die Bar, wo man von dem Lärm im hinteren Bereich abgeschirmt war und sich besser unterhalten konnte.

»Das sind alles Stasibräute, mein Lieber, lass dich nicht von denen anquatschen, die stecken dir glatt ein Mikro in deinen Allerwertesten«, sagte Ecki lachend zu ihm und bestellte zwei doppelte Bourbon für sie.

»Ich dachte, das hier wäre was für dich«, entgegnete Marcel.

»Schon, aber ich habe mehr ein Auge auf Jule geworfen.«

Jule war zweite Beleuchterin und zugegeben eine sehr attraktive junge Frau.

»Und wen hast du so im Auge?«, wollte Ecki wissen und nahm die Drinks entgegen.

»Keine«, antwortete Marcel wahrheitsgemäß.

»Was stimmt eigentlich mit deiner Libido nicht? Du bist jung, du siehst aus wie Alain Delon, und du bist Schauspieler. Jetzt sag mir nicht, dass du …« Ecki sah ihn zweifelnd an.

»Nein, bin ich nicht«, sagte Marcel und stieß mit ihm an.

»Nun guck sie dir an, die fetten Wessis in ihren grauen Anzügen und schwarzen Krawatten. Aber Geld ham se«, sagte Ecki mit einem verächtlichen Blick auf einige Geschäftsmänner und kippte seinen Whisky hinunter.

Langhoff beobachtete mit Venlo zusammen den Bildschirm, der die Bar zeigte. Marcel und Ecki waren zu sehen, die sich mit ihren Drinks in der Hand umgedreht hatten und die Tanzenden betrachteten.

»Dieser Reichelt ist mir suspekt. Wenn wir uns um jemanden Sorgen machen müssen, dann um ihn«, meinte Venlo mit kritischem Blick, die Hände in die Hüfte gestemmt.

»Ach, das wissen Sie ja noch nicht. Er gehört zu uns. Ist ein Romeo«, sagte Langhoff, ohne den Kollegen dabei anzuschauen. »Ich habe ihn persönlich für dieses Projekt rekrutiert. Habe mir einfach sein größtes Laster zunutze gemacht.«

Venlo blickte Langhoff überrascht an.

»Und diese Jule, von der er gerade sprach, ist nur ein …«

»Zielobjekt, genau. Romeo und Jule«, sagte Langhoff genüsslich und lachte trocken.

»Gibt es Verdachtsmomente gegen sie?«, fragte Venlo.

»Konspirative Treffen und Organisation von Auftritten westlicher Musikgruppen aus der Punkszene. Es existiert da so eine Kirche in Berlin, die illegale Konzerte in ihren Räumlichkeiten stattfinden lässt. Sie war mehrmals entscheidend involviert.«

»Diese Künstler … ein komisches Volk«, sagte Venlo, während Marcel und Ecki auf die Tanzfläche gingen.

»Ersetzen Sie ›komisch‹ durch ›gefährlich‹, dann sind Sie nah dran.«

»Hey, ihr zwei, habt ihr Lust mitzukommen?«, fragte Marcel Ines und Sarah von der Maske, die am Rande der Tanzfläche standen und sich dauernd der tumben Anmachversuche einiger

Geschäftsleute erwehren mussten. »Wir wollen noch in die eine Kneipe, die wir heute im Hafen gesehen haben.«

»Wir sind dabei«, sagten Ines und Sarah im Chor und schlossen sich Marcel, Ecki, Anton, Daniel und Jule an.

Ecki klopfte Steinkühler, der gerade mit geschlossenen Augen und einem Glas Wodka in der Hand zu »China in Your Hand« tanzte, auf die Schulter.

»Steini, wir gehen noch in eine Kneipe, kommst du mit?«, rief er.

»Wieso, ist doch super hier. Westmusik, Alkohol ... Alkohol, alles da.«

»Aber die Leute hier ... Ist doch alles zu spießig. Wir gehen runter in den Hafen.«

»Ach, scheiß drauf, ich komm mit«, sagte Steinkühler und trank sein Glas leer.

Am Ende gingen sie zu zwölft in einer Traube aus dem Hotel und suchten die Kneipe im Kutterhafen, vor der sie heute Nachmittag gedreht hatten.

Alle waren gut gelaunt, angetrunken und laut. Als sie die kleine Kneipe betraten, in der noch zwei Leute an der Bar und ein einzelner Mann am Tisch saßen, streckte Steinkühler seine Hand in die Höhe.

»Okay, die erste Runde geht auf mich!«, rief er, und alle fingen an zu jubeln. Der Barkeeper hatte am Zapfhahn alle Hände voll zu tun, und seine Bedienung half ihm, Schnaps auszuschenken, und servierte eine Runde nach der anderen an den Tischen und an der Theke.

Nach wenigen Minuten kamen noch zwei Männer hinzu und setzten sich an einen kleinen Zweiertisch in der Ecke. Es war nicht zu übersehen, dass sie von der Stasi waren. Zwei Männer in dunklen Hosen, Lederjacken und ungefähr zwischen dreißig und vierzig Jahren alt.

Da es keine Musik gab, stimmte Ecki ein Lied an. Er hielt ein Glas Bier in der einen Hand und umarmte Jule mit dem anderen Arm.

»Manchmal geh ich meine Straße ohne Blick«, begann er. Sofort fielen vier weitere in den Gesang ein. Auch Marcel stand auf und sang kräftig mit. »Manchmal wünsch ich mir mein Schaukelpferd zurück. Manchmal bin ich ohne Rast und Ruh, manchmal schließ ich alle Türen nach mir zu.«

Den Refrain schmetterte dann das ganze Lokal. Die beiden Stasimänner waren die Einzigen, die still blieben.

»Über sieben Brücken musst du geh'n … Sieben dunkle Jahre übersteh'n … Siebenmal wirst du die Asche sein … Aber einmal auch der helle Schein!«

Marcel ging an Steinkühler und Ines vorbei in Richtung Toilette, wo er dumpf sein Team grölen hören konnte. Er betrat eine der Kabinen, stellte sich auf die Toilette und öffnete das vergitterte Fenster.

Jemand klopfte an die Tür, und Marcel duckte sich.

»Ich bin's«, sagte eine Stimme.

Marcel lugte über den Kabinenrand und sah Daniel, den Anschieber, in der Tür stehen.

»Du musst drücken, es ist bereits gelöst«, sagte der und kam Marcel zu Hilfe.

Mit vereinten Kräften drückten sie das Gitter aus der Verankerung, das mit einem metallischen Geräusch auf den Hof fiel. Marcel kletterte zuerst durchs Fenster und half Daniel nachzukommen. Dann liefen sie aus dem Hof auf die Straße und nach links. An der nächsten Abzweigung hielten sie sich wieder links und hatten bald den Hafen erreicht. Man konnte den Gesang bis hierhin hören. Der Kutter, die »Schwalbe«, wie der Besitzer sie getauft hatte, lag direkt vor ihnen, und sie betraten das Deck.

»Hast du die Schlüssel?«, flüsterte Marcel aufgeregt.

»Sicher. Hat er mir persönlich überlassen.«

»Dann mach.«

»Schon gut.«

Daniel schloss die schmale Holztür auf, stellte sich hinter das Steuerrad und blickte zur Hafenausfahrt, wo die Lichtkegel der beiden Leuchttürme über das Wasser glitten.

»Ich mache die Lichter und Positionslampen an, damit wir nicht auffallen. Später, wenn wir weiter draußen sind, machen wir alles dunkel.«

»Okay«, sagte Marcel, obwohl er gerade in dem Glauben war, dass diese Unternehmung so unendlich dumm und durchschaubar war, dass sie noch vor der Mole gestellt werden würden.

Daniel warf den Motor an, und beide blickten ängstlich hinaus, ob irgendwo ein Licht anging. Aber es blieb alles, wie es war. Nur der Gesang aus der Kneipe war zu hören.

»Du musst die Leinen losmachen«, flüsterte Daniel Marcel zu, der das völlig vergessen hatte. Eilig stürzte er hinaus, lief geduckt zu den Tauen, warf sie auf das Deck und sprang wieder zurück. Kaum hatten seine Füße die Planken berührt, fuhr Daniel auch schon los. Marcel kletterte zu ihm ins Führerhäuschen und starrte gebannt durch die kleinen Luken nach draußen. Sie fuhren direkt an dem Lokal vorbei. Doch in den Fenstern hingen Gardinen, und keiner kam auf die Idee, nach draußen zu schauen. Auch nicht die beiden Stasimänner.

Sie fuhren immer schneller werdend den schmalen Kanal entlang, bis sich die Mündung zur Mole hin langsam vergrößerte. Nun waren sie dem Licht der Leuchttürme ausgesetzt. Aber sie hofften darauf, dass ein Kutterschiff nicht auffiele. Normalerweise liefen die Fischer in der Nacht aus und kamen am frühen Morgen zurück.

Das Tuckern des Motors wurde fast von dem wilden Schlagen von Marcels Herz übertönt. Es klopfte und rauschte in seinen Ohren. Sie passierten die Hafenausfahrt, und nach Osten, in Richtung Darß, konnten sie die Lichter der Patrouillenboote sehen, die weiter draußen vor Anker lagen.

Daniel nahm Kurs auf einen Streifen dunklen Wassers zwischen den Lichtern und fuhr und fuhr, bis er schließlich das Licht der Positionslampen und im Führerhaus löschte.

»Ab jetzt nur noch nach den Sternen«, sagte er.

Marcel sah sich nach allen Seiten hin um, ob nicht doch ein

Schiff in Sicht kam, das sie entdeckt hatte. Aber sie blieben allein.

»Nur zwei Leute in dieser Kneipe für einen Pulk von zwölf Personen, das gefällt mir nicht«, sagte Langhoff.

»Soll ich noch mehr Unterstützung hinschicken? Wir haben zwei Beamte am Strand und zwei weitere an der Promenade.«

»Die an der Promenade sollen mit in die Kneipe gehen. Wenn sich dort erneut eine Gruppe absondert, werden die sich darum kümmern.«

»Zu Befehl«, sagte Venlo und gab per Funk die Order an die zwei Männer weiter.

»Und einer der beiden bereits Anwesenden soll einen kurzen Lagebericht durchfunken«, fügte Langhoff an.

Kurze Zeit später meldete sich der Beamte über Funk in der Zentrale. Im Hintergrund war der Gesang aus der Kneipe zu hören.

»Die Gruppe ist immer noch geschlossen in der Lokalität und … äh … singt lautstark«, gab er durch.

»Fragen Sie, ob jemand den Laden verlassen hat«, sagte Langhoff. Venlo gab die Frage weiter.

»Negativ. Alle Personen sind noch anwesend.«

»Zählen Sie durch!«, sagte Langhoff laut.

»Verstanden«, antwortete der Kontakt über Funk.

Es entstand eine Sprechpause, in der der Beamte zurück ins Lokal ging und die Anwesenden durchzählte. Venlo wartete wie eingefroren mit dem Funkgerät in der Hand. Langhoff tippte unzufrieden mit einem Finger auf der Tischplatte herum.

»Zentrale?«, ertönte da wieder die Stimme des Kollegen.

»Ich höre«, antwortete Venlo.

»Melde, dass …« Jemand im Hintergrund murmelte etwas. »… Melde, dass zwei Personen fehlen.«

Sofort stand Langhoff von seinem Stuhl auf und riss Venlo das Funkgerät aus der Hand.

»Wo sind sie?«, rief er.

»Nach vorn hat keiner den Laden verlassen.«

»Prüfen Sie die Toiletten.«

»Haben wir bereits. Niemand da. Aber ein Fenster steht offen, und das Gitter ist aus der Wand gerissen.«

Langhoff schnaubte nur wütend und verzog den Mund. »Wer fehlt?«

Wieder hörte man Gemurmel im Hintergrund.

»Marcel Degemann und Daniel Richter.«

»Ihr zwei Arschlöcher sucht jetzt die Gegend ab. Ich will die beiden in zehn Minuten wieder auf dem Schirm haben. Kapiert?«, schrie Langhoff in das Funkgerät und drückte es dabei so stark, dass seine Hand zitterte.

Dann knallte er es Venlo mit einem solchen Ruck gegen die Brust, dass dieser einen Schritt zurück machen musste.

»Rufen Sie alle verfügbaren Männer zusammen. Sofort. Sie finden sie besser, oder Ihr Kopf wird rollen, Venlo«, knurrte er.

Venlo und seine Kollegen mobilisierten per Funk und per Telefon sämtliche Kräfte. Langhoff stand kochend vor Wut vor den Bildschirmen und suchte nach den beiden Männern.

»Offizier Langhoff?«

Er drehte sich zu Venlo um, der mit dem Telefonhörer in der Hand am Tisch stand.

»Soeben verlassen drei Fischkutter den Hafen.«

»Stoppen und kontrollieren«, ordnete Langhoff an.

»Die zwei Kollegen am Strand melden, dass vor einer Viertelstunde schon mal ein Kutter ausgelaufen ist«, fügte Venlo fast kleinlaut hinzu.

»Informieren Sie die Marineflotte. Die Patrouillenboote sollen ihn stoppen.«

»Jawohl.«

Langhoff blickte auf seine Armbanduhr, schnappte sich ein Funkgerät und verließ die Zentrale. Draußen auf dem Parkplatz lief er zu seinem Wartburg und fuhr mit quietschenden Reifen direkt auf die nächtliche Promenade bis hinunter zur Mole. Im

Handschuhfach lag ein Fernglas, und er sprang aus dem Wagen, um dem Militärschiff zuzusehen, das soeben auslief und die Verfolgung der drei Kutter aufnahm, die mit gut fünfhundert Metern Vorsprung auf ihrem Kurs waren.

»Zentrale?«, rief er ins Funkgerät und musste einige Sekunden warten, bis Venlo sich meldete.

»Hier Zentrale.«

»Benachrichtigen Sie die Polizei. Alle Personen in dem Lokal werden verhaftet und vernommen.«

»Jawohl, wird veranlasst.«

Langhoff blickte hinüber zum Strand, wo die Suchscheinwerfer des Grenzschutzes in Halbkreisen über das schwarze Wasser strichen. Jetzt blieb ihm nichts anderes mehr übrig, als zu warten, bis er Meldung bekam. Es durfte nur keine negative Meldung sein. Das durfte einfach nicht passieren. Dass so etwas überhaupt geschehen konnte, bei all den Vorsichtsmaßnahmen, war völlig unfassbar, aber er glaubte nicht daran, dass sich alles später als falscher Alarm herausstellen würde. Er hatte Venlo gesagt, dass dessen Kopf rollen würde, wenn er die beiden nicht fand. Sollte die Suche nicht erfolgreich sein, würde auch sein Kopf rollen. Seine Karriere wäre damit beendet. So viel Wut hatte er noch nie empfunden, und überdies musste er hier herumstehen und konnte nichts anderes tun, als tatenlos zuzusehen, wie sein Schicksal entschieden wurde.

»Offizier Langhoff?«, erklang es da plötzlich aus dem Funkgerät.

»Ja, ich höre.«

»Zentrale hier. Wir haben Radarkontakt von einem Patrouillenboot gemeldet bekommen. Es muss sich um das zuerst ausgelaufene Boot handeln.«

»Wie lange brauchen die, um sie einzuholen?«, fragte Langhoff.

»Ungefähr eine Viertelstunde. Sie fahren auf nordöstlichem Kurs.«

»Schweden«, sagte Langhoff zu sich selbst. »Sofort Meldung an mich, wenn Sichtkontakt besteht«, bellte er ins Funkgerät.

Und wieder hieß es warten. Er blickte unzählige Male auf seine Uhr. Die Zeiger schienen wie auf dem Ziffernblatt festgepinnt zu sein.

»Offizier Langhoff?«, kam es nach knapp zwölf Minuten aus dem Funkgerät.

»Ich höre«, sagte er eilig und starrte gebannt auf das Wasser hinter dem Leuchtturm, während er das Gerät dicht an seinen Mund hielt.

»Bestätige Sichtkontakt. Das Boot fährt mit voller Fahrt unbeleuchtet auf nordöstlichem Kurs.«

»Stoppen! Stoppen Sie das Boot! Ich erlaube ausdrücklich Waffenbenutzung, verstanden?«

»Zu Befehl«, sagte Venlo.

Langhoff versuchte, seinen Atem zu kontrollieren. Das Funkgerät setzte er gar nicht mehr ab.

»Offizier Langhoff?«

»Ich höre.«

»Ein Patrouillenboot hat das Boot erreicht und zum Halten aufgefordert. Ohne Reaktion.«

»Schusswaffenbefehl!«, rief Langhoff. »Schießen Sie, gottverdammt!«

Wieder herrschte Stille. Eine Minute verstrich, noch eine Minute verstrich.

»Offizier Langhoff?«

»Ja?«

»Das Boot wurde erfolgreich gestoppt und übernommen.«

»Haben Sie die Männer?«, rief Langhoff ungeduldig.

»Das gesamte Boot wurde durchsucht, doch es befand sich niemand an Bord. Das Steuerrad war festgebunden.«

Langhoff begriff, dass er von den beiden Männern genarrt worden war. Sie hatten ihm einen verdammten Köder hingeworfen, und er hatte angebissen.

»Alle verfügbaren Kräfte suchen die Gewässer in Richtung

Westen ab«, befahl er und musste sich zwingen, ruhig zu bleiben.

»Verstanden«, sagte Venlo.

Langhoff ließ die Arme sinken und blickte hinaus auf die See. »Du dreckiger kleiner Vaterlandsverräter«, sagte er. »Ich krieg dich noch … Ich krieg dich.«

***

1989

Marcel ruderte in dem schwarzen Schlauchboot auf dem schwarzen Meer unter schwarzem Himmel. Nur die Sterne und die Sichel des Mondes spendeten etwas Licht.

»Soll ich dich ablösen?«, fragte Daniel.

»Geht noch. Navigier einfach weiter«, sagte Marcel, ohne zu stoppen.

Daniel sah sich in alle Richtungen um.

»Kein Schiff zu sehen.«

»Die kommen schon noch. Wir müssen weitermachen.«

»Ich weiß. Ein Wunder, dass wir es überhaupt bis hier geschafft haben.«

Sie schwiegen eine Weile.

»Meinst du, sie kriegen uns?«, fragte Daniel.

»Ich weiß es nicht«, sagte Marcel ehrlich. Er wusste es tatsächlich nicht, aber er wollte auch nicht darüber nachdenken. Er wollte nur rudern. Was hinter ihnen geschah, entzog sich seiner Kenntnis.

Ob sie den Kutter inzwischen schon gefunden hatten? Ihr Verschwinden war mit Sicherheit bemerkt worden. Er stellte sich ihre Gesichter vor, die Mienen all der Leute, die sie enttäuscht hatten, Steinkühler, Ecki, Anton … Sicher mussten sie jetzt aussagen.

Marcel schüttelte den Gedanken ab.

»Kannst du mich doch ablösen?«, fragte er mit einem Blick

auf seine geschundenen Hände. Er meinte, Blut sehen zu können.

»Klar.«

Sie tauschten die Plätze, und Marcel lehnte sich nach hinten, den Blick aufs Firmament gerichtet.

»Was muss ich im Auge behalten?«

»Den Polarstern. Siehst du den Großen Wagen?«

»Dort«, sagte Marcel und deutete mit dem Finger in den Himmel.

»Richtig. Der Hinterachse um fünf Längen nach oben folgen, dann hast du den Polarstern. Da ist Norden. Wir müssen nach Westen. Er muss also immer rechts von uns bleiben.«

»Alles klar.«

Er ruhte seine bleischweren Arme aus. In den Händen pochte schmerzhaft sein Puls. An Schlaf war nicht zu denken, weil die Angst ihn so im Griff hatte, dass er ständig die Augen nach Schiffen offen hielt.

Marcel schreckte hoch und bemerkte, dass er doch für eine Sekunde eingenickt war. Erst als er Daniel sah, der schlafend und zusammengesunken vor ihm saß, wusste er, dass er länger eingedöst war. Als er seinen Freund anstupste, fiel ihm aber etwas viel Schlimmeres auf.

»Daniel!«

»Mmh?« Er schaute auf und war noch nicht ganz bei sich.

»Die Ruder!«

»Was?«

»Die Ruder sind weg!«

Marcel drehte sich nach allen Seiten um. Jetzt schoss auch Daniel nach vorn auf die Knie und beugte sich über die Seitenwand des Bootes.

»Nein, nein, nein …«, sagte er verzweifelt.

Sie blickten in alle Richtungen, aber von den beiden Paddeln war nichts mehr zu sehen. Daniel stand auf.

»Was hast du vor?«

»Ich spring rein und such sie.«

»Bist du wahnsinnig? Die sind weg. Das schaffst du niemals.«

Marcel blickte zum Himmel und suchte den Großen Wagen und den Polarstern. Sie hatten den Kurs verloren und waren Richtung Süden getrieben. Er riss Daniel an der Hose zurück ins Boot.

»Marcel, es tut mir leid, ich hab es vermasselt.« Daniel begann zu weinen. »Ich hab es … Ich weiß gar nicht, wie das passiert ist.«

»Hey, Daniel. Alles in Ordnung. Wir kriegen das hin.«

»Wie denn? Wir haben keine Paddel mehr, wir können nicht navigieren, und wir kommen nicht mehr vorwärts!«

»Ich lass mir was einfallen.«

»Nein, ich bin schuld. Ich hab alles verdorben. Es ist vorbei, sie werden uns kriegen.«

Marcel nahm Daniels Gesicht in beide Hände.

»Hör mir zu. Bis jetzt hast du alles allein gestemmt. Du hast unsere Flucht organisiert, hast dieses Boot gekauft, es angemalt, du hast es im Koffer versteckt und auf den Kutter geschmuggelt. Ich habe noch gar nichts beigetragen. Aber das wird sich jetzt ändern.«

Marcel fischte das Tau, das am Bug des Bootes befestigt war, aus dem Wasser und legte es sich in einer Schlinge um die Taille.

»Was wird das?«, fragte Daniel entsetzt.

»Wofür hab ich denn die ganze Zeit trainiert? Ich zieh uns.«

»Du spinnst.«

»Ich bin ausgeruht. Ich krieg das hin.«

»Nein, Marcel, du kannst nicht das ganze Boot und mich ziehen.«

»Werden wir sehen.«

Marcel ließ sich über die Seite ins Wasser gleiten und schwamm zur Spitze des Bootes.

»Marcel, hör auf!«, bat Daniel ängstlich.

»Ich schwimme, solange es geht. Du musst mich nur auf Kurs halten.«

Das Wasser plätscherte im Takt von Marcels Schwimmbewegungen. Doch da war noch ein anderes Geräusch.

»Marcel!«, rief Daniel alarmiert, und Marcel erkannte die nackte Panik in seiner Stimme. »Sie sind da!«, flüsterte er.

Im Norden konnte man aus dem Osten kommend ein Schiff ausmachen. Zwei Scheinwerfer suchten die Wasseroberfläche ab. Aber es war bestimmt vierhundert Meter oder mehr entfernt.

Die beiden erstarrten und folgten dem Suchboot mit ihrem Blick. Daniel duckte sich, bis nur noch Stirn und Augen über den Rand des Gummibootes lugten.

»Komm weiter«, sagte Marcel irgendwann und klopfte auf den Bug.

»Aber …«

»Die sind zu weit weg, und wir müssen Meter machen.«

Er orientierte sich kurz an den Sternen, drehte das Boot in die richtige Richtung und begann zu schwimmen. Das dünne Tau spannte sich, und das Boot nahm Fahrt auf.

***

Holger musste lange warten, bis er endlich Schritte im Flur hörte. Thiele öffnete die Tür. Er stützte sich auf seine Gehhilfe und hatte den Gips wieder am Fuß.

»Ja?«, fragte er misstrauisch und musterte ihn mit scharfem Blick.

Holger konnte zunächst nichts sagen, sah diesem Mann nur in die Augen, diesem Mann, der seinen Sohn getötet hatte und nie dafür bestraft worden war.

»Ich … bin von der Hausverwaltung. Petersen«, stellte er sich vor. Nils' Nachname war der einzige, der ihm spontan einfiel.

»Hausverwaltung?«

»Ja, es geht um die Gasanlage. Tut mir leid, dass ich so spät noch stören muss, aber uns wurde Gasgeruch gemeldet, und ich müsste schnell Ihre Einheit kontrollieren.«

»Ach so«, sagte Thiele so, als leuchtete ihm das ein. »Ich weiß nur nicht, wo die ist …«

»Ich kenn mich aus«, sagte Holger bestimmt, und Thiele ließ ihn ein.

Kaum dass Holger im Flur stand und Thiele humpelnd zwei Schritte zurück machte, schloss Holger von innen die Tür ab.

Thiele blickte vom Schloss zu Holger, und seine Augen verdunkelten sich. »Was soll das? Wer sind Sie?«

»Ich bin jedenfalls nicht von der Hausverwaltung.« Er zog den Schraubenschlüssel aus seinem Hosenbund. »Erkennst du mich nicht?«, fragte er.

Thiele schüttelte den Kopf und versuchte zu verstehen, was hier gerade passierte.

»Du hast doch aber bestimmt auch meine Akte mit meinem Foto gesehen, oder? Nicht nur die von meinem Sohn.«

»Ich weiß nicht, wovon Sie sprechen«, sagte Thiele so vorsichtig, als tastete er sich auf einem morschen Balken vorwärts.

»Geh ins Wohnzimmer«, befahl Holger und folgte Thiele zu der Sitzgruppe. »Setz dich.«

Thiele ließ sich aufs Sofa fallen. Holger schob einen Sessel direkt vor ihn und nahm Platz. Den Schraubenschlüssel hielt er mit beiden Händen fest.

»Wer sind Sie?«, wiederholte Thiele.

»1989. Erinnerst du dich an dieses Jahr?«

»Sicher.«

»Was passierte damals?«, wollte Holger wissen.

Thiele zögerte. »Die Wende«, sagte er schließlich.

»Ja, das war der größte Hohn in der Geschichte. Es war alles umsonst, er ist völlig umsonst gestorben.«

»Ich weiß nicht, von wem oder was Sie da reden. Ich verstehe nicht, was Sie von mir wollen.«

»Wie gesagt: Erst mal sollst du dich erinnern. Juli 1989. Was hast du gemacht?«

»Ich weiß nicht mehr –«

»Doch, tust du! Was hast du gemacht?«

»Tut mir leid, ich –«

»Was hast du gemacht?«, schrie Holger und hob den Schraubenschlüssel.

»Ich weiß nicht, was Sie meinen!«, schrie Thiele zurück.

Holger hielt ihm das metallene Werkzeug vors Gesicht. Es bebte in seinen zitternden Händen.

»Marcel Degemann«, sagte er mit gebleckten Zähnen.

Auf einmal änderte sich Thieles Gesichtsausdruck. Es war fast so, als würde ein Nebel verschwinden, und nun hatte man freie Sicht auf sein wahres Ich. Er verzog die Mundwinkel zu einem schiefen Grinsen.

»Jetzt verstehe ich«, sagte er. »Marcel …«

»Ja, kommt es wieder?«

»Allerdings, jetzt hab ich es wieder vor Augen.«

»Dann lass uns endlich drüber sprechen. Ich hab lange genug gewartet.«

»Was willst du denn wissen?«

»Ich will wissen, wer dir den Befehl gegeben hat und was genau du mit Marcel getan hast.«

»Woher willst du wissen, dass ich einen Befehl bekommen habe?«

»Ich habe mir Langhoff geschnappt«, sagte Holger, und das hinterließ zum ersten Mal ein Zucken auf Thieles Gesicht.

»Du warst das.«

»Er hat dich einfach verraten. Aber das macht man ja so in euren Kreisen.«

»In *unseren* Kreisen?«, entgegnete Thiele. »In meiner Erinnerung waren *wir* auf der Seite des Rechts, und *ihr* habt es gebrochen. Wenn hier also jemand ein Verräter ist, dann doch wohl du und vor allem dein Sohn. Ein Vaterlandsverräter war er.«

»Ihr mit euer Scheißdoppelmoral. Antifaschisten? Dass ich nicht lache, ihr wart doch um keinen Deut besser als die ganzen Nazischergen. Da hättest du genauso mitgemacht. Mitläufer seid ihr, alle. Erbärmliche Mitläufer, die es ausgenutzt haben, vom Gesetz zu viel Macht übertragen bekommen zu haben. Obwohl das bei dir noch etwas anders war, dir ging es ja nur ums Geld. Also ein kapitalistischer Hintergrund, nicht wahr?

»Ich habe die Sicherheit des Staates bewacht und bin gegen Verbrecher vorgegangen, wie jede Polizei und jeder Geheimdienst es tut.«

»Aber nicht gegen sein eigenes Volk. Das tun nur Unterdrücker, Diktatoren und Despoten. Unserem hutzeligen kleinen Honecker-Männchen hat man so was allerdings nicht zugetraut. Aber der war ja auch bloß eine Marionette.«

»Du ziehst die Arbeit, die wir am Vaterland geleistet haben, heute noch bereitwillig in den Schmutz. Eine Schande, dass sie dich in Hohenschönhausen nicht –«

»Was? Liquidiert haben, so wie du es getan hättest? Du bist ein Auftragsmörder, mehr nicht. Du bringst für Geld Menschen um. Du hast Marcel auf dem Gewissen. Und den Todesfall auf der Fähre hast du doch auch zu verantworten. Aber das geht mich nichts an. Ich will von dir hören, was 1989 passiert ist.«

Wieder zeigte sich dieses selbstgefällige Grinsen auf Thieles Gesicht. Von seinem spießigen Äußeren, das mehr an einen Mitarbeiter der Post erinnerte, hätte man niemals darauf schließen können, dass er ein kaltblütiger Killer war. Aber dieses Grinsen, das ließ einem das Blut in den Adern gefrieren. Holger umfasste den Schraubenschlüssel fester und stellte ihn hochkant auf sein Bein.

»Was ist eigentlich passiert?«, fragte er mit Blick auf den Gips. »Fuß gebrochen?«

»Mmh, ja.«

»Aber vorhin hattest du den Gips noch abgelegt.«

Auch das provozierte wieder eine Reaktion in Form eines Zuckens in Thieles Gesicht.

»Ich kann ihn nachts abnehmen, hat der Arzt gesagt.«

»Soso. Und wenn ich dir nun den anderen auch noch breche, wie schläfst du dann?«, fragte Holger.

Sie maßen einander für ein paar Sekunden mit Blicken, bis Thiele wegschaute und erneut grinste.

Holger atmete tief ein, stand auf, holte weit aus und ließ den Schraubenschlüssel auf Thieles Oberschenkel niedersausen.

Der stieß einen lauten Schrei aus und beugte sich vor Schmerz über sein Bein, die Augen vor Schreck weit geöffnet.

»Ich rede … Mein Gott, ich rede ja …«, jammerte er.

***

Emmi saß still auf ihrem Bett. Es war dunkel im Raum. Sie hatte noch lange darauf gehofft, dass Holger zurückkommen und ihr Absolution erteilen, ihr die Hand reichen und verzeihen würde. Aber er war nicht mehr aufgetaucht. Er beabsichtigte, Dinge zu tun, die sie für immer auseinanderbringen würden, nichts wäre mehr, wie es gewesen war. Sie hatte ihren Sohn verloren, und nun verlor sie auch noch ihren Mann. Das Unheimlichste daran war, dass sie sich fühlte, als sei sie mit dem Mörder ihres Sohnes zusammen eingesperrt. So als seien sie Komplizen gewesen. Dabei konnte sie seine Nähe nicht ertragen. Ihn dort unten zu wissen, bohrte einen kalten Dolch in ihr Herz.

Sie musste hier raus. Es gab keine andere Möglichkeit, sie musste sich selbst helfen. Niemand sonst würde ihr zur Seite stehen.

Die Fensterläden waren mit zwei metallenen Bügeln gesichert, die sie nicht aufbekam. Die Tür war erst recht zu stabil, um mit Gewalt zu versuchen, aus dem Zimmer zu gelangen. Sie bräuchte etwas Schweres, um die Läden vor den Fenstern aufzubrechen. Kurz dachte sie daran, ihren Koffer zu benutzen, doch den bekam sie nicht mal angehoben, wenn er voll war. Aber das schien ihr die einzige Option zu sein. Also packte sie so viel hinein, wie sie gerade noch hochstemmen konnte, hievte den Hartschalenkoffer vor ihre Brust und lief damit auf die geöffneten Fenster zu. Im letzten Moment schleuderte sie den Koffer nach vorn, und krachend schlug er gegen das Holz. Die Flügel sprengten förmlich auf und schlugen außen gegen die Hauswand, während der Koffer aus dem Fenster fiel. Er blieb fast wie eine Stufe unter dem Fensterbrett liegen, woraufhin Emmi sofort hinauskletterte und endlich frei war.

Unschlüssig stand sie vor dem Abgang zur Kellertür. Sie konnte umgehend Hilfe holen oder vorher noch mit ihm sprechen. Sie entschied sich für Letzteres und ging hinunter zu Langhoff.

Er lag auf der Seite und öffnete die Augen, als sie das Licht anmachte. Undeutlich fing er an, etwas in den Knebel zu jammern, doch sie konnte ihn nicht verstehen. Sie ging näher und sah, dass er weinte und am Ende seiner Kräfte war.

»Nun sieh dich an. Das hat Holger sechs Monate lang aushalten müssen. Du bist so ein erbärmlicher Scheißkerl. Niemand darf so etwas tun und ungestraft davonkommen. Das ist einfach nicht gerecht. Du bist ein Menschenschänder, und es bereitet dir Freude, Menschen zu quälen. Ab morgen wissen das alle.«

Seine Augen wurden groß und größer, als sie sich umdrehte und ging. Er schrie ihren Namen in den Knebel, doch sie reagierte nicht, sondern löschte das Licht und schloss die Tür.

***

Nils und Anna saßen noch am Esstisch und tranken in Gedanken versunken ein Bier, bis Elke ins Wohnzimmer kam und beiden eine Hand auf die Schulter legte.

»Na, wollt ihr nicht langsam mal Schluss machen? Ihr habt doch viel herausgefunden.«

»Ja, mir schwirren nur tausend Sachen im Kopf herum«, sagte Nils. »Aber Anna, du kannst doch raufgehen.«

»Darf ich noch austrinken?«

Nils und Elke lächelten, und Elke setzte sich erschöpft zu ihnen. Sie klaute sich einen Schluck von Nils' Bier.

»Der Fall wird nun ganz anders bewertet, und das allein wegen euch beiden«, meinte Elke. »Das sollte eigentlich für etwas mehr Optimismus sorgen, oder?«

»Schon ... aber es gibt noch –«

Die Türklingel ließ Nils verstummen, und die drei blickten sich erschrocken an.

»Wer kann das sein?«, hauchte Elke.

»Ich seh nach.« Nils stand auf und ging zur Haustür, die er zunächst nur einen Spalt weit aufmachte. Frau Degemann stand draußen. Sie hatte dunkle Ringe unter vom Weinen stark geschwollenen Augen. Nils zog die Tür vollständig auf, als er sie erkannte. »Frau Degemann, was ist passiert?«, fragte er.

»Tut mir leid, dass ich mitten in der Nacht störe«, sagte sie und hielt seine Visitenkarte hoch. »Hier war auch Ihre Privatadresse notiert. Es ... ist ein Notfall.«

»Kommen Sie rein.«

Nils führte sie ins Wohnzimmer, wo Elke und Anna noch etwas erschrocken neben dem Tisch standen und ihnen entgegenblickten.

»Das sind meine Tochter und meine Frau. Das ist Frau Degemann«, stellte er sie einander vor.

»Wir lassen euch allein«, sagte Elke freundlich, und die beiden verließen das Wohnzimmer.

»Bitte nehmen Sie Platz.« Nils bot ihr einen Stuhl an und setzte sich ihr gegenüber. »Was kann ich für Sie tun?«

»Es ...« Sie suchte nach den richtigen Worten, während ihr die Tränen in die Augen stiegen. »Es geht um meinen Mann und auch um mich. Aber mein Mann hat diesen Herrn Langhoff, nach dem Sie uns gefragt haben ... Er hat ihn entführt und bei uns im Ferienhaus eingesperrt.«

»Wie bitte?«, fragte Nils irritiert. Damit hatte er am wenigsten gerechnet.

»Es ist eine lange Geschichte. Wir kennen diesen Mann

noch aus DDR-Zeiten, müssen Sie wissen. Er hat für die Stasi gearbeitet und höchstwahrscheinlich den Befehl für die Ermordung unseres Sohnes gegeben. Mein Mann hat ihn nach all den Jahren am Strand gesehen und sofort wiedererkannt. Und da … Es kam alles wieder hoch, und er hat ihn eingesperrt, um zu erfahren, was damals passiert ist. Denn unsere Akten sind vernichtet worden. Bis heute wissen wir nicht, was genau mit Marcel geschehen ist. Und niemand ist dafür jemals zur Rechenschaft gezogen worden.«

»Das ist in der Tat eine etwas überraschende Aussage, Frau Degemann. Doch sie passt auch irgendwie ins Bild. Ich habe eben erst verschiedene Dinge recherchiert, die Langhoff und seine Begleiter mit der Stasi in Verbindung bringen.«

»Er war Offizier in Hohenschönhausen und hat meinen Mann nach der Flucht unseres Sohnes ein halbes Jahr lang in Haft genommen. Mich brachte man woandershin, weil ich …« Sie wischte sich die Tränen aus den Augen. »Ich schäme mich so dafür, aber ich war eine IM. Trotzdem habe ich meine Familie immer beschützt.«

»Jetzt wird mir einiges klarer«, sagte Nils. »Sie kennen nicht zufällig auch den Mann mit der Halbglatze, nach dem wir suchen?«

»Ich habe ihn nie gesehen, aber ich nehme an, dass er Thiele heißt. Langhoff hat uns seinen Namen verraten, weil der es war, der im Westen unseren Sohn getötet hat.«

»Das kann doch alles nicht wahr sein«, meinte Nils erschüttert.

»Marcels Mörder ist hier auf der Insel, und mein Mann ist unterwegs zu ihm. Sie müssen ihn aufhalten, bevor er etwas Schreckliches tut.«

»Kennen Sie die Adresse?«

»Er wohnt in Wittdün, im Haus ›Fernblick‹.«

»Okay, Sie warten bitte hier. Ich kümmere mich zuerst darum. Meine Frau wird bei Ihnen bleiben. Anschließend befreien wir Herrn Langhoff.«

Nils sagte Elke Bescheid, schnallte sein Waffenholster um und lief zum Wagen. Per Handy nahm er Kontakt zu Hagen auf und informierte ihn. Der sprach ihm sofortige Unterstützung und Verstärkung zu.

Als er an der oberen Wandelbahn ankam, sah er schon von Weitem Degemanns Fahrzeug vor dem Haus stehen. Er stieg aus, legte Hand an seine Waffe und ging leise zur Haustür.

FÜNFZEHN

1989

Marcel schwamm nur noch im Unterbewusstsein. Müdigkeit war zu Erschöpfung und Erschöpfung zu einem tranceähnlichen Zustand geworden, in dem er Bewegungen wiederholte, bis er seinen Körper kaum noch spüren konnte und ihm die Augen zufielen. Irgendwann stoppte er mit geschlossenen Augen, hielt nur noch seinen Mund über Wasser, sodass er atmen konnte, und trieb senkrecht im Wasser vor dem Boot, bis es gegen seinen Kopf donnerte und ihn wieder wach werden ließ.

»Daniel«, lallte er. »Kann nich mehr …«

Er legte eine Hand auf das Boot, damit Daniel ihm reinhelfen konnte. Aber oben regte sich nichts.

»Daniel«, rief er lauter und schluckte Wasser.

Jetzt blickte sein Freund über den Bootsrand.

»Ich muss raus …«

»Komm«, sagte Daniel und packte seinen Arm, um ihn hochzuziehen.

Er schaffte es so weit, dass Marcel mit dem Bauch auf dem Rand lag und sein Kopf im Boot den Boden berührte.

»Marcel!«, sagte Daniel auf einmal alarmiert und hörte auf zu ziehen.

Marcel hob den Kopf und sah verschwommen einen weißen Kreis, der auf sie zugeschossen kam. Dann wurde alles ganz hell um sie herum, und er musste die Augen schließen.

»Sie haben uns«, sagte Daniel nüchtern, so als habe er die ganze Zeit damit gerechnet. Er packte Marcel an der Hose und zog ihn vollends ins Boot, ehe er mit der Hand seine Augen bedeckte und ins Licht sah. Dann hob er die Hände. Marcel war zu erschöpft, um auch nur einen Finger zu heben. Er ließ seinen Kopf fallen und blieb halb ohnmächtig liegen.

»Was tun Sie da?«, zerriss eine blecherne Stimme aus einem Lautsprecher die Stille.

»Wir stellen uns!«, rief Daniel. »Nicht schießen!«

Der Lichtstrahl blieb auf sie gerichtet, doch das Schiff fuhr ein Stück weiter seitlich an ihre Flanke.

Ein Soldat schob sich vor den Scheinwerfer und streckte die Hand nach ihnen aus.

»Kommen Sie!«, rief er.

»Mein Freund ist … Er kann nicht mehr«, sagte Daniel laut und stand um Balance kämpfend auf.

»Wir kümmern uns um ihn, kommen Sie!«, rief der Soldat.

Daniel griff nach der Hand des Mannes und ließ sich hochziehen. Dann sprang ein Soldat zu Marcel ins Boot und legte eine Seilschlinge um dessen Oberkörper, um ihn an Bord zu hieven. Mit mehreren Männern schafften sie es, ihn am Schiffsrumpf emporzuheben und neben Daniel zu legen.

»Es tut uns leid«, sagte Daniel, so als wäre ihre Flucht ein Kleinejungenstreich gewesen, der sich mit einer einfachen Entschuldigung aus der Welt schaffen ließ.

»Dir braucht nichts leidzutun, Junge«, sagte einer der Männer um sie herum. Jemand begann, sich um Marcel zu kümmern, und öffnete seine Augenlider.

»Wie lange seid ihr unterwegs?«, fragte der Mann.

»Seit gestern Abend … zwölf Uhr oder so …«

»Ist der Kerl geschwommen?«, fragte ein anderer. »Er hatte sich das Tau um den Bauch gebunden.«

»Ja, wir haben die Ruder verloren«, antwortete Daniel.

Erstauntes Schweigen machte sich breit.

»Na ja, jetzt habt ihr's ja geschafft«, meinte der Mann neben ihm. Marcel öffnete mühsam die brennenden Augen.

Auch Daniel sah nun genauer hin. Die Uniform …

»Seid ihr …«

»Das hier ist ein westdeutsches Schiff, mein Junge. Ihr habt's geschafft. Wir bringen euch an Land.«

Marcel konnte seine Tränen nicht zurückhalten, er dachte

für einen Moment, es müsse ein zynischer Scherz gewesen sein, doch alle Soldaten an Bord trugen westdeutsche Uniformen.

Sie hatten es tatsächlich geschafft. Sie waren im Westen.

***

1989

Langhoff saß in einem langen Gang im Ministerium für Staatssicherheit in Hohenschönhausen vor einer Tür und hielt den Kopf gesenkt, während seine Hände zu Fäusten geballt waren. Am Ende des Flurs öffnete sich eine andere Tür, und ein Mann kam eilig heraus. Er beachtete den wartenden Langhoff gar nicht, sondern blickte im Gehen auf ein paar Zettel in seiner Hand. Die Tür fiel krachend hinter ihm ins Schloss, und er verschwand im Treppenabgang.

Langhoff atmete ungeduldig aus und sah auf seine Armbanduhr. Da sprang vor ihm die Tür auf, sodass er vor Schreck zusammenzuckte. Ein Mann stand mit bitterer Miene im Rahmen und schaute fast mitleidig auf Langhoff herab.

»Komm rein«, sagte er. Er ging zu seinem Schreibtisch, nahm sich eine Zigarette und zündete sie an. Dann stellte er sich ans Fenster und pustete den Rauch gegen die Scheibe. »Die Kacke ist mächtig am Dampfen«, sagte er.

Langhoff harrte verkrampft hinter dem Stuhl für Gäste, wusste aber nicht, ob er sich setzen oder besser stehen bleiben sollte.

»Rainders, es … war auch ein Fehler der Marine. Die waren einfach nicht schnell genug vor Ort, um den Tausch der Boote sehen zu können«, begann er, sich zu verteidigen. »Auch hinterher brauchten sie zu lange, um sie zu finden. Es war ein Versäumnis –«

»Nun halt mal die Luft an«, fuhr Rainders dazwischen und drehte sich zu ihm um. Nervös an den Filter seiner Zigarette tippend, musterte er Langhoff. »Ich hab mich für dich starkgemacht. Mielke war außer sich. Du kannst es dir nicht vorstellen. Er hat einen Tobsuchtsanfall bekommen. Hat ein ganzes Zimmer zerlegt«, berichtete er. »Ich hab dich verteidigt, weil wir uns kennen und ich weiß, wie genau du bist.« Er machte zwei Schritte auf ihn zu und drückte Langhoff den Zeigefinger auf die Brust. »Aber diesmal hast du Scheiße gebaut. Und ich will keine Ausreden von dir hören. Ich will, dass du zu dem stehst, was du versäumt hast, und ich will, dass du das Problem aus der Welt schaffst.«

»Ich tue alles, was in meiner Macht steht …«, sagte Langhoff atemlos.

»Das erwartet man auch von dir. Und noch mehr. Nichts von dem darf jemals publik werden. Wenn dieser Degemann im Westen Fuß fasst, egal in welchem Scheißkaff das auch sein mag, will ich, dass du es weißt. Du musst über jeden seiner Schritte informiert sein. Du organisierst die Leute, die du dazu brauchst, und koordinierst die Operation. Minister Mielke erwartet ein endgültiges Ergebnis, was diesen Verräter angeht, und zwar so schnell wie irgend möglich.«

»Ein endgültiges Ergebnis?«, wiederholte Langhoff.

»Genau das. Du verstehst, was ich meine. Und es muss gut geplant sein. Ein Unfall, den er garantiert nicht überlebt. Schieb ihm selbst die Schuld zu. Alkohol, Drogen, was auch immer. Aber mach es gründlich. Nichts darf auf uns zurückfallen.«

»Jawohl.«

»Kriegst du das hin?«, fragte Rainders nachdrücklich.

»Selbstverständlich. Es ist mir auch ein persönliches Anliegen, wenn ich das so sagen darf.«

»Die Eltern werden etwas wissen. Kümmer dich darum. Du hast freie Hand. Absolut freie Hand. Aber es muss von Erfolg gekrönt sein. Sonst … kann ich nichts mehr für dich tun.«

»Ich danke dir.«

»Hör auf, mir zu danken, verdammt.« Rainders wurde laut und warf seine Zigarette in den Aschenbecher. »Mach es einfach. Das könnte die größte Katastrophe seit Jahren für unser Land werden, gerade jetzt, in diesen Zeiten, wo es im Volk rumort. Wir können das auf keinen Fall zulassen. Auf keinen Fall, hörst du?«

»Ja«, sagte Langhoff betreten.

»Worauf wartest du dann noch?«, entgegnete Rainders und drehte sich wieder zum Fenster um.

Langhoff verstand, dass er hier nicht mehr gefragt war, und ging zur Tür. Er drückte die Klinke hinunter und wollte noch etwas sagen, entschied sich dann aber dagegen und verließ leise das Büro.

***

1989

Holger wurde von zwei Beamten aus dem Wagen gezerrt. Seine Hände waren auf dem Rücken gefesselt, und über dem Kopf hatte er einen Leinensack, den man ihm jetzt abnahm. Grelles Scheinwerferlicht blendete ihn so sehr, dass er nur stolpernd den Beamten folgen konnte, die ihn zu einer Tür zogen und in einen Gang mit von schweren eisernen Schlössern gesicherten Türen führten. Sie gingen durch eine offen stehende Gittertür und betraten einen Raum mit kargen Wänden und einer Art grauem Schalter oder Tresen, hinter dem er nun stehen bleiben musste.

»Du machst keinen Mucks und keine Bewegung, klar?«, drohte ihm einer der Beamten. Sein Kollege öffnete Holgers Handschellen und nahm sie ihm ab.

»Jetzt ausziehen.«

»Was?«

»Du sollst dich ausziehen, bist du schwerhörig?«

Holger begann unsicher, seinen Pullover und sein Hemd auszuziehen.

»Na, weiter. Die Hosen auch!«, schrie der Beamte.

Holger befolgte die Anweisung. Der Beamte neben ihm zog sich Gummihandschuhe an.

»Die Unterhose auch?«

»Was hab ich gerade gesagt? Alles ausziehen, verdammt noch mal! Und dann bückst du dich nach vorn, verstanden?«

Jetzt erst begriff Holger, wofür die Handschuhe gedacht waren.

Er ließ alles über sich ergehen, ohne auch nur einen Ton von sich zu geben. Er dachte die ganze Zeit über an seinen Sohn und betete, dass Marcel es in den Westen geschafft hatte. Diese Männer hier würden nichts von ihm erfahren, kein Wort würde über seine Lippen kommen. Zum Glück, dachte er mit großer Erleichterung, hatten sie nur ihn mitgenommen und Emmi zu Hause gelassen.

»Los, anziehen und weiter!«, befahl der Beamte, der ihn durchsucht hatte.

Mit der Gefängniskleidung am Körper führten sie ihn dann wieder nach oben in einen kleinen, abgedunkelten Raum, in dem sich nur ein Tisch mit Stuhl und ein kleiner Hocker befanden. Sie schubsten ihn zum Hocker, nahmen ihm die Handschellen ab und blieben neben ihm stehen, bis die Tür aufschwang und ein Mann mit einem Aktenordner in der Hand hereinkam.

»Guten Morgen, Sie können gehen«, sagte er, und die beiden verschwanden. An Holger gewandt ergänzte er: »Die Herren sitzen übrigens direkt vor der Tür, falls Sie auf die Idee kommen sollten, das Verhörzimmer verlassen zu wollen. Es ist sinnlos, an Flucht zu denken. Hier kommen Sie erst wieder raus, wenn wir Sie lassen.«

Mit diesen Worten warf er die Akte auf den Tisch und nahm Platz. Er legte sich einen Stift bereit, nahm seine Armbanduhr ab und platzierte sie sorgsam neben dem Stift. Dann schob er die Mappe mit zwei Fingern in die von ihm abgeschätzte Mitte des Tisches. Er warf Holger einen prüfenden Blick zu. »Sitzen Sie gerade. Hände mit den Handflächen nach unten unter Ihre Oberschenkel«, befahl er und wartete, bis Holger seine Anweisung befolgt hatte. Der Hocker stand mit gut vierzig Zentimetern Abstand zur Wand. »Wenn Sie sich anlehnen, wird das eine Strafe nach sich ziehen.«

Holger erwiderte nichts, er nahm nur alles zur Kenntnis und sah seinen Verhörer mit einem unguten Gefühl in der Magengegend an. Die Augen des Mannes und sein ganzes Gehabe sprachen dafür, dass dieses Gespräch einen unangenehmen Verlauf nehmen würde.

»Mein Name ist Langhoff, ich bin der mit diesem Fall betraute Offizier und werde Ihre Befragung durchführen«, stellte er sich vor, während er Holgers Akte öffnete und die erste Seite überflog, ehe er sich wieder an Holger wandte. »So, Herr Degemann, da sind Sie in eine höchst unkomfortable Position geraten, nicht wahr? Aber nicht durch Fremdverschulden, sondern durch Ihre eigene freie Entscheidung, sich zum Komplizen Ihres Sohnes zu machen.«

Er sah Holger herausfordernd an.

»Ich weiß nicht, wovon Sie sprechen. Was ist mit meinem Sohn?«

»Sie fragen mich, was mit Ihrem Sohn ist? Hören Sie, Sie müssen hier nicht meine Zeit vergeuden. Ich kann Ihnen versichern, es ist in Ihrem höchsteigenen Interesse, dass Sie wahrheitsgemäß auf meine Fragen antworten. Ihr Sohn hat sich der Republikflucht schuldig gemacht. Er hat die Grenzen und Gesetze unserer sozialistischen Heimat nicht nur verletzt und gebrochen, sondern sie aufs Schändlichste verletzt und mit Füßen getreten. Ihr Sohn ist ein flüchtiger Landesverräter, und das, nachdem der sozialistische Staat ihn so umfänglich unterstützt und ihm vielfältige Möglichkeiten aufgetan hat. All unsere Werte hat er damit verraten und sich an den kapitalistischen Westen verkauft. Zum Glück haben wir im MfS vollumfängliche Informationen über Ihren Sohn und sein Vorhaben gesammelt, sodass wir nun das Verbrechen an sich in seiner ganzen Größe überblicken können.«

Holger unterdrückte jegliche Freude, die mit der Information über Marcels geglückte Flucht in ihm aufkeimte, und fragte sich, warum es ihnen dann nicht möglich gewesen war, ihn aufzuhalten und zu stellen. Aber diese Frage äußerte er natürlich nicht laut.

»Von Ihnen erwarten wir jetzt nichts weiter, als dass Sie Ihrer Pflicht als DDR-Bürger nachkommen und uns alles, jedes noch so kleine Detail über diesen Vorfall, wahrheitsgemäß schildern.«

Langhoff faltete die Hände über der Akte und beugte sich vor, sodass sich seine Schultern nach oben schoben und ihm das Aussehen eines Buckligen verliehen. »Ich will wissen, wann Ihr Sohn Ihnen von seinem Vorhaben erzählte. Ob Sie mitgewirkt haben an dem Plan und welche Personen eingeweiht und Mittäter gewesen sind. Alle Namen will ich von Ihnen hören, ausnahmslos«, forderte er.

Holger senkte den Blick bis zur Tischkante, wo der Stasioffizier mit einer Hand an etwas herumfummelte, das er nicht erkennen konnte.

»Ich wusste von nichts, ich wusste ja bis eben nicht mal, dass er weg ist …«

»Hören Sie auf zu lügen, Herr Degemann! Keine Ausflüchte, wir wissen, was passiert ist, wir sind vollständig im Bilde. Aber Sie müssen jetzt reden, und wenn Sie nicht die Wahrheit sagen, wird das sehr unangenehm für Sie werden. Also, noch mal: Wann erzählte Ihr Sohn Marcel Ihnen zum ersten Mal von seinen Plänen?«

»Ich wusste davon nichts.«

»Nun hör'n Sie aber auf, Herr Degemann! Schluss mit den Lügen und dem Theaterspiel! Fakten, Herr Degemann, Fakten. Jetzt, sofort!«

»Ich kann nur wiederholen –«

»Nein!«, schrie Langhoff und hieb mit der flachen Hand auf den Tisch, dass es knallte. »Nein. Sie werden mir jetzt die Wahrheit sagen. Wir wissen, dass Sie eingeweiht waren. Also reden Sie Klartext!«

Holger schloss den Mund und wusste nicht, wie er sich da herauswinden sollte.

»Ähm ... tut mir leid. Ich weiß nichts darüber, und das ist die Wahrheit.«

»Sie halten sich wohl für sehr komisch, wie? Sie glauben, dass das hier nicht ernst ist? Wissen Sie, wo man Sie hingebracht hat? Wissen Sie, wo Sie hier sind?«

»In einem ... Gefängnis?«

»In Hohenschönhausen, Herr Degemann. Sie sind von der Staatssicherheit festgenommen worden wegen der Unterstützung einer Republikflucht. Von Ihrer Kooperation hängt nun ab, wie mit Ihnen, Ihrer Frau und Ihrem Sohn und den übrigen Beteiligten umgegangen wird. Also, noch mal: Wann, Herr Degemann? Ich will ein Datum von Ihnen hören, keine Ausflüchte.«

Holger zuckte mit den Schultern. »Ich kann nichts anderes sagen als –«

»Ich kann Sie hier festhalten, so lange, wie ich will. Verstehen Sie das? Sie können hier rausspazieren, aber erst, wenn Sie geredet und uns die nötigen Informationen gegeben haben. Bis dahin gehören Sie mir und bekommen eine Einzelzelle hier in Hohenschönhausen. Wir können Sie wochenlang hier festhalten. Und wenn Sie nicht mitarbeiten und verurteilt werden, droht Ihnen eine viel längere Haftstrafe. Oder ... die Todesstrafe.«

Holger sah ihn entsetzt an.

»Jetzt gucken Sie doch nicht so unwissend. Ihnen ist doch vollkommen klar, was Sie hier riskieren. Und Sie machen alles nur noch schlimmer. Für sich und Ihre Familie. Was meinen Sie, wie Ihre Frau sich jetzt um Sie sorgt? Was soll sie denken? Und was soll sie von einem Mann halten, der sich seinen vaterländischen Pflichten verweigert? Oder steckt Ihre Frau da auch mit drin?«

»Was? Nein! Meine Frau wusste gar nichts, nichts. Ebenso wie ich. Wir hatten schon wochenlang keinen Kontakt mehr zu Marcel. Er war mit diesem Film beschäftigt, das hat er uns erzählt. Mehr nicht.«

»Herr Degemann, warum machen Sie es sich und mir so schwer, und warum glauben Sie, dass ich Ihren billigen Lügen Glauben schenken sollte? Das ist doch alles völliger Quatsch und an den Haaren herbeigezogen, was Sie mir da auftischen! Sie haben Ihren Sohn maßgeblich bei seiner Flucht unterstützt. Sie sind ein Mittäter, Herr Degemann. Warum geben Sie's nicht endlich zu?«

»Ich kann nur wiederholen, was ich schon gesagt habe«, hielt Holger dagegen.

»Sie können Ihre Lügen so oft wiederholen, wie Sie wollen, Herr Degemann. Das macht alles nur noch schlimmer. Sie riskieren hier, dass man vielleicht andere Beteiligte verhaftet und verhört. Dabei könnten Sie alles bereits darlegen und Klarheit in die Sache bringen. Wo ist denn Ihr Anstand geblieben? Oder sind Sie wirklich so naiv zu denken, dass Sie damit durchkommen?«

Holger antwortete nicht, blickte nur vor sich auf den Boden. Aus dem Augenwinkel bekam er aber mit, wie Langhoffs rechte Hand wieder unter die Tischplatte wanderte.

»Machen Sie den Mund auf, Degemann!«, schrie Langhoff ihn an.

»Was soll ich sagen …«

»Die Wahrheit mal zur Abwechslung! Reden Sie, oder wir ziehen hier ganz andere Saiten auf!«

»Dann gebe ich jetzt hiermit zu Protokoll, dass ich nichts gewusst habe«, sagte Holger.

»Quatsch! Sie sind ein notorischer Lügner! Sagen Sie die Wahrheit! Fangen Sie endlich an und seien Sie ein Mann und nicht dieser erbärmliche Feigling hier vor mir.«

Holger schwieg. Es hatte ja auch keinen Sinn, etwas zu sagen, ihm wurde ohnehin nicht geglaubt.

»Sehen Sie, ich habe ganz viel Zeit«, sagte Langhoff und grinste breit. »Ich mache hier meine Arbeit. Ich sitze hier mit

Ihnen, solange es nötig ist. Das hört nicht einfach auf, verstehen Sie, Herr Degemann? Nur weil Sie schweigen, heißt das nicht, dass alles vorbei ist. Ganz im Gegenteil. Es fängt erst an, richtig loszugehen. Aber das entscheiden Sie.«

Er lehnte sich zurück, und an dem Telefon begann plötzlich eine Lampe zu leuchten. Holger hätte schwören können, dass Langhoff kurz zuvor einen Knopf unter dem Tisch gedrückt hatte.

»Ja?«, meldete er sich. »Ach? – Sehr schön. Wo? – Gute Arbeit. Bleiben Sie dran, ich melde mich bald bei Ihnen, wie wir weiter verfahren. Wiederhörn.«

Langhoff legte den Hörer ganz behutsam auf die Gabel, und sein Grinsen wurde noch breiter.

»Tja, Herr Degemann. Das war ein Informant von mir. Wir haben ihn gefunden, Ihren Sohn. Wir kennen jetzt seinen Aufenthaltsort. So schnell kann's gehen.«

»Aber Sie sagten doch, er sei geflohen.«

Langhoff lachte. »Ja, und? Was soll das schon bedeuten? Meinen Sie, wir kommen an ihn in der BRD nicht heran? Sie wissen anscheinend nicht, wie unsere Behörden arbeiten und wozu sie im Stande sind, Herr Degemann.«

Holger schluckte. Sein Mund war schrecklich trocken.

»Wenn ich das gleich veranlasse«, sagte Langhoff ganz ruhig, fast tröstend, »dann ist seine Wohnung bis heute Abend mit Kameras ausgestattet und verwanzt. Ich höre und sehe, mit wem er sich trifft, und ich höre, mit wem er telefoniert. Das ist alles keine große Sache, Herr Degemann. Und natürlich wird das passieren, ganz egal, was Sie mir heute noch für Geschichten vorfabulieren. Aber Sie könnten mit Ihrer Aussage dafür sorgen, dass Ihrem Sohn in Zukunft nichts passiert, dass er unbehelligt bleibt. Ihre Wahl als Vater, Herr Degemann.«

Langhoff blickte zur Uhr, nahm den Stift zur Hand und suchte eine freie Seite in der Akte, um sich etwas zu notieren.

»Ein Datum und die Namen«, sagte er. »Ich höre …«

Holger biss die Zähne zusammen. Schweigen schien ihm

die beste Möglichkeit zu sein, dieses Verhör zu überstehen. Er nahm sich vor, einfach nur dazusitzen und den Mund zu halten, bis man ihn wieder in seine Zelle brachte.

Langhoff wartete noch einen Moment und legte den Stift wieder hin, als er merkte, dass nichts von Holger kommen würde.

»Wie Sie wollen«, meinte er nur dazu und stand auf. Er ging hinaus, sprach mit einem der Beamten auf dem Flur, und dann entfernten sich seine Schritte.

Jetzt kamen die beiden Beamten ins Verhörzimmer und schlossen die Tür.

»Sie wollen nicht reden?«, fragte der, der ihn vorhin durchsucht hatte.

Holger wusste gar nicht, was er erwidern sollte. Er ahnte, was sie mit ihm vorhatten.

»Hände mit den Handflächen nach unten unter die Oberschenkel«, sagte der andere.

»Hab ich doch«, erwiderte Holger, und in dem Moment schlug der Mann mit dem Handrücken zu. Holger sah für ein paar Sekunden Sterne, und als er wieder etwas erkennen konnte, schlug der andere Mann zu. Mit jedem Schlag schienen die beiden wütender zu werden und beschimpften ihn immer mehr, bis einer ihn schließlich an der Kehle packte und zudrückte. Sein Kollege hielt ihn jedoch davon ab, Holger mehr Schaden zuzufügen, als nötig war.

»Lass ihn, komm. Das reicht, er soll ja noch reden«, meinte er und zog seinen Kollegen weg.

»Wir sehen uns garantiert noch mal, mein Freund«, drohte der andere. »Ich bin noch lange nicht fertig mit dir. Dann siehst du, wie wir mit Verrätern wie dir umgehen.«

Kaum waren sie wieder draußen, erschien Langhoff und musterte Holger und seine Verletzungen im Gesicht. Einige Stellen um die Augenhöhlen herum waren bereits angeschwollen. Die Lippe blutete aus einer Platzwunde, an der Holger herumlutschte, damit ihm das Blut nicht übers Kinn lief.

»Sind Sie gestürzt?«, fragte Langhoff.

»Alles gut«, gab Holger gepresst zurück.

»Dann können wir ja weitermachen.«

Langhoff setzte sich an den Tisch, und das Telefon begann zu klingeln.

»Ja?«, meldete er sich, und eine Frauenstimme sagte ihm, dass ein Herr Thiele ihn dringend sprechen wollte. »Stellen Sie durch.«

Holger hörte die gedämpften Stimmen aus dem Hörer und wusste, dass es diesmal ein tatsächlicher Anruf war und keine Finte von Langhoff.

»Thiele hier.«

»Ich warte bereits auf Ihren Anruf, was gibt es?«, fragte Langhoff.

»Degemann ist nach Hamburg überführt worden und hat hier wohl jemanden vom Theater kennengelernt, der Kontakte nach Braunschweig hat. Er fährt morgen mit dem Zug dorthin und bekommt vielleicht gleich eine Anstellung.«

»Gute Arbeit«, lobte Langhoff. »Ich will, dass Sie persönlich vor Ort sind, von seiner Ankunft an.«

»Natürlich«, sagte Thiele.

»Und ich werde ein Team aufstellen, das Ihnen zur Seite steht. A- und B-Maßnahmen. Ist schon klar, wo er unterkommt?«

»In der ersten Nacht im Hotel. Den Namen kenne ich noch nicht, das klärt sich erst vor Ort.«

»In Ordnung. Sie sind verantwortlich. Ich melde mich bei Ihnen.«

Langhoff legte auf und widmete sich wieder seinem Gegenüber.

»Haben Sie mitgehört?«, fragte er.

»Ein wenig.«

»Es ging um Ihren Sohn. Es wird einen Ortswechsel geben. Wissen Sie etwas über seine Pläne in der BRD?«

»Wir haben nie über solche Dinge gesprochen«, sagte Holger, lutschte an seiner Lippe und schluckte etwas Blut herunter.

»Ja, mir war so, als hätten Sie das schon mal erwähnt, dass Sie völlig ahnungslos sind. Wie geht's Ihnen denn damit, dass Ihr Sohn nun für immer fort ist? Sie werden ihn nie wiedersehen.«

Langhoff blickte ihn spöttisch an.

»Na gut. Sie wollen nicht reden, und ich hab noch andere Dinge zu erledigen. Ich würde sagen, wir machen Schluss für heute und sehen uns morgen wieder.«

Holger konnte kaum glauben, dass dieses Verhör tatsächlich vorbei sein sollte. Erleichterung stieg in ihm auf, aber auch die Angst um Marcel. Was Langhoff jetzt vorhatte, mit der Bildung eines Teams, beunruhigte ihn zutiefst, und er überlegte, wie er seinen Sohn warnen konnte.

»Darf ich zu Hause anrufen?«, fragte er vorsichtig.

Langhoff, der sich gerade die Akte unter den Arm geklemmt hatte und im Begriff war hinauszugehen, blieb stehen.

»Sie fragen, ob Sie telefonieren können? Gucken Sie doch mal nach, ob Sie in Ihrer Zelle ein Telefon finden.« Er lachte heiser und ging, amüsiert über seinen eigenen Scherz, hinaus auf den Flur.

***

»Ich folgte ihm also nach Braunschweig und observierte ihn fast rund um die Uhr«, berichtete Thiele. Er hielt sich vor Schmerz immer noch den Oberschenkel. Holger saß ihm so nah gegenüber, dass sich ihre Knie berührten. Den Schraubenschlüssel hielt er fest umklammert. »Langhoff organisierte eine ganze Gruppe von Männern, die mir gleich am nächsten Tag zur Verfügung stehen sollten. Marcel hatte dann am Abend ein Gespräch mit dem Intendanten des Theaters. Sie hatten ihm sogar eine Wohnung organisiert, die er gleich beziehen konnte.« Er schüttelte den Kopf und schnaubte verächtlich.

»Was?«, fragte Holger.

»Na ja, was die ihm alles in den Arsch geblasen haben. Ich meine, die kannten ihn ja nicht mal. Die haben ihn wie einen Fürsten behandelt. Wohnung, Geld, ein Auto.« Er schüttelte immer noch den Kopf.

»Ich will deine Meinung nicht hören, ich will hören, was passiert ist. Also erzähl gefälligst weiter«, forderte Holger und tippte mit dem Schraubenschlüssel auf sein Knie.

»Gleich am nächsten Tag erhielt ich einen Anruf von Langhoff. Er klang richtig angefressen und sagte mir, dass wir das Problem schnellstmöglich aus der Welt schaffen müssten. Es dürfe aber keine Spuren geben, und es solle wie ein Unfall aussehen. Nichts durfte auf uns hinweisen. Ich sagte, dass ich mich darum kümmern würde, aber drei Tage Vorlauf bräuchte, um alles zu organisieren. Und dann kam dieses dumme Interview …«

»Was für ein Interview?«

»Davon wissen Sie nichts?«

»Ich war im Knast, wenn Sie sich erinnern. Da gab es kein Fernsehen.«

»Lief ja auch im Westfernsehen«, sagte Thiele süffisant. So langsam bekam er durch seine Erzählung neues Selbstbewusstsein. »Ihr Sohn wurde von der ARD direkt vor dem Theater interviewt. Und er hat über die DDR hergezogen und sie verunglimpft, ganz öffentlich. Ich wette, Mielke ist wahnsinnig geworden vor Wut, als er das sah. Es dauerte jedenfalls nicht lange, bis Langhoff sich wieder meldete. Er sagte mir fünftausend Mark zu, wenn ich bis morgen den Auftrag erledigt hätte.«

»Fünftausend Mark«, wiederholte Holger matt. »Das ist mein Sohn wert gewesen. Fünftausend Mark, so viel wie ein Motorrad oder eine neue Küche. Ich dachte, es wäre mehr.« Er spürte einen stechenden Schmerz in seiner Brust. Unwillkürlich wanderte seine linke Hand zu der Stelle und massierte sie.

»Ich wusste, dass Marcel am nächsten Tag bei den Proben eines Stücks anwesend sein würde. Anschließend wollte die Gruppe bei einem Italiener essen gehen. Marcels neue Wohnung lag außerhalb in einem Vorort im Norden der Stadt. Also würde er nach einem solchen Essen, bei dem auch Wein und Schnaps getrunken wurde, mit dem Auto nach Hause fahren. Das war eine ideale Ausgangslage für mich«, erklärte Thiele mit wachsender Begeisterung. »Ich hatte die Möglichkeit, es wie einen Unfall aussehen zu lassen, denn er war alkoholisiert. Allerdings musste ich da noch etwas nachhelfen und gab ihm als scheinbar zufällig anwesender Thekengast ein Willkommensbier aus, das ich zuvor präpariert hatte.«

Holger hatte nicht geahnt, wie sehr ihn diese Informationen über den Tod seines Sohnes treffen würden. Irgendwie fühlte er sich mit einem Mal schwächer, und alles verschwamm vor seinen Augen. Der Schmerz in seiner Brust wollte und wollte nicht nachlassen. Seine Finger wurden taub, sodass er den Schlüssel noch mal fester greifen musste.

»Ich kannte seinen Nachhauseweg und hatte auch schon eine bestimmte Stelle ausgesucht, die perfekt war, um einen Unfall zu provozieren«, fuhr Thiele fort.

Holger spürte Übelkeit in sich aufsteigen.

»Ich stellte mich in eine Kurve, in der es auch eine Einfahrt gab, mit den Scheinwerfern zur Straße, und wartete auf ihn. Ein Kollege von mir gab mir per Funk Bescheid, als das Auto kam. Und dann ging alles ganz schnell. Ich sah die Scheinwerfer auf der langen Straße auf mich zukommen. Man konnte dort recht schnell fahren, bis man die Neunzig-Grad-Kurve erreichte. Es standen viele Bäume am Straßenrand. Ich ließ mein Fernlicht aufleuchten, als er noch knapp zwanzig Meter entfernt war, und fuhr ihm ein Stück entgegen, sodass er ausweichen musste, die Kontrolle verlor und gegen einen der Bäume krachte. Da kein weiteres Auto zu sehen war, stieg ich schnell aus, um zu sehen, ob er auch wirklich tot war. Er war direkt mit der Fahrerseite gegen den Baum gefahren. Alles war eingedrückt, und ich tastete durch das zersplitterte Fenster nach seinem Puls, und da sah ich plötzlich eine Frau …«

Holger sprang auf und lief zur Toilette im Flur. Er konnte es nicht mehr zurückhalten, die Übelkeit schoss in ihm hoch, und kaum hatte er das Bad erreicht, knickten seine Beine unter ihm weg, und er fiel vor der Kloschüssel auf die Knie. Mit dem Schraubenschlüssel in der Hand umklammerte er das Porzellan und übergab sich. Tränen liefen ihm über die Wangen, und sein Jammern und Stöhnen echote in der Schüssel. Kraftlos spuckte er aus und wischte sich über die nassen Augen.

»Tja, Pech gehabt«, hörte er da nur noch Thieles Stimme hinter sich, bevor er heftigen Schmerz an seinem Kopf verspürte und alles schwarz wurde.

***

Nils steckte die Waffe wieder ein, als er keine Geräusche im Haus vernahm. Er klopfte dreimal und wartete geduldig, bis er Schritte hörte und das Licht im Flur anging. Die Tür wurde aufgeschlossen, und Herr Thiele stand besorgt dreinblickend vor ihm. Nils sah prüfend an ihm herab. Dieser Mann sollte ein Auftragsmörder sein?

»Guten Abend, was ist denn los?«, fragte Thiele.

»Tut mir leid, dass ich Sie um diese Zeit noch stören muss, aber … Sagen Sie, sind Sie allein?«

»Ich bin allein, ja. Wer soll schon hier sein?«

»Wo ist Ihre Frau?«, fragte Nils, denn schließlich hatte Thiele ihm von ihr erzählt, was aber höchstwahrscheinlich nur eine Lüge gewesen war.

»Die schläft natürlich. Es ist ja quasi mitten in der Nacht«, antwortete Thiele.

»Aber Sie sind noch wach.«

»Ich konnte nicht schlafen und hab noch ein wenig ferngesehen.«

»Und vor mir hat niemand bei Ihnen geklopft oder geklingelt?«

»Nein, aber was ist denn passiert? Ich verstehe Ihr Auftreten nicht.«

»Ich bin davon in Kenntnis gesetzt worden, dass jemand auf dem Weg zu Ihnen ist.«

»Tut mir leid, ich verstehe das immer noch nicht. Wer ist auf dem Weg?«, fragte Thiele und lachte.

»Darf ich reinkommen?«, bat Nils.

»Sicher, wir müssen allerdings leise sein, damit meine Frau nicht aufwacht.«

Er ließ Nils herein, und sie gingen ins Wohnzimmer, wo der Sessel direkt vor der Couch stand.

»Sie haben umgeräumt?«, fragte Nils.

»Oh, ich hab einfach nur mein Bein hochgelegt, wissen Sie?« Thiele nahm auf der Couch Platz, legte seine Gehstütze zur Seite und schob den Sessel nach hinten.

»Ich mach schon«, sagte Nils und zog den Sessel so weit zurück, dass er sich setzen konnte. Er sah sich in der Wohnung um.

»Darf ich jetzt erfahren, um was es geht?«, fragte Thiele.

»Anscheinend ist jemand auf dem Weg zu Ihnen, der sich an Ihnen rächen möchte oder Sie zumindest zur Rede stellen will.«

»Rächen? Weswegen? Ich komm da nicht mehr mit.«

»Kennen Sie einen Herrn Degemann?«

»Was? Nein, tue ich nicht.«

»Kommen Sie ursprünglich aus der DDR?«

»Was reden Sie da?«

»Haben Sie jemals für die Stasi gearbeitet?«, bohrte Nils weiter nach.

»Hören Sie, es wird mir allmählich zu bunt. Sie kommen hier um …« Er legte mit einer Bewegung des rechten Arms seine Armbanduhr frei. Das Gehäuse saß auf seinem Puls. »… elf Uhr abends vorbei, erzählen irgendwelche Fabelmärchen und stellen komische Fragen. Ich –«

Nils' Körper straffte sich beim Anblick der Uhr. Sein Blick wanderte zu Thieles Halbglatze. Hier im Haus trug er keine Mütze.

»Und wie sieht's mit dem Namen Junker aus? Sagt Ihnen der etwas?«, unterbrach er ihn.

»Junker, Degemann, keine Ahnung, von wem Sie da sprechen, wirklich.«

»Wie ist es mit Langhoff?«

Thiele pustete angefressen die Luft aus. Da rumpelte es plötzlich im Badezimmer.

Nils wurde hellhörig. »Was war das?«

»Keine Ahnung«, sagte Thiele und hob unschuldig seine Hände.

Man konnte ein Stöhnen vernehmen.

»Da ist doch jemand«, meinte Nils und stand auf, um nachzusehen. Er legte eine Hand an seine Dienstwaffe und ging in den Flur. »Ist da jemand im Bad?«, fragte er Thiele, der hinter ihm hergehumpelt kam.

»Ich muss Ihnen gestehen, dass da tatsächlich jemand drin ist«, erwiderte Thiele leise. »Ich glaube, er hatte einen Herzinfarkt.«

»Was? Wer ist es?«, fragte Nils erschrocken und zog die Tür auf, positionierte sich dabei aber so, dass er auch Thiele im Blick hatte.

Auf dem Boden vor ihm lag Holger Degemann in ähnlicher Position, wie sie Junker vorgefunden hatten.

»Ich weiß es nicht. Er kam her und wollte mich überfallen oder so was. Dann bekam er Schmerzen in der Brust und kollabierte hier im Bad.«

Nils bückte sich zu Degemann hinunter und prüfte seinen Puls. Aus dem Augenwinkel sah er noch, wie Thiele mit seiner Gehstütze ausholte, dann traf ihn auch schon das Aluminium. Er fiel zur Seite und spürte, wie ihm warmes Blut übers Gesicht lief. Thiele kniete jetzt quasi auf ihm.

»Nun werdet ihr beide hübsch schlafen«, sagte er mit einem teuflischen Grinsen im Gesicht und schlug abermals zu.

Ein heller Blitz flammte vor Nils' Augen auf, dann wurde alles um ihn herum unscharf und verschwommen und verschob sich irgendwie vor seinen Augen. Er versuchte, dagegen anzukämpfen, doch sein Körper wurde immer schwerer, und er verlor die Kontrolle über seine Gliedmaßen. Entkräftet sackte er zu Boden und legte seinen Kopf ab. Übelkeit stieg in ihm auf, und er dachte, er müsste sich übergeben. Doch selbst dafür schien er zu schwach zu sein. Das Letzte, was er hörte, war, wie die Badezimmertür von außen abgeschlossen wurde.

SECHZEHN

1989

Thiele stand auf dem Fußweg neben dem Theater, hinter dem der Theaterpark begann. Auf der gegenüberliegenden Seite befand sich der Eingang für die Schauspieler und Theaterleute. Im Park gab es auch noch ein Lager für Aufbauten, Technik und Kostüme. Die Mitarbeiter gingen hier alle über die Straße und waren in Gespräche vertieft, die Thiele gern aufschnappte.

Er hatte sein Auto so geparkt, dass er im Rückspiegel den Eingang beobachten konnte, aber im Moment gab es nichts zu sehen. Die Probe hatte um siebzehn Uhr begonnen und lief bereits seit zwei Stunden. Vor zwanzig oder einundzwanzig Uhr würde sie nicht zu Ende sein, also war er ausgestiegen, um sich ein wenig die Beine zu vertreten und eine Zigarette zu rauchen. Jetzt flanierte er am Café Haertle vorbei und entdeckte ein Stück weiter den Steinweg hinauf einen Laden, der Perücken verkaufte. Hier blieb er stehen und sah sich begeistert das Schaufenster an. Er hatte eine eigene Sammlung an Perücken und Toupets, die er zur Tarnung einsetzte. Auch heute Abend würde er eines davon nutzen, und er freute sich schon darauf, den Theaterleuten nachher in seiner Verkleidung etwas vorzuspielen. Er nahm einen letzten Zug von seiner Zigarette und warf sie auf den Boden. Dann ging er den kurzen Weg zum Auto zurück und stieg ein.

Als nach einer Stunde endlich die Dämmerung einsetzte und ein Gewitter aufzog, das den Himmel zusätzlich verdunkelte, begann Thiele, sich im Wagen das Toupet aufzusetzen und zu befestigen. Es bestand aus Echthaar und schloss mit seinem natürlichen Haarkranz ab, sodass er nun gut zehn Jahre jünger aussah. Er trug bereits eine schwarze Anzughose und ein weißes Oberhemd. Nachher im Lokal würde er noch ein schwarzes

Jackett überziehen und einen Hut aufsetzen. In Künstlerkreisen fiel man mit der Farbe Schwarz nie großartig auf. Und auffallen wollte er zuallerletzt. Ein kleines Röhrchen mit K.-o.-Tropfen steckte in seiner Jackett-Innentasche, und er war per Funk mit einem Kollegen, Werner Sischewski, verbunden, der Marcel später mit einem zweiten Wagen folgen und seine Position durchgeben sollte.

Thiele war nicht im Geringsten nervös. Es hing viel von dem Verlauf des heutigen Abends ab, dessen war er sich bewusst, dennoch verspürte er mehr eine Art Vorfreude. Er freute sich auf das gute Essen und einen guten Wein nachher im »Lindenhof«, und er freute sich darauf, dass er schauspielern und Marcel und seine tuntenhaften Theaterfreunde hinters Licht führen konnte. Auch freute er sich darauf, dass sein Plan funktionieren würde. Er war einfach, aber effektiv, und es blieb nur eine durchaus kontrollierbare Variable, die diesen Plan fehlschlagen lassen könnte, nämlich, dass Marcel den Unfall überlebte. Dafür hatte er aber auch vorgesorgt. Der Junge durfte sich heute nur nicht noch irgendein Mädchen anlachen und mit ihr zu ihrer Wohnung fahren. Aber selbst dann würde Thiele auch dafür eine Lösung einfallen.

Jetzt trommelten die ersten Regentropfen auf das Autodach. In der Ferne war Donner zu vernehmen. Thiele schloss die Fensterscheibe, und bald ging ein prasselnder Schauer nieder, der die Straßen in kleine Flüsse verwandelte, die gurgelnd und schäumend in den Gullys verschwanden.

Das Gewitter dauerte nur knapp zwanzig Minuten, mit ein paar Blitzen und zwei sehr kräftigen Donnerschlägen.

Dann, gegen einundzwanzig Uhr dreißig, ging die Seitentür des Theaters auf, und drei Leute kamen laut miteinander redend heraus. Es folgten neun weitere Personen, von denen eine Marcel Degemann war.

»Oh, es hat geregnet«, stellte eine jüngere Frau fest und tapste mit der Fußspitze in eine Pfütze.

»Lasst uns zu Fuß gehen, da finden wir jetzt eh keine Parkplätze«, meinte ein Mann um die fünfzig, der einen schwarzen Rollkragenpullover trug. Thiele mochte wetten, dass das der Regisseur war.

Die Traube nahm den Weg durch den Theaterpark, ein Stück an der Oker entlang, auf dem sie in zehn Minuten das Restaurant erreicht haben würden.

Thiele griff zum Funkgerät.

»Wagen eins an Wagen zwei, bitte kommen.«

»Hier Wagen zwei. Bin nur zwanzig Meter entfernt, direkt vor der Brücke«, meldete sich Sischewskis Stimme aus dem Lautsprecher.

»Die Gruppe geht zu Fuß. Simon ist dabei und lässt seinen Wagen hier stehen«, informierte Thiele ihn. »Simon« war der Codename für Marcel. »Ich fahre zum Objekt und parke dort, um später schneller wegzukommen. Du bleibst hier.«

»Wagen zwei, verstanden.«

»Ich melde mich, wenn es losgeht«, sagte Thiele abschließend. »Wagen eins, Ende.«

Er startete den Motor und beeilte sich, bis zum »Lindenhof« zu kommen und einen Parkplatz zu finden, bevor die Gruppe dort ankam.

Da die meisten Deutschen aber um halb neun oder zehn Uhr abends ihr Essen beendeten und nicht begannen, fuhren gerade zwei Autos aus den Parklücken vor dem Restaurant. Thiele fuhr in eine davon und prüfte ein letztes Mal sein Outfit im Rückspiegel, bevor er hineinging und sich an die Bar setzte, wo man ebenfalls essen konnte. Von hier aus hatte er den Überblick, und die Getränke wurden direkt vor seiner Nase eingefüllt. Einen idealeren Platz konnte es nicht geben.

Er hatte bereits bestellt, als die Theaterleute hereinkamen und lautstark den Besitzer und den Chefkellner begrüßten. Sogleich wurden mehrere Tische zusammengeschoben, und alle setzten sich redend und gestikulierend hin. Man konnte genau sagen, wer von ihnen der junge Schauspieler aus der DDR war. Er nahm nichts für selbstverständlich, so wie die anderen. Er schaute sich mit großen Augen um und bewunderte die Bilder verschiedener Künstler, die hier an den Wänden hingen. Er bestaunte das Besteck und die Gläser und die Stoffservietten. Der Mann mit dem Rollkragenpullover orderte Rotwein für alle, und der Kellner brachte drei Flaschen, die er am Tisch entkorkte.

Thiele bekam ein kleines Bier serviert und als Hauptgericht eine gemischte Fischplatte.

Marcel wurde immer wieder angesprochen und musste von seinen Zeiten bei der DEFA und seinen Filmen erzählen, und zu fortgeschrittener Stunde erkundigte sich einer der Männer ganz vorsichtig nach seiner Flucht.

Thiele machte lange Ohren, als Marcel zu berichten begann.

»Im Grunde war alles zum Scheitern verurteilt. Wir waren ja von Stasileuten umringt. Das ganze Hotel war ein einziger Stasibunker. Abhörleitungen überall, und Kameraübertragungen mit direktem Draht zur Stasi. Natürlich wurde dieses Projekt besonders betreut«, sagte Marcel und setzte das letzte Wort grinsend mit vier Fingern in Häkchen. »Ich hab gleich vermutet, dass unser Regisseur ein IM ist.«

»Der Regisseur, natürlich«, rief der Mann mit dem Rollkragenpulli und lachte laut.

»Und da wir alle zu zweit auf dem Zimmer waren, ging ich davon aus, dass auch der Kameramann ein IM war, um mich direkt zu bespitzeln. Doch ich kannte ihn halt schon länger. Er war ein echter Weiberheld, der ließ einfach nichts anbrennen.«

»Aber dieses Boot, wie habt ihr das gekapert?«, fragte eine junge Frau mit langen, wilden Haaren und einer roten Bluse.

»Im Grunde habe ich gar nichts gemacht. Wir wussten ja, dass der Fokus auf mir liegt. Daher hat Daniel alles erledigt. Außerdem konnte er Boot fahren. Er hat zu Hause das Schlauchboot gekauft, bei seinem Vater in der Garage komplett schwarz gestrichen und es dann in einem Kamerakoffer versteckt und aufs Schiff geschmuggelt. Ein Bekannter von ihm wohnt in der Nähe von Warnemünde und hat für uns gegen etwas Geld das Gitter am Fenster der Kneipe gelockert. Dennoch hatten wir nicht damit gerechnet, dass wir durchkommen. Die Patrouillenboote waren da draußen, und wenn sie uns nicht schon auf dem Kutter erwischen würden, dann auf jeden Fall in unserer kleinen Nussschale. Zudem haben wir auch noch die Paddel verloren, und ich musste schwimmen … Niemals hätte ich gedacht, dass wir im Westen ankommen. Und trotzdem hab ich weitergemacht. Komisch, oder?« Marcel blickte in die Gesichter seiner Zuhörer.

Thiele, der immer aufmerksamer dem Bericht gelauscht hatte, konzentrierte sich wieder auf sein Essen, um nicht verdächtig auszusehen.

Um kurz nach zwölf kündigte Marcel an, aufbrechen zu wollen, und ging vorher an Thiele vorbei auf die Toilette. Thiele bestellte ein frisches Bier beim Kellner und nahm es entgegen. Er öffnete das kleine Fläschchen, das er bei sich trug, und ließ unauffällig fünf Tropfen ins Bier fallen. Er musste es gut dosieren, Marcel sollte noch fahren können.

Als Marcel wieder in den Gastraum kam, sprach er ihn an.

»Entschuldigen Sie bitte?«

»Ja?«

»Es tut mir leid, dass ich Sie einfach so anquatsche, aber ich habe vorhin zufällig was von Ihrer Erzählung aufgeschnappt, und ich muss sagen, dass ich sehr beeindruckt bin von dem, was Sie getan haben«, sagte Thiele. »Ich kenne Sie aus dem Fernsehen und bin froh, dass Sie es geschafft haben. Wenn Sie mögen, würde ich Ihnen gern ein Bier ausgeben, als Willkommensgruß sozusagen.«

»Oh, das ist aber nett«, sagte Marcel und nahm das Getränk entgegen. »Nehm ich gern an. Prost.«

»Prost.« Sie stießen an, und Marcel trank das Glas in zwei Zügen aus.

»Ich muss jetzt los. Vielen Dank noch mal.«

Thiele beeilte sich mit dem Zahlen und sah aus dem Augenwinkel zu, wie Marcel sich von seinen Kollegen verabschiedete. Er ging noch vor ihm hinaus und stieg in seinen Wagen.

»Wagen zwei bitte kommen!«, sprach er in sein Funkgerät,

als sich die Tür öffnete und Marcel herauskam. Leider war er in Begleitung eines weiteren jungen Mannes.

»Hier Wagen zwei, höre«, meldete sich Sischewski.

»Simon verlässt das Objekt. Er ist in Begleitung. Gehen jetzt in Richtung Theaterpark.«

»Wagen zwei, verstanden.«

»Ich fahre zum Marktplatz. Wagen eins, Ende.«

»Marktplatz« war das Codewort für den Tatort. Thiele fuhr rückwärts aus der Parklücke und bog nach links in Richtung Osten ab. Vom Gewitter waren nur noch nasse Straßen und einige Pfützen übrig geblieben, die auf die Gehwege spritzten, wenn er hindurchfuhr. Die dicken Tropfen und der Wind hatten auch ein paar Blätter von den Bäumen gerissen, sodass die abendlichen Straßen mehr an den Herbst erinnerten als an den frühen Sommer.

Thiele bog von der Hans-Sommer-Straße nach links in den Ortsteil Querum ab. Niemand war um diese Zeit mehr auf den Straßen. Bis er den Abzweig Forststraße erreichte, war ihm nur ein einziges Auto entgegengekommen. Er fuhr die lange, gerade Straße hinauf, an dem Neubaugebiet vorbei, das man hinter einer Betonmauer, auf die jemand »Bonzenpisser« geschrieben hatte, nicht erkennen konnte, und wurde langsamer, weil die besagte Kurve direkt vor ihm lag und er in die Auffahrt abbiegen musste. Er rollte hinein, wendete den Wagen und stellte ihn so, dass seine Motorhaube direkt auf den entgegenkommenden Wagen von Marcel gerichtet sein würde. Den Motor ließ er laufen, aber das Licht stellte er aus.

»Wagen eins, habe Stellung bezogen«, sagte er ins Funkgerät.

»Wagen zwei, verstanden. Simon ist allein. Fährt soeben den Hagenring hinauf.«

»Wagen zwei, verstanden.«

Jetzt war alles vorbereitet, und so langsam beschleunigte Thieles Puls. Aber die Vorfreude blieb, so als wüsste er bereits, dass alles glattlaufen würde.

Thiele öffnete das Handschuhfach und entnahm ihm eine

Einwegspritze, auf die er bereits das Mittel aufgezogen hatte, das er Marcel gerade ins Bier gekippt hatte. Das war für den Fall, dass Marcel den Unfall überleben sollte. Er steckte die Spritze in seine Tasche und blickte zum Funkgerät. Einmal musste Sischewski sich noch melden, wenn Marcel die Kurve zur Forststraße passiert hatte.

»Wagen zwei an Wagen eins«, erklang da die Stimme seines Kollegen.

»Wagen eins, höre.«

»Wir haben den Punkt passiert. Ich sichere nach hinten ab. Ende.«

Dass er »nach hinten absicherte«, bedeutete, dass er, falls ihm jemand folgen sollte, die Person durch Vortäuschen einer Panne davon abhielt weiterzufahren.

»Wagen eins, verstanden«, sagte Thiele und warf das Funkgerät auf den Beifahrersitz.

Jetzt kam es drauf an. Alles hing vom richtigen Timing ab. Er sah die beiden Lichter näher kommen. Gleich würde es passieren.

Thiele legte den Finger an den Hebel für das Fernlicht. Die Scheinwerfer wurden immer größer. Er hörte das Sausen der Reifen auf dem nassen Asphalt, dann waren es noch vierzig Meter, dreißig, zwanzig, und dann zog er am Hebel, so stark, dass er ihn fast abgebrochen hätte. Das gleißende Licht explodierte förmlich auf der Windschutzscheibe von Marcel. Thiele konnte ihn tatsächlich erkennen, wie er die Augen zusammenkniff und schützend den Arm hob. Thiele zog und zog an dem Hebel und drückte dann kurz und kräftig aufs Gaspedal, sodass der Wagen einen Satz nach vorn machte. Marcel riss das Steuer herum, der Wagen kam ins Schleudern, traf mit den Vorderreifen auf den rechten Bordstein und drehte sich erneut, um schließlich mit der Fahrerseite gegen eine der Eichen auf der anderen Fahrbahnseite zu prallen.

Es krachte laut, Glas splitterte, und Metall verbog sich. Dann war es still.

Thieles Herz raste. Er blickte die Straße hinab. Nichts. Kein Licht. Er schaute nach links, dorthin, wo Marcels Golf sich um den Baum gewickelt hatte. Ebenfalls kein Licht in Sicht. Er stieg aus, lief zu Fuß bis zur Unfallstelle und sah, was passiert war. Der Baum hatte die Fahrertür u-förmig eingedrückt und das Dach nach innen gefaltet. Marcel hing schief auf seinem Sitz, den Kopf schlaff zur Seite geneigt. Mehr war in dem Gewirr aus Metall und Plastik nicht zu sehen. Die Scheibe war vollständig zersprungen und nach innen gefallen. Wie kleine Diamanten glitzerten die Bruchstücke im Wageninnern. Marcel blutete auf der linken Gesichtshälfte, und Thiele kostete es ein wenig Überwindung, in den Wagen und an Marcels Schlagader zu fassen, um den Puls zu prüfen. Er tastete an drei verschiedenen Stellen, spürte jedoch nichts unter seinen Fingerkuppen. Marcel war tot. Als er seinen Arm wieder herauszog, sah er die Frau.

Sie stand wie angewurzelt auf der anderen Straßenseite und trug einen Morgenmantel, den sie ängstlich zuhielt.

Thiele reagierte innerhalb von Sekundenbruchteilen.

»Hallo! Wohnen Sie hier?«, rief er über die Straße.

»Ja, oh mein Gott«, jammerte sie und legte zitternd eine Hand über ihren Mund.

»Rufen Sie einen Krankenwagen, schnell!«, rief Thiele und winkte sie in Richtung ihres Hauses. Sie nickte nur und lief dann unsicher und mit gesenktem Kopf die Auffahrt hinauf.

Thiele lächelte. Er eilte zu seinem Wagen, stieg ein und fuhr in der Richtung, aus der er gekommen war, davon.

***

Elke, Anna und Frau Degemann saßen angespannt am Esstisch und starrten auf das Handy, das auf dem Tisch lag, weil sie jeden Moment damit rechneten, dass Nils anrief.

Elke schaute auf die Uhr.

»Er ist jetzt über eine Stunde weg.«

»Ich versuch noch mal, ihn zu erreichen«, sagte Anna und

schnappte sich das Handy. Sie rief seine Nummer auf und wartete, während es klingelte. Aber er ging einfach nicht ran.

»Ich fahr da jetzt hin«, sagte sie schließlich.

»Was, wie denn? Du hast noch keinen Führerschein«, erinnerte ihre Mutter sie.

»Mit dem Rad!«

»Wir fahren beide, mit dem Auto«, sagte Elke. »Aber sollten wir nicht Hilfe holen?«

»Ich kann von unterwegs Kommissar Hagen anrufen«, schlug Anna vor.

»So machen wir's.«

»Darf ich Sie begleiten?«, bat Frau Degemann. »Vielleicht kann ich meinen Mann … irgendwie beeinflussen. Ich will nicht, dass er etwas tut, das er für immer bereut.«

Elke dachte über ihre Worte nach.

»Ist gut. Wir fahren zu dritt.«

Auf der Fahrt nach Wittdün rief Anna in der Polizeidirektion in Niebüll an und verlangte, Kommissar Hagen zu sprechen. Der Beamte, der den Anruf entgegennahm, leitete den Anruf auf Hagens Diensthandy weiter. Anna schilderte, was passiert war und dass ihr Vater nicht mehr erreichbar war.

»Er hat mich schon informiert. Ich bin auf dem Weg. Wir brauchen noch eine halbe Stunde«, sagte Kommissar Hagen. »Ich habe außerdem die beiden Kollegen, die noch auf der Insel sind, in Kenntnis gesetzt. Sie müssten schon vor Ort sein.«

»Vielen Dank, Herr Hagen. Wir fahren jetzt zu dem Haus und sehen nach.«

»Tun Sie nichts ohne meine Leute!«, rief er ins Telefon. »Dieser Mann ist gefährlich und wahrscheinlich bewaffnet. Sie können den beiden Beamten das Haus zeigen, aber unternehmen Sie nichts auf eigene Faust. Haben Sie mich verstanden?«

»In Ordnung, bis gleich«, sagte Anna und legte auf. »Die beiden Beamten, mit denen Papa die Befragung durchgeführt hat, sind schon da. Und Hagen wird in einer halben Stunde hier sein.«

»Gut«, sagte Elke, trat aufs Gas und raste mit über hundertzwanzig Kilometern pro Stunde die Landstraße zwischen Süddorf und Wittdün entlang.

Sie fuhren zum Haus »Fernblick«, wo sie die beiden Polizisten und gleich darauf Nils' Wagen entdeckten.

»Er ist hier«, sagte Anna aufgeregt und öffnete die Autotür, noch bevor Elke angehalten hatte.

»Stopp, stopp!«, rief Janine und bremste Anna ab.

»Aber mein Vater ist dadrin!«

»Das wissen wir. Sie bleiben bitte alle drei hier im Auto. Wir werden nachsehen.«

»In Ordnung«, sagte Elke und winkte Anna zu sich. »Komm, Schatz, das ist zu gefährlich.«

Anna blieb unentschlossen stehen.

»Du kommst hierher, und keine Widerrede!«, befahl Elke ungewohnt laut und strikt. Anna gehorchte, und Janine und Eddi gingen auf das Haus zu.

Janine bedeutete Eddi, dass er hintenrum gehen sollte, während sie die Haustür übernahm. Sie drückte die Klingel, und im Haus erklang eine zweitönige Glocke. Aber niemand öffnete, und kein Licht ging an. Sie klingelte noch zweimal und klopfte an die Tür.

Im Auto hatte Anna eine Idee und rief die Nummer ihres Vaters an. Jetzt konnte Janine den Klingelton im Haus hören. Er kam von dem kleinen Badezimmerfenster auf der rechten Seite.

»Ich hab ihn angerufen!«, rief Anna aus dem Autofenster.

Janine hob den Daumen und horchte weiter.

»Hallo! Nils? Bist du dadrin?«, rief sie.

Von innen vernahm sie ein Stöhnen und erschrak. Sofort legte sie die Hand an ihre Waffe.

»Eddi, komm hierher!«, rief sie ihrem Kollegen zu, der um die Hausecke gelaufen kam.

»Ich glaube, er ist hinter diesem Fenster, ich hab sein Handy gehört. Und so ein komisches Stöhnen.«

»Ist er verletzt?«, fragte Eddi.

»Ich weiß nicht. Wir müssen die Tür aufbrechen. Gefahr im Verzug«, sagte sie.

Die Haustür war aus massivem Holz.

»Wir gehen durch die Terrassentür rein«, entschied Eddi.

Sie eilten auf die Terrasse und benutzten kurzerhand den Holztisch als Rammbock, um damit die Glastür einzustoßen. Der Lärm in der Stille der Nacht war ohrenbetäubend, doch sie hatten keine Zeit zu verlieren und schlugen die Glasreste aus dem Holzrahmen, ehe sie hineingingen. Mit gezogenen Waffen öffneten sie die Badezimmertür und entdeckten die beiden Männer am Boden. Nils hob noch die Hand, um sich bemerkbar zu machen.

»Nils, wir sind da!«, sagte Eddi und kniete sich neben ihn, um ihn zu untersuchen. »Bist du verletzt?«

Die Frage erübrigte sich schnell, als er sah, wie stark Nils aus einer Kopfwunde blutete.

»Das sieht ernst aus«, sagte Janine und verständigte per Handy den Notarzt. Anschließend ging sie nach draußen zu den drei Frauen, die ungeduldig und besorgt im Wagen warteten. »Sie sind beide dadrin und haben wohl einen oder mehrere Schläge auf den Kopf bekommen. Sie sind kaum ansprechbar, aber der Arzt kommt gleich.«

Elke, Anna und Frau Degemann liefen umgehend zu ihren Männern und halfen den beiden Beamten, sie vorsichtig ins Wohnzimmer zu tragen. Kaum war das geschehen, traf auch schon der Arzt ein und untersuchte die beiden. Er stellte jeweils eine leichte Gehirnerschütterung fest.

»Nils, das da muss ich nähen«, sagte Brenner mit einem Fingerzeig auf die Platzwunde.

»Ja, mach schon.«

»Wir bringen euch besser in meine Praxis oder zu dir nach Hause. Ihr braucht Ruhe.«

»Kannst du es bitte gleich hier nähen? Wir müssen den Täter finden.«

»Ich denke nicht, dass du –«

»Mir geht's gut. Näh einfach.«

»Na schön.« Er sah zu Elke und den beiden Beamten. »Aber Sie müssen ihn im Auge behalten. Er darf auf keinen Fall Auto fahren.«

»Machen wir«, sagte Janine fest.

»Du solltest besser auf Brenner hören«, ermahnte Elke ihren Mann.

»Wir müssen ihn finden, und ich weiß, wie er aussieht«, hielt Nils dagegen. »Kümmert euch drum, dass im Hafen alle Boote kontrolliert werden, die jetzt noch ablegen wollen. Beeilt euch.«

Brenner injizierte um die Platzwunde herum ein Betäubungsmittel und begann, sie zuzunähen.

Nils blickte zur Couch, wo Herr Degemann lag und an die Decke starrte. Seine Frau saß wie ein Häufchen Elend zu seinen Füßen und traute sich kaum, den Kopf zu heben. Sie hatte eine Hand vorsichtig auf sein Bein gelegt.

»Ohne Ihre Frau hätten wir Sie nicht gefunden, Herr Degemann«, sagte Nils.

Holger entgegnete nichts.

»Es ... tut mir sehr leid, was Ihnen passiert ist«, ergänzte Nils. »Ich habe eine Tochter und kann mir nicht vorstellen, was Sie durchgemacht haben müssen. Dennoch muss ich Sie in Haft nehmen. Und wir müssen Herrn Langhoff aus dem Keller befreien.«

»Ich weiß«, sagte Holger matt. »Sie können tun, was Sie für richtig halten. Ich ... werde mich nicht wehren. Ich stehe dafür gerade.« Dann streckte er den Arm nach seiner Frau aus. Emmi schluchzte auf und ließ ihre Hand in seine gleiten.

Nils blickte aus dem Augenwinkel zu seiner Frau und seiner Tochter, die besorgt zusahen, wie er genäht wurde, und war unendlich froh, dass er die beiden bei sich hatte und dass es ihnen gut ging.

***

Nils hatte ein paar Tabletten gegen die Schmerzen bekommen und die Order, dass er sich sofort bei Brenner melden sollte, wenn ihm übel wurde oder er sich übergeben musste.

Er hegte die Befürchtung, dass Thiele gleich mit der ersten Fähre aufs Festland flüchten wollte, und war froh, als Kommissar Hagen mit sechs weiteren Beamten auf die Insel kam. Nun konnten sie jedes Schiff kontrollieren.

Zusammen mit Dr. Brenner und den Degemanns fuhren Nils und Hagen zu der Ferienwohnung des Ehepaars, um Langhoffs Gefangenschaft zu beenden.

Der lehnte schlafend an der hinteren Wand. Der Schemel war umgefallen. Langhoff reagierte nicht, als das Licht auf ihn fiel und die Männer und Emmi den Raum betraten.

Dr. Brenner ging vorweg und kniete sich mit seiner Arzttasche neben ihn. »Herr Langhoff!«, rief er laut und tätschelte dessen Wange. Nils reichte ihm ein Taschenmesser, um die Fessel aufzuschneiden. »Herr Langhoff, aufwachen!« Brenner fühlte den Puls an Langhoffs Handgelenk und schlug ihm erneut ins Gesicht. »Herr Langhoff!«

Die Augenbrauen bewegten sich nach oben, und Langhoff versuchte, die Augen zu öffnen. Sie rollten etwas unkontrolliert in alle Richtungen, bis er endlich wieder bei Bewusstsein war. Brenner tastete nach der Wunde an seinem Kopf.

»Herr Langhoff?« Kommissar Hagen trat vor. »Mein Name ist Hagen von der Kripo Niebüll. Herr und Frau Degemann haben uns Ihren Aufenthaltsort verraten. Es ist vorbei. Sie sind frei.«

Langhoff sah ihn aus erschöpften, müden Augen an. Dann linste er an Hagen vorbei zu den Degemanns.

Die beiden hielten seinem Blick eisern stand. Es schien, als wollte er etwas sagen, doch er schloss seinen Mund wieder und sah Dr. Brenner an.

»Wo ist meine Frau?«, fragte er.

»Wir werden sie gleich benachrichtigen«, antwortete Nils. Er kam näher und ging vor ihm in die Hocke. »Herr Langhoff, wir wissen inzwischen alles über Sie und den Fall Degemann. Ebenso wie über den Fall Junker. Herr Thiele ist zurzeit auf der Flucht. Haben Sie eine Ahnung, wohin er gehen könnte? Gab es eine Absprache zwischen Ihnen?«

»Es war alles eine Absprache zwischen ihm und Rainders, ich habe nicht gewusst, was –«

»Herr Langhoff, Sie sind auf dem Schiff mit Herrn Thiele zusammen gesehen worden. Wir wissen, dass Sie an dem Mord beteiligt waren.«

»Es war Thieles Idee, ihn umzubringen. Er sollte ihn nur ruhigstellen. Das liegt nicht in meiner Verantwortung …«, wehrte sich Langhoff.

»Das werden wir noch sehen. Wohin kann er geflüchtet sein?«

»Ich weiß es nicht«, sagte Langhoff schwach.

»Und Rainders?«, bohrte Nils weiter. »Wo befindet sich Rainders?«

»Ich kann Ihnen sagen, wo er ist. Wenn Sie mir das irgendwie … anrechnen.«

»Anrechnen?« Hagen kam noch einen Schritt näher.

»Na ja, Sie wissen schon. Strafmildernd. Ich nenne Ihnen den Aufenthaltsort, wenn Sie mir –«

»Sie wollen verhandeln?«, brachte Hagen es mit Verachtung in der Stimme auf den Punkt.

»Ich will … eine faire Behandlung …«

»So fair, wie Sie Ihre Gefangenen behandelt haben?«, fragte Nils.

»Hm?«

»Sie haben mich sehr gut verstanden, Herr Langhoff.«

»Der hat mich entführt!«, rief Langhoff und zeigte auf Holger.

»Lassen wir das. Es hat keinen Sinn«, meinte Hagen, klopfte Nils auf die Schulter und zog sich zurück. Er nahm Holger und Emmi Degemann mit nach draußen.

»He, warten Sie!«, rief Langhoff und schob Brenners Arm

zur Seite. »Ich sag Ihnen, wo er ist. Geben Sie mir … Ich meine, ich hab eigentlich nichts getan. Ich bin unschuldig. Rainders ist auf Sylt. Macht Urlaub. Irgendwo in Wenningstedt, mehr weiß ich auch nicht.«

Hagen erwiderte nichts.

»Brenner, ist er transportfähig?«, fragte Nils.

»Schon, aber ich würde ihn in die Klinik bringen lassen. Er ist dehydriert, und der Kopf sollte geröntgt werden.«

»Das veranlassen wir.« Nils half ihm, Langhoff auf die Beine zu stellen. Sie führten ihn hinaus. »Herr Langhoff, trotz Ihrer Lage als Opfer einer Entführung muss ich Sie aufklären, dass Sie wegen des Verdachts auf Beihilfe zum Mord vorläufig festgenommen sind.«

»Ich? Und der da?«, fragte Langhoff und zeigte auf Holger. »Er hat mich gefoltert, hat mich entführt und verletzt und mich misshandelt! Er ist der Verbrecher! Ihn müssen Sie verhaften!«

»Selbstverständlich droht ihm eine Anklage für das, was er mit Ihnen gemacht hat. Ihnen, Herr Langhoff, droht aber eine Anklage für das, was Sie im Fall Junker und wohl auch im Fall Degemann vor dreißig Jahren getan haben.«

»Das ist ja lächerlich! Ich war ein Staatsorgan, ich hatte einen höheren Dienstgrad als Sie, Sie sind ja noch ein Schüler oder Anwärter, wenn überhaupt.«

»Das war's, wir fahren«, sagte Hagen, und die beiden setzten Langhoff auf die Rückbank des Streifenwagens. Nils begab sich entgegen Brenners Rat selbst ans Steuer, Hagen nahm auf dem Beifahrersitz Platz.

»Eine Drecksbande von Faschisten seid ihr!«, schimpfte Langhoff auf der Rückbank. »Euch sollte man alle wegsperren. Ihr seid doch gar nicht fähig, ein Land zu verteidigen, und dieses Land hat es auch gar nicht verdient, verteidigt zu werden.«

Nils fuhr los, die Strandstraße hinauf.

»Ihr könnt mir gar nichts nachweisen, ihr kleinen Wichte. Marionetten seid ihr, ohne Rückgrat und irgendeinen Wert für eure verkommene Gesellschaft. Ihr wisst gar nicht, mit wem ihr euch hier anlegt. Meine Anwälte werden euch aus dem Polizeidienst entfernen …«

Er verstummte, als sie an dem Ferienhaus vorbeifuhren, das er zusammen mit seiner Frau und seinen Bekannten gemietet hatte. Gruber und Bremer waren gerade im Begriff, die Koffer in die Autos zu laden.

»Ihre Freunde reisen ab. Denen war ziemlich egal, was mit Ihnen war, die wollten sich bloß so schnell wie möglich aus der Affäre ziehen«, sagte Nils.

Langhoff antwortete nicht, starrte nur auf Gruber und Bremer.

Nils hielt an. »Ich komme gleich wieder.« Er stieg aus und ging die Auffahrt hoch. Am Eingang sah er, wie Frau Langhoff von Frau Gruber gestützt werden musste, um die Treppe hinaufzukommen. Sie wirkte benommen.

»Entschuldigen Sie«, sagte Nils laut.

Frau Gruber blieb wie angewurzelt stehen.

»Was tun Sie da?«

»Und Sie? Ich bringe Frau Langhoff ins Bett«, antwortete Frau Gruber. »Wir fahren in ein paar Stunden nach Hause.«

»Frau Langhoff, geht es Ihnen gut?«, erkundigte sich Nils und ging näher. Ihr Augenaufschlag war träge, und ihre Augen schimmerten trüb. »Hat sie Medikamente genommen?«

»Äh, ja, ich glaube, sie hat was genommen, um besser einschlafen zu können«, entgegnete Frau Gruber.

»Können Sie mir sagen, was Sie um diese Zeit hier wollen?«, fragte ihr Mann, der zusammen mit Bremer vom Parkplatz zurückgekommen war.

»Frau Langhoff, ich habe gute Neuigkeiten für Sie«, erklärte Nils eindringlich, und alle gefroren in der Bewegung. »Ihr Mann ist frei. Wir haben ihn gefunden, und es geht ihm so weit ganz gut.«

Niemand sagte etwas. Frau Langhoff schwankte in den Armen von Frau Gruber und sah aus, als hätte sie Nils gar nicht wirklich verstanden.

»Ich fürchte, Sie müssen Ihre Reisepläne verschieben«, kündigte Nils an.

»Wir haben bereits alles gebucht, wir können jetzt nicht mehr hierbleiben«, hielt Gruber dagegen.

»Sie müssen sich aber für weitere Fragen bereithalten«, sagte Nils.

Kommissar Hagen kam hinzu und wies sich mit seinem Dienstausweis aus.

»Guten Abend allerseits. Oberkommissar Hagen von der Kripo Niebüll. – Gibt es Probleme?«, fragte er Nils.

»Was soll der Quatsch? Was wird das hier? Wir werden morgen abreisen«, bekräftigte Herr Bremer, der sich an Hagen vorbei ins Haus drückte und dem Oberkommissar einen feindseligen Blick zuwarf.

»Tut mir leid«, sagte Hagen. »Wir müssen noch die Umstände des Todes von Herrn Junker klären, und dazu benötigen wir Ihre Aussagen.«

»Junker?«, fragte Bremer.

»Sie wissen, von wem ich spreche.« Hagen wandte sich erneut Nils zu. »Was ist mit Frau Langhoff?«, fragte er, weil ihm ihre Abwesenheit aufgefallen war.

»Ich glaube, sie ist nicht transportfähig«, sagte Nils.

»Das finde ich auch.«

»Wovon reden Sie da überhaupt?«, erboste sich Gruber.

»Ein Arzt wird sich gleich um Frau Langhoff kümmern. Sie bleiben bitte hier im Haus. Ihre Aussagen werden bald aufgenommen.«

»Das darf doch wohl nicht wahr sein«, schimpfte Bremer.

»Was wahr ist und was nicht, werden wir feststellen. Sie halten sich bitte bereit.« Hagen sah allen streng in die Augen.

Nils half Frau Langhoff ins Wohnzimmer und setzte sie auf die Couch. Dann rief er Brenner an und bat ihn herzukommen, um Frau Langhoff zu untersuchen. Hagen blieb vor Ort, um die Aussagen aufzunehmen, während Nils Herrn Langhoff auf die Polizeistation brachte.

Er machte alle nötigen Anrufe, um Langhoffs Transport in die Klinik auf Föhr zu organisieren, und stellte einen Beamten ab, der die Überführung auf dem Seenotrettungsboot begleiten sollte.

Als er und Langhoff, der in Handschellen auf der Rückbank saß, zum Seezeichenhafen fuhren, beobachtete Nils den ehemaligen Stasioffizier im Rückspiegel.

»Was ist?«, blaffte der ihn an, als er seinen Blick bemerkte.

Nils schüttelte den Kopf. »Ich habe eine Tochter, wissen Sie? Und ich habe mich eben gefragt, wie ich reagiert hätte, wenn das mir passiert wäre.«

»Behalten Sie's für sich«, entgegnete Langhoff müde und angefressen und lenkte seinen Blick demonstrativ aus dem Seitenfenster nach draußen.

Die Übergabe an das Rettungsteam vom Kreuzer »Ernst Meier-Hedde« war mehr als ungewöhnlich. Im Normalfall sorgte man sich um die Gesundheit der Patienten, die man von der Insel ins Krankenhaus nach Föhr schickte, wünschte ihnen viel Glück und alles Gute. Doch diesmal redete Nils den Männern ins Gewissen, dass Fluchtgefahr bestand und sie den Patienten nicht aus den Augen lassen durften.

»Wenn die drüben mit Ihnen fertig sind«, sagte er abschließend zu Langhoff, »wird sich die Kriminalpolizei Ihrer annehmen.« Ihm lag noch etwas anderes auf den Lippen, und Langhoff bemerkte das.

»Nun sagen Sie es schon«, forderte er ihn auf.

»Was?«

»Sie wollten doch sagen, dass ich es verdiene, nicht wahr? Obwohl ich nur meine Arbeit gemacht habe, wie Sie auch.«

»Nein«, sagte Nils und ging einen Schritt auf ihn zu. »Ich mache meine Arbeit gewissenhaft. Ich wollte sagen, dass ich wahrscheinlich genauso gehandelt hätte wie Degemann.«

Langhoff grinste.

»Schafft ihn weg«, sagte Nils zu den Männern und drehte sich um.

Zurück in der Polizeistation, kochte er für sich und Hagen, der die Aufnahme der Aussagen inzwischen beendet und protokolliert hatte, einen sehr starken Kaffee, weil sie heute Nacht keinen Schlaf mehr bekommen würden.

»Brenner vermutet, dass Frau Langhoff etwas verabreicht worden ist«, informierte ihn Hagen besorgt. »Sie selbst gab an, nichts eingenommen zu haben. Und ihre Freunde schwiegen dazu, wie überhaupt zu allem. Sie tun weiterhin so, als wüssten sie von nichts.« Er hob seine Tasse und ließ sich von Nils heißen Kaffee einschenken. »Als ich sie mit ihrer Vergangenheit konfrontierte, bestätigten sie das voller Stolz. Sie halten sich für wahre und vor allem rechtschaffene Verteidiger ihres Landes.«

»Ich weiß«, sagte Nils betreten. »Keine Selbstzweifel zu haben, ist wohl ein Teil dieser Einbildung.« Er sah aus dem Fenster, wo es am Himmel bereits dämmerte.

»Ich rufe die Kollegen zusammen«, meinte Hagen, nachdem er auf seine Uhr geschaut hatte. »Dann besprechen wir hier die weitere Vorgehensweise, bis die erste Fähre ablegt.«

***

Sie hatten sich mit jeweils zwei Beamten an der Brücke, an der Gangway und an den Anlegeplätzen für den Adlerexpress postiert. Nils und Hagen liefen die Schlange stehenden Autoreihen ab und kontrollierten die Insassen.

Als beide Expressschiffe angelegt hatten, erhielt Nils einen Funkruf.

»Wir haben hier einen Passagier für den Adlerexpress nach Sylt, der verdächtig erscheint«, meldete der Beamte.

Nils blickte auf. »Passen Aussehen und Körpergröße?«

»Ich glaube, er trägt eine Perücke unter dem Hut. Alles andere trifft zu. Soll ich nach seinem Ausweis fragen?«

Nils lief eilig zwischen den Autos hindurch zu Hagen.

»Nein, lassen Sie ihn in dem Glauben, dass Sie ihn nicht erkannt haben«, sagte er und wandte sich an seinen Kollegen.

»Er könnte zu Rainders wollen, wenn er nach Sylt fährt und nicht aufs Festland.«

Hagen nickte.

»Lassen Sie ihn fahren«, wiederholte Nils. »Tragen Sie eine Bodycam?«

»Ja.«

»Haben Sie ihn bei der Kontrolle gefilmt?«

»Ja, habe ich.«

»Ich will die Aufnahme sehen. Könnten Sie zu uns raufkommen?«

»Verstanden.«

Während der Beamte auf sie zukam, sahen sie den Adlerexpress bereits abfahren.

»Ich müsste es auf einen Laptop spielen«, sagte der Kollege, als er am Ende der Wartespur sieben angekommen war.

»Wir gehen rein«, entgegnete Nils und deutete auf das Fährbüro.

Der Polizist las seine Speicherkarte ein, und auf dem Bildschirm konnten sie sich nun die Bilder der Kontrolle ansehen, die er allerdings mit achtfacher Geschwindigkeit vorlaufen ließ. Dann drückte er lautstark die Pausentaste, und die Aufnahme hielt an.

»Das ist der Mann«, sagte er.

Nils unterzog das gefrorene Bild einer eingehenden Untersuchung.

»Ja, das ist er. Das ist Thiele. Er trägt tatsächlich eine Perücke. Und er hat keinen Gips mehr am Bein. Das war auch Tarnung.«

»Dann folgen wir ihm«, stellte Hagen fest.

***

Thiele stand lächelnd auf dem Außendeck des Adlerexpress und hielt seinen Hut samt den unechten Haaren, die er darunter trug, fest. Er konnte jetzt einfach nicht da unten sitzen und stillhalten. Er war ihnen tatsächlich durch die Lappen gegangen. Bei der Kontrolle am Hafen war er sich nicht sicher gewesen, ob er es schaffen würde, doch jetzt war der Weg frei für ihn. Mit fünfundzwanzig Knoten fuhr er seiner Zukunft entgegen, und er hatte alle dabei abgehängt. Eigentlich hatte er sogar damit gerechnet, dass man nach seinem Ausweis verlangte, sogar dafür hätte er eine Lösung in Form eines gefälschten Reisepasses bei sich gehabt, auf dem er als »Ludwig Röfel« ausgewiesen war. Für alles hatte er eine passende Antwort parat. Seit über vierzig Jahren war er so etwas wie ein Chamäleon, das sich seiner Umgebung, der Gesellschaft, dem politischen System anpasste, im Untergrund agierte und dabei alle Strippen zog. Wenn es brenzlig wurde, rief man ihn.

Sein Lächeln wurde noch breiter, auch wenn er wusste, dass das jetzt alles vorbei war. Vielleicht lächelte er auch gerade deswegen. Denn er hatte vor, in Rente zu gehen, falls man das so bezeichnen konnte. Es war Zeit abzutreten, und er hatte sich seinen Ruhestand mehr als verdient. Viele Leute in höheren Rängen in der Politik und im Geheimdienstapparat schuldeten ihm das und noch viel mehr. Er würde es sich gut gehen lassen. Sehr gut sogar.

Der weiße Sandstrand von Amrum mit seinen Dünen und dem großen Leuchtturm zog an ihm vorbei. Am Heck des Schiffes schoss das Wasser in einer Fontäne aus der Düse heraus und schob den Kahn mit beachtlichem Tempo in Richtung Sylt, das längst in Blickweite vor ihnen lag.

Eine halbe Stunde später fuhren sie in den Hafen von Hörnum ein, in dem er zunächst auch Streifenwagen vermutete. Doch es war niemand zu sehen. Kein Mensch nahm Notiz von ihm, er konnte unbehelligt von Bord gehen und den Bus besteigen, um nach Wenningstedt zu fahren.

Er hatte nur einen kleinen Rollkoffer dabei und die Kleidung, die er am Leib trug. Für alle Fälle steckte ein Springmesser in seiner Jackentasche, und in einem Holster am Bein trug er einen Kurzlaufrevolver bei sich. In Wenningstedt angekommen, ging er ein Stück zu Fuß. Der Koffer rollte mit einem sirrenden Geräusch neben ihm her, während er sich genussvoll die wunderschönen Häuser ansah, die er passierte.

Rainders' Domizil grenzte an die Dünen, dort wo der Weg Fernsicht in den Weg Seedüne überging. Thiele sah Rainders' Frau auf der Terrasse bei einem Glas Aperol Spritz sitzen und telefonieren. Er lenkte seinen Schritt auf den schmalen Weg zur Haustür, schob den Teleskopgriff seines Koffers ein und hob ihn die Eingangsstufe hoch. Dann klingelte er.

Rainders öffnete persönlich. Er war älter geworden, das Haar grauer, aber immer noch voll, und mindestens zwanzig Kilo schwerer. Sie hatten sich nur zweimal gesehen, aber es waren immer bedeutende Treffen gewesen.

»Ja, bitte?«, fragte Rainders irritiert, blickte von Thiele zu dessen Koffer und wieder zu Thiele.

»Na, erkennst du mich nicht?«, fragte Thiele.

»Nein, ich wüsste nicht …«

Thiele ließ vielsagend seine Augenbrauen hüpfen.

Rainders begriff, wen er da vor sich hatte.

»Was …«, hob er viel zu laut an und drosselte sogleich die Lautstärke. »Was zum Teufel machst du hier?«

Er zog Thiele am Revers ins Haus und blickte sich alarmiert draußen um, ob jemand die beiden zusammen gesehen hatte. Dann schloss er die Tür.

»Wie kannst du es wagen hierherzukommen? Bist du völlig übergeschnappt?«, zischte er im Hausflur.

»Es hat sich eine Planänderung ergeben«, sagte Thiele nüchtern.

»Ich hab schon gehört. Was geht da drüben eigentlich vor?«

»Keine Ahnung, ist mir auch egal, was mit Langhoff ist. Mich interessiert nur, wie ich da so schnell wie möglich rauskomme.«

»Aber doch nicht so«, warf Rainders ihm wütend an den Kopf. »Wir dürfen nicht zusammen gesehen werden.«

»Ich weiß«, entgegnete Thiele mit einem Grinsen.

»Was willst du?« Rainders sah sich nach seiner Frau um, die draußen immer noch telefonierte.

»Ich muss verschwinden. Ich will mein Geld«, sagte Thiele. »Und weil sich alles geändert hat, benötige ich einen Zuschlag.«

»Wir haben das doch genau vereinbart, es gibt keinen Grund, warum du hier auftauchen musst.«

»Ich muss sichergehen, dass ich mein Geld kriege. Jetzt.«

»Was?«

»Ich verschwinde. Ich will mein Geld. Jetzt sofort.«

»Wie zum Teufel stellst du dir das vor?«

»Du wirst eine Überweisung vornehmen.«

»Aber doch nicht von hier aus, ich kann doch nicht …«

»Doch, doch«, sagte Thiele ganz entspannt. »Ich wette, diese karge, ärmliche Hütte hat auch WLAN. Es sind nur ein paar Klicks auf dem Laptop. Deine Frau wird nichts davon mitkriegen. Sie hat sicher unlösbare Probleme zu besprechen da draußen.«

»Gott, verdammt«, fluchte Rainders.

»Mach schon, ich hab keine Zeit für Ausflüchte.«

»Du kannst doch nicht einfach hier reinkommen und glauben, dass du mich erpressen kannst.«

»Ich *glaube* es nicht, ich *weiß* es«, flüsterte Thiele. »Ich weiß so viel über dich, dass ich innerhalb von ein paar Sekunden dein hübsches, feistes Leben hier beenden kann.«

»Ich weiß genauso viel über dich und noch mehr.«

»Sieh dich mal um. Du hast viel mehr zu verlieren als ich. Besonders, wenn du mal auf die Terrasse schaust …«

Rainders verstand, womit Thiele ihm da gerade drohte.

»Du kennst meine Profession. Wäre doch schade, wenn ich ausgerechnet an deiner Frau meine Fähigkeiten demonstrieren müsste.«

Rainders erkannte, dass er keine Wahl hatte. Widerwillig beugte er sich und ging ins Wohnzimmer, wo ein Laptop auf der Theke einer Bar stand. Thiele blieb im Flur stehen. Eine unheimliche, lauernde, dunkle Figur.

»Ich will das Doppelte«, sagte er.
»Das … nein«, widersprach Rainders.
»Die Abläufe und die Firmen bleiben gleich, nur der Betrag wird verdoppelt, oder ich liefere dich an das buchstäbliche …« Er zog das Messer aus seiner Tasche und ließ es aufspringen.
Rainders' Augen zuckten vor Schreck. Aber er fuhr fort, die Geldanweisung vorzunehmen.
»Fertig.«
»Zeig es mir!«, forderte Thiele.
Rainders nahm den Laptop und kam zu ihm in den Flur.
»Schatz?«, rief seine Frau von draußen.
»Ja? Was ist?«
»Was machst du da eigentlich? Wolltest du nicht rauskommen?«
»Ich bin gleich da.«
»Bringst du bitte die Flasche mit, oder muss ich das doch selbst machen?«
»Nein, ich mach es!«, rief Rainders.
Thiele nahm den Laptop entgegen.
»Geh und bring ihr die Flasche«, flüsterte er.
Rainders eilte in die Küche.
»Sag mal, redest du da mit jemandem?«, fragte seine Frau.
»Nein, wieso?« Er ging auf die Terrasse und schenkte ihr nach.
»Bleib doch.«
»Ich bringe sie nur in den Kühlschrank zurück, bin sofort wieder da.«
Als Rainders die Flasche zurückgestellt hatte, stand der Laptop im Flur auf dem Boden. Von Thiele gab es keine Spur mehr.

***

Nils hatte auf dem Boot der Küstenwache Kontakt zu seinen Kollegen auf Sylt aufgenommen und sie gebeten, den Aufenthaltsort von Rainders zu ermitteln und Thiele von einem zivilen Beamten beschatten zu lassen.

In Hörnum wurden sie von einem Streifenwagen abgeholt und nach Wenningstedt gefahren. Über Funk erfuhren sie kurz vor ihrer Ankunft, dass Thiele das Haus wieder verlassen und den Bus nach List genommen hatte.

»Dann müssen wir uns trennen«, sagte Hagen zu Nils. »Sie kennen Thiele, Sie müssen nach List fahren.«

Nils nickte nachdenklich.

»Schon klar, was er vorhat. Die Fähre nach Dänemark.«

Sie orderten einen zweiten Wagen, der Nils an der Westerlandstraße abholen sollte.

»Viel Glück«, wünschte Kommissar Hagen und reichte ihm die Hand, bevor er ausstieg.

»Ihnen auch.«

Hagen fuhr davon. Nils musste ebenfalls nicht lange warten. Das Polizeirevier lag quasi in direkter Verlängerung der Straße nach Westerland.

»Moin, Kollegen«, sagte er, als er einstieg. »Hat man Sie informiert, um was es geht?«

»Wir suchen einen Mann, der in einem Mordfall verdächtig ist und sich jetzt auf der Flucht befindet«, fasste der eine Beamte zusammen.

»Genau. Dieser Mann ist sehr gefährlich. Er ist mit Sicherheit bewaffnet. Ich denke, dass er die Fähre nach Rømø nehmen will.«

»Ein Einsatzwagen ist bereits vor Ort«, informierte ihn der Fahrer.

»Sehr gut. Wenn wir ankommen, zeige ich Ihnen ein Bild des Mannes von einer Bodycam.«

Als sie List erreichten, lag die Fähre bereits im Hafen vor Anker und nahm Passagiere auf.

»Hier, Kollege«, sagte der Fahrer, Bernd, der den Kofferraum geöffnet hatte und Nils eine schusssichere Weste hinhielt. Nils legte sie an, ebenso wie die beiden Kollegen, und sie gingen gemeinsam auf die Brücke zu. Hier wartete eine Autoschlange darauf, auf das Deck fahren zu dürfen. Die Frontluke der Fähre war weit geöffnet und sah aus wie der aufgerissene Schnabel eines monströsen urzeitlichen Tieres.

»Ich will, dass wir erst mal ganz locker das Deck betreten, damit man nicht gleich bemerkt, warum wir hier sind. Wir können ein bisschen rumscherzen und so weiter«, sagte Nils.

»Alles klar«, antwortete Michael, der andere Kollege, heiter. »Also, was ist weiß und guckt durchs Schlüsselloch?«

»Oh, jetzt geht das wieder los«, nörgelte Bernd und winkte ab.

»Ein Spann-Bettlaken!«

Nils lachte und schüttelte den Kopf. »Auweia.«

»Was ist unter der Erde und stinkt?«, machte Michael weiter.

Nils und Bernd hoben ahnungslos ihre Hände.

»Eine Furzel.«

Das entlockte zumindest Bernd ein Lachen.

»Was benutzt ein Indianer als Kaffeefilter? – Seine Mokkassins.«

»Es reicht jetzt«, sagte Bernd, um seinen Kollegen zum Schweigen zu bewegen. Sie hatten das Deck erreicht, von dem links eine Treppe nach oben auf das Sonnendeck führte.

»Fragt der eine Kollege den anderen: Sag mal, hast du eigentlich immer noch keine feste Freundin? – Nee, immer noch die alte wabbelige.«

Nils, der vorgegangen war, drehte sich auf der Treppe kurz vor Erreichen der letzten Stufe zu den beiden um und bedeutete ihnen, dass sie sich wieder konzentrieren sollten.

Sie betraten das Sonnendeck und sahen sich um. Sofort ernteten sie misstrauische Blicke von den Fahrgästen.

»Moin«, grüßte Nils eine Frau, die sich dadurch wieder etwas beruhigte. Er ging weiter bis zum zweiten Gang und bewegte sich auf den Durchgang zum anderen Deck zu. Er achtete zunächst nur auf Männer mit Hut. Doch als er aus dem Schatten der Schikane auf das hintere Deck trat, sah er ihn. Er saß mit dem Rücken zu ihm und hatte den Hut abgesetzt. Seine rechte Hand ruhte auf einem Rollkoffer, der direkt neben der Bank auf dem Gang stand. Er war allein, und die Art, wie er dasaß und seinen Kopf hielt, verriet Nils, was in ihm vorging.

Nils nahm auf der anderen Seite der Bank Platz, Rücken an Rücken mit Thiele. Als Michael und Bernd das Deck betraten, deutete er mit dem Daumen hinter sich. Beide lösten den Bügel an ihrem Holster. Dann drehte er sich zu Thiele um, und sein Mund öffnete sich wie von selbst, ohne dass er zuvor geplant hätte, was er nun sagen würde.

»Entschuldigen Sie, können Sie mir sagen, wie spät es ist?«

Thiele bemerkte, dass er gemeint war, konnte aber Nils' Uniform nicht erkennen. Er zog den Ärmel seines Jacketts hoch und legte seine Uhr frei, die er mit dem Gehäuse nach unten trug.

»Gleich zehn Uhr.«

»Danke sehr«, sagte Nils und erhob sich.

Thiele blickte zu ihm hoch.

»Sie?«

»Ja, ich hab nur 'n bisschen Kopfschmerzen«, sagte Nils und fasste sich an die Narbe.

»Ich hätte härter zuschlagen sollen«, entgegnete Thiele.

»Sie hätten vieles anders machen sollen. Hier ist Endstation für Sie.« Nils deutete auf seine Verstärkung. Thiele registrierte das mit einem müden Lächeln.

»Es hätte alles so schön werden können«, sagte er bedauernd.

»Sie hätten gleich fliehen sollen, ohne bei Rainders vorbeizuschauen.«

»Aber ich wollte mein Geld, das hab ich mir verdient.«

»Sie haben nur den Knast verdient, Thiele. Kommen Sie.«

Thiele ließ den Kopf hängen und beugte sich vor, um aufzustehen. Kaum merklich hob er dabei sein Hosenbein an und zog den Revolver, der in einem Beinholster steckte. Blitzschnell griff er an den Kragen einer jungen Frau, die vor ihm saß, und drückte ihr die Waffe an die Schläfe.

»Runter vom Schiff, oder ich schwöre, ich erschieße das Mädchen«, drohte er laut.

Jemand auf der anderen Seite des Decks schrie. Unruhe brandete auf, Menschen sprangen von ihren Sitzen und liefen davon.

»Runter vom Schiff!«, wiederholte er.

Nils hob die Hände. »Thiele, sehen Sie sich doch mal um. Hier sind Hunderte Menschen an Bord, es gibt Kameras, wir sind zu dritt, und weitere Einsatzkräfte sind unten. Sie haben keine Chance, hier wegzukommen.«

»Sie wollen doch nicht, dass ich ein unschuldiges Mädchen erschieße?«

»Natürlich nicht. Aber was bringt Ihnen das? Danach sind Sie absolut machtlos. Sehen Sie doch ein, dass es keinen Zweck hat. Sie gefährden sich nur selbst.«

»Ich lass mich nicht von dir bequatschen«, blaffte Thiele. »Ich hab schon mit ganz anderen Leuten verhandelt, und glaub mir, ich hab nie lang gefackelt, wenn's drauf ankam.«

Nils ließ seine Hände sinken.

»Ihr haut jetzt ab, sofort«, erneuerte Thiele seine Forderung.

Nils antwortete nicht und bewegte sich auch nicht. Auf dem gesamten Deck herrschte Totenstille. Bernd und Michael blickten gebannt und verunsichert zugleich zu Nils.

»Was ist?«, fuhr Thiele Nils an.

Der ging jetzt einfach schnurstracks auf Thiele zu. Sein Schritt war fest und energisch. Er ließ Thiele nicht aus den Augen. Der wich mit dem Mädchen in seinem Arm ein Stück zurück.

»Was soll das? Hau ab!«, schrie er. Doch Nils ging unbeirrt weiter auf ihn zu.

»Hau ab!«, schrie Thiele noch lauter.

Nils hatte ihn fast erreicht, es lagen nur noch drei Meter zwischen ihnen, und er wurde nicht langsamer.

»Hey!«, schrie Thiele jetzt und wusste nicht mehr, was er machen sollte. Er drückte die Waffe fester an die Schläfe des

Mädchens und machte einen Schritt rückwärts. Nils kam näher. Thiele wollte ihn auf Abstand halten und zielte nun auf Nils. »Bleib weg!«, rief er.

Doch Nils drohte direkt in die Mündung der Waffe zu laufen. Er beschleunigte sogar seinen Schritt und ließ Thiele damit keine Zeit mehr, zu überlegen. Er drückte ab. Der Knall war so laut, dass alle zusammenschreckten. Einige duckten sich, andere schrien. Nils wurde von der Wucht des Aufpralls nach hinten geworfen und landete auf dem Metallboden des Decks, wo er regungslos liegen blieb.

Michael reagierte als Erster, rannte auf Thiele zu, während er ihn über seine Dienstwaffe hinweg anvisierte. Thiele starrte immer noch Nils an, der ihn mit seiner Aktion überrumpelt hatte. Erst jetzt begriff er, dass er Nils nicht getötet, sondern auf seine kugelsichere Weste gefeuert hatte. Er hob den Lauf ein zweites Mal und wollte sein Werk vollenden, da fiel Michael über ihn her, packte seinen Arm und riss ihn um. Er war über ihm, ehe Thiele registriert hatte, was passiert war. Thiele tastete nach seiner Waffe, doch sie war nicht mehr in seiner Hand. Er musste sie beim Sturz verloren haben. Er entdeckte sie links neben sich. Als er zugreifen wollte, rammte ein Knie seinen Oberarm. Bernd war seinem Kollegen zu Hilfe gekommen und fixierte Thiele am Boden. Er konnte sich keinen Millimeter mehr bewegen. Aus lauter Verzweiflung stieß er einen Wutschrei aus, dass seine Halsschlagadern dick hervortraten und sein Gesicht sich dunkelrot färbte. Doch er musste einsehen, dass alles Wehren und Kämpfen nichts nutzte. Er war ihnen vollkommen ausgeliefert. Schlimmer noch. Er hatte verloren. Alles endete hier auf der Fähre, die ihn in die Freiheit hätte bringen sollen. Er schloss die Augen, legte seinen Kopf ab und gab auf.

SIEBZEHN

1989

Langhoff legte seine Armbanduhr neben seinen Kugelschreiber und sein Notizbuch auf den rechten oberen Tischrand im Verhörzimmer. Er ging zum Eichenschrank, der die gesamte linke Wand einnahm, und öffnete zwei Flügeltüren, hinter denen ein Tonbandgerät verborgen war. Nachdem er eine neue Rolle mit dem heutigen Datum beschriftet und aufgesteckt hatte, ließ er die Aufnahme laufen und verschloss den Schrank wieder. Da klopfte es auch schon an der Tür.

»Herein!«, rief er und blieb überrascht stehen, als nicht Degemann mit zwei Beamten eintrat, sondern Rainders.

»Morgen, Langhoff«, begrüßte er ihn.

»Was machst du denn hier?«, fragte Langhoff. »Mit deinem Besuch hatte ich jetzt nicht gerechnet.«

Sie gingen aufeinander zu und schüttelten sich die Hände.

»Ich will gar nicht lang stören«, erklärte Rainders. »Ich wollte nur sagen, dass wir sehr zufrieden sind mit dem Ausgang des Falls Marcel Degemann. Wie mir scheint, haben du und dein Kontaktmann im Westen sehr gründlich gearbeitet. Auch Minister Mielke ist über die Nachricht sehr erbaut gewesen. Es war eine Genugtuung für ihn in dieser unschönen Situation. Und er hat beschlossen, dich dafür weiter an dem Fall arbeiten zu lassen, und erhofft sich … Oder sagen wir: Er rechnet fest mit einem Geständnis des Vaters. Der ist ja wohl unzweifelhaft in die subversiven Pläne involviert gewesen, nicht wahr?«

»In der Tat.«

»Genau. Hier sind also weiterhin Ergebnisse gefragt. Und ich muss dir nicht sagen, wie wichtig das alles für deine Karriere ist, oder?«

»Nein, ist mir klar«, antwortete Langhoff. »Ich habe auch einen großen Ehrgeiz, diesen Fall zum Abschluss zu bringen, sodass wir zu einem befriedigenden Gerichtsurteil kommen werden.«

»So will ich das hören«, freute sich Rainders und klopfte ihm auf die Schulter. »Nimm dir so viel Zeit, wie du brauchst. Aber zieh es auch nicht in die Länge«, sagte er abschließend. »Wir sehen uns.«

»Danke für den Besuch«, sagte Langhoff, und Rainders zwinkerte ihm zu.

Als er die Tür öffnete, standen die beiden Beamten mit Holger Degemann im Flur.

»Ach, wen haben wir denn da?« Rainders machte einen Schritt auf Holger zu. »Wenn das nicht das Gesicht eines Lügners ist, dann weiß ich es auch nicht. Aber keine Bange, bei uns sind Sie in guten Händen. Wir heilen Ihre Krankheit. Offizier Langhoff wird Ihnen schon noch zur Wahrheit verhelfen.« Er sah zu Langhoff. »Ich empfehle mich.«

Rainders entfernte sich, bis er noch einmal stehen blieb.

»Ach ja, Herr Degemann«, rief er. »Mein Beileid zum Tod Ihres Sohnes.«

Holger zitterte der Unterkiefer vor Wut. Rainders lachte, als er sich umdrehte und weiterging.

***

Es klingelte an der Tür.

»Ich mach schon!«, rief Anna und lief in den Flur, um zu öffnen. Kommissar Hagen stand mit einem Schirm, den er mit beiden Händen festhalten musste, weil es so windig war, im Regen.

Anna winkte ihn ins Haus. »Kommen Sie rein!«

»Moin, Anna.«

»Moin. Brauchen Sie ein Handtuch?«

»Nein, nein, das geht schon, danke.«

»Papa kommt gleich. Er ist im Moment ein bisschen langsamer.«

»Das habe ich gehört!«, rief Nils von oben.

Elke trat aus dem Wohnzimmer und begrüßte ihren Gast.

»Der Tee ist schon fertig, wir können gleich loslegen«, sagte sie und lud Hagen an die Teetafel ein. Derweil kam Nils die Treppe herunter und gesellte sich zu ihnen.

»Moin«, grüßte er.

»Moin, Herr Petersen. Na, was macht die Rippe?«

Nils rieb sich über die Stelle, an der ihn die Kugel getroffen und die Rippe gebrochen hatte.

»Tut nur weh, wenn ich liege, sitze, atme oder stehe.«

Hagen lachte. »Ach so. Also sind Sie quasi schmerzfrei.«

»Zum Glück, ja.«

Gut gelaunt nahmen sie am Esstisch Platz, und Elke schenkte ihnen Tee ein. Der Kandis knisterte angenehm in den Tassen, und sie ließen das Sahnekännchen rumgehen.

»Wir haben Kuchen von der Bäckerei Schult«, bot Elke an.

Alle nahmen sich ein Stück von der reichhaltigen Kuchenplatte und begannen zu essen.

»Tja, ich komme mit guten Nachrichten im Gepäck«, sagte Kommissar Hagen schließlich. »Wer hätte gedacht, dass Ihre hübsche kleine Insel mal Schauplatz eines so großen Netzes an Verbrechen ist und Ihr mutiger Inselpolizist alles aufdeckt?«

»Wir werden oft unterschätzt«, entgegnete Nils grinsend.

»Na ja, es hat sich in den nachbereitenden Ermittlungen einiges getan. Wir Niebüller, die Polizei Berlin und die Polizei Grießnitz haben Beweise entdeckt, die auf jeden Fall für eine Anklage ausreichend sind und, wie ich finde, auch für eine Verurteilung.«

»Das klingt doch gut«, freute sich Elke.

»Was denn für Beweise?«, fragte Anna neugierig.

»Im Grunde haben wir vier eigenständige Fälle, die aber alle miteinander zu tun haben«, fasste Hagen zusammen. »Der erste Fall ist der Entführungsfall von Herrn Langhoff. Herr

Degemann wird deswegen angeklagt und muss auch mit einer Haftstrafe rechnen. Wenn er Glück hat, erhält er eine Bewährungsstrafe. Aber das ist Sache des Gerichts.«

»Das haben die beiden nicht verdient«, sagte Elke matt.

»Nein, manchmal trifft es die Falschen«, meinte Nils. »Aber er muss eine Strafe erhalten, so gut ich ihn auch verstehe.«

»Wir drücken ihm alle die Daumen«, bestätigte Hagen. »Aber nun zu den anderen Fällen: Wir haben in Thieles Reisekoffer in einem Geheimfach Notizbücher entdeckt, in denen er haarklein seine Auftragsmorde notiert und die Summen aufgeführt hat, die er erhalten hat. Zu jedem Mord gibt es ausführliche Berichte über die Planung und den Tathergang. Es waren siebzehn insgesamt. Und hier zeigt sich, wie auch im nächsten Fall, dass manche Täter so von sich und ihren Taten vereinnahmt sind, dass sie den Zwang haben, alles zu notieren und aufzulisten. In Langhoffs Keller wurden alte Tonbänder von den Verhören mit Holger Degemann sichergestellt. Auch dessen Akte wurde gefunden, sie ist nicht vernichtet worden. Langhoff hatte sie nur in seinen Besitz genommen. Da sieht man, was für einen Stellenwert dieser Fall für ihn hatte.«

»Unheimlich«, kommentierte Anna. »Dass es Menschen gibt, die so etwas tun und es auch noch offenbar genießen.«

»Und der zusätzliche Skandal ist, dass diese Männer danach wieder in hohe Ämter übernommen wurden oder in der Politik weitermachen konnten. Das ist einfach beschämend. Doch der Fall um den Tod des jungen Flüchtlings wird jetzt genau untersucht. Interessanterweise haben diese Männer, wenn es um ihre eigene Haut geht, kein Problem damit, ihre Kompagnons zu verraten. Thiele hat Rainders schwer belastet. Doch er wird wegen Mordes in siebzehn Fällen angeklagt werden. Es wird ihm also nichts nützen. Langhoff wiederum hat eine Anklage wegen Anstiftung zum Mord und Unterstützung einer Mordtat im Fall Degemann und im Fall Junker zu erwarten.«

»Und wir haben das alles ans Licht gebracht«, sagte Anna strahlend.

»Ganz genau. Du kannst stolz auf dich sein, du hast viel dazu beigetragen«, lobte Hagen sie.

»Ich hab gegoogelt, mehr nicht.«

»Trotzdem. Wenn du jetzt nach der Schule nicht weißt, was du machen sollst, dann denk doch mal drüber nach, auf die Polizeischule zu gehen.«

»Oh nein«, sagte Elke sofort und schüttelte vehement den Kopf. »Das kommt gar nicht in Frage, nicht meine Tochter auch noch.«

»Ehrlich gesagt hatte ich das mal in Erwägung gezogen«, gab Anna zu.

»Alles, nur das nicht. Das ist nichts für dich, hörst du?«, insistierte jetzt auch Nils.

»Ich trete in deine Fußstapfen«, sagte sie.

»Nichts wirst du. Du kannst alles werden, was du willst, aber nicht Polizistin.«

»Wir werden sehen«, sagte sie leichthin und biss in ihren Kuchen.

Elke und Nils warfen sich einen besorgten Blick zu.

»Danke, dass Sie das Thema aufgebracht haben, Kommissar Hagen«, sagte Nils betont verdrießlich.

»Ich wollte keinen Familienstreit entfachen«, entschuldigte sich Hagen mit einem schelmischen Grinsen.

»Zu spät«, sagte Elke. »Trinken Sie Ihren Tee aus, für Sie geht's gleich wieder nach Hause.«

Alle vier brachen in lautes Gelächter aus.

Trotz dieser Drohung von Elke nahm Hagen erst die letzte Fähre nach Dagebüll.

Elke, Anna und Nils saßen noch bis spät in die Nacht vor dem Fernseher. Irgendwann bemerkte Anna, dass Nils sie die ganze Zeit beobachtete.

»Was ist?«, fragte sie.

»Nichts«, sagte Nils glücklich.

Nachwort

Es ist der 5. März 1983. Kurz nach dreiundzwanzig Uhr verunglückt Lutz Eigendorf mit seinem Wagen in einer Kurve auf der Forststraße in Braunschweig, zwei Tage später stirbt er an seinen Verletzungen. Er war mit überhöhter Geschwindigkeit unterwegs, die Fahrbahn nass, und er hatte Alkohol im Blut. War es also ein Unfall, war es Selbstmord, oder war es gar vorsätzlicher Mord?

Diese Fragen drängen sich auf, wenn man die Geschichte von Lutz Eigendorf kennt, wenn man weiß, wer er war und was er getan hat.

Lutz Eigendorf wird Mitte der 1970er Jahre als »der Beckenbauer des Ostens« betitelt, ein großes Fußballtalent und ein Aushängeschild des DDR-Fußballsports. Er spielt beim BFC Dynamo Berlin, dem Club, den Erich Mielke, Chef des Ministeriums für Staatssicherheit, als sein Eigen ansieht. Ausgerechnet dieses Talent, das bisher völlig unverdächtig und staatstreu gewesen ist, nutzt im Frühjahr 1979 ein Spiel seines Clubs im Westen zur Flucht. Ohne das Wissen seiner Familie setzt sich Lutz Eigendorf auf der Rückfahrt von Kaiserslautern nach Ostberlin von der Mannschaft ab und bleibt in der Bundesrepublik. Er sucht Hilfe bei dem Verein, gegen den er gerade erst ein Freundschaftsspiel absolviert hat, und wird aufgenommen. Die Flucht ist geglückt. Eigendorf erhält einen Vertrag beim 1. FC Kaiserslautern und wechselt später nach Braunschweig zur Eintracht. Ein Traum ist für ihn in Erfüllung gegangen, doch für einen hohen Preis. Er baut sich ein neues Leben auf und gründet eine neue Familie, seine ehemalige Frau und seine Tochter im Osten kann er nie wiedersehen, schon weil die Stasi alle Mittel aufbringt, das zu verhindern.

Aber die Stasi agiert nicht nur im Osten, sie hat auch im Westen an die siebzig Personen damit beauftragt, als inoffizielle Mitarbeiter Eigendorf auszuspionieren und jeden seiner Schritte zu beobachten.

Die Lage verschärft sich, als Eigendorf die Warnung des Trainers Jörg Berger, der ebenfalls aus der DDR geflüchtet war, ignoriert, besser keine Fernsehinterviews zu geben. Im Rahmen der Fernsehsendung »Kontraste« lässt sich der Fußballer vor der Berliner Mauer auf ein Gespräch ein, in dem er über die Vorzüge des Lebens im Westen spricht.

Wenige Tage später, nach einem Spiel gegen den VFL Bochum, prallt er mit seinem Alfa Romeo auf dem Heimweg gegen einen Baum.

Etwa hundert Meter vom Unfallort entfernt sitzt ein zehnjähriger Junge mit seinen Eltern im Wohnzimmer. Er und seine Mutter hören einen Knall, bleiben aber im Haus. Erst am nächsten Tag gehen sie zur Forststraße und sehen, was passiert ist. In den darauffolgenden Tagen stellen Menschen ein Kreuz und immer wieder Blumen an die Stelle, einige andere leider auch leere Bierflaschen.

Der zehnjährige Junge war ich. Ich war geschockt, dass so etwas quasi direkt vor unserer Haustür passiert und das Unfallopfer jemand gewesen war, den ich im Stadion hatte spielen sehen und von dem mein Vater mir erzählt hatte, wie er geflüchtet und nach Braunschweig gekommen war.

Die Tragweite dieses Vorfalls konnte ich damals natürlich nicht erfassen, aber ich ging jeden Tag mit meiner Mutter zur Unfallstelle und entfernte die Bierflaschen.

Heute, vierzig Jahre später, habe ich als Krimiautor überlegt, wie ich über die Geschehnisse schreiben und meine Sichtweise einbringen könnte. Ich entschied mich, nicht den realen Fall und die Fakten sowie die größtenteils verschwundenen Beweise zum Mittelpunkt meiner Erzählung zu machen. Inzwischen haben sich Presse, Polizei und Staatsanwaltschaft mit dem Fall beschäftigt und sind zu dem ernüchternden Ergebnis gelangt, dass es vermutlich keine finale Auflösung geben, die Wahrheit vielleicht nie ans Licht kommen wird, weil die entscheidenden

Stasiakten aus dieser Zeit vernichtet worden sind. Was bleibt, sind lediglich Indizien, geteilte Meinungen und unzureichende Fakten.

Also wollte ich versuchen, mich auf persönliche Weise dem Thema zu nähern, und verlegte den Vorfall in eine andere Zeit, in ein anderes Setting und Milieu. Am Ende ist es nur eine kleine Szene des Buches, die aber die gesamte tragische Reichweite spüren lässt.

Ich fahre noch oft an der Stelle vorbei, fahre durch diese Kurve und denke jedes Mal an diese Nacht vor vierzig Jahren, und ich hoffe, dass ich mit diesem Buch immer noch einer derjenigen bin, der die Bierflaschen vom Unfallort entfernt.

Bent Ohle, 06.12.2022

Alle Bücher von Bent Ohle
Auch als eBook erhältlich

Inselkrimis

Inselblut
ISBN 978-3-95451-098-6

Inselgrab
ISBN 978-3-95451-290-4

Inselschatten
ISBN 978-3-95451-806-7

Inseldämmerung
ISBN 978-3-7408-0934-8

Weitere Kriminalromane

Herz-Jesu-Feuer
ISBN 978-3-95451-666-7

Binz und die dicke Berta
ISBN 978-3-95451-543-1

Unter dem Pseudonym Alessandro Montano erschienen

Die Toten vom Gardasee
ISBN 978-3-7408-0070-3

Der Fluch vom Gardasee
ISBN 978-3-7408-0521-0